À PROPOS DE L'AUTEUR

Bronwyn Scott s'est fait remarquer la toute première fois grâce à une nouvelle médiévale. Depuis, entre les cours qu'elle donne à l'université et les balades en famille qu'elle aime par-dessus tout, elle invente des histoires d'amour passionnantes et teintées d'humour.

Sous le charme d'un vicomte

BRONWYN SCOTT

Sous le charme d'un vicomte

Traduction française de
MARINE DEPRET

Les Historiques

HARLEQUIN

Collection : LES HISTORIQUES

Titre original :
A MARRIAGE DEAL WITH THE VISCOUNT

HARPERCOLLINS FRANCE
83-85, boulevard Vincent-Auriol, 75646 PARIS CEDEX 13
Service Lectrices — Tél. : 01 45 82 47 47

www.harlequin.fr

ISBN 978-2-2804-3009-8 — ISSN 1159-5981

Pour Kathryn, qui se demandait si les lamas et les alpagas pouvaient donner naissance à une belle histoire. C'est le cas. À présent, tu sais.

Et pour Brony, mon « Alice » avec toutes ses innovations, qui n'hésite jamais à envisager six choses impossibles avant le petit déjeuner.

Chapitre 1

Londres, mai 1854

Les hommes révèlent souvent leurs intentions les plus grandes dans leurs actions les plus petites. Dans le cas présent, c'était l'oubli de proposer un verre. Devant cette simple omission, Conall Everard sut que sa demande allait être rejetée. Il avait appris à décrypter les gestes les plus anodins… et ce que signifiait leur absence. Aujourd'hui, il se trouvait dans le bureau du duc de Cowden depuis une minute et demie précisément, et il savait déjà que l'entretien ne déboucherait sur rien. Car, cet après-midi-là, le duc avait omis de lui offrir un verre, se contentant de l'inviter à s'asseoir sur une chaise en cuir brun du Maroc, conçue pour son élégance plus que pour son confort. À l'évidence, Conall aurait dû s'estimer chanceux d'avoir cet entretien, aussi expéditif fût-il. Les rendez-vous plus longs appelaient des chaises plus confortables. Tous ces infimes signes d'alerte ne faisaient que renforcer son intuition : les nouvelles n'allaient pas lui plaire. Le duc était un homme très occupé. Une grande partie de la haute société de Londres convoitait un moment de son temps, les bonnes grâces de sa trésorerie ou l'un de ses conseils avisés. S'il avait accepté de recevoir Conall, c'était en souvenir de son amitié envers son père et non pour parler affaires. À moins…

À moins que Conall ne parvienne à changer le cours de la discussion. Le duc avait de toute évidence l'intention de clore le débat avant qu'il n'ait commencé, mais Conall avait persuadé des esprits bien plus étriqués par le passé. Souvent féminins et dans des situations bien différentes, mais… cela restait de la persuasion, non ? Et Conall Everard, le nouveau vicomte de Taunton, n'en manquait pas ! Il se pencha en avant, feignant de ne pas avoir remarqué que le duc ne lui avait pas proposé de boire avec lui.

— Merci de m'accorder un instant de votre précieux temps, Votre Grâce. Les alpagas sont une valeur sûre : leur laine est imperméable et bien plus douce que celle de nos meilleurs moutons…

Le duc l'interrompit d'un geste de la main avant de pousser le soupir las d'un homme trop sollicité.

— J'ai lu votre rapport, Taunton.

— Nous pouvons élever des alpagas en Angleterre, insista Conall, en tâchant d'ignorer la pointe douloureuse qui lui transperçait le cœur chaque fois que quelqu'un le nommait ainsi.

Taunton.

Le poids du titre reposait à présent sur ses épaules, et lui rappelait que son père tant aimé n'était plus. Un an après sa mort, il commençait à croire qu'il ne se remettrait jamais de ce terrible choc. Il n'aurait probablement même pas essayé si cela n'avait tenu qu'à lui. Mais, désormais, plus rien ne tenait qu'à lui et sa propre détresse ne passerait plus jamais en priorité. Un vicomte devait avant tout penser à sa famille, à ses gens, à tous ceux qui comptaient sur lui pour renflouer les coffres de la vicomté. Il s'était trouvé contraint de remiser son chagrin au placard et d'endosser ses responsabilités. Aujourd'hui, il n'avait plus droit à l'échec.

— Imaginez, Votre Grâce, que nous ayons un accès direct à ces ressources de laine, sans passer par les difficultés de l'importation.

— Nous l'imaginons très bien.

La patience du duc de Cowden s'amenuisait.

— Tout le comité a lu votre rapport, chacune de ses soixante-douze pages.

Le comité n'était autre que le Club de Prométhée, un groupe de gentilshommes avec titre, fortune et le nez fin pour les investissements juteux. Si fin, d'ailleurs, qu'un seul mot de leur part pouvait causer la réussite ou l'échec de tout un projet. Un mot pourrait lui suffire, tant que c'était le bon, pensa Conall. C'était même primordial. Aujourd'hui, il lui fallait bien plus qu'une approbation. Il lui fallait de l'argent. Beaucoup d'argent. Et vite. Ses alpagas étaient déjà arrivés. Il avait pris le pari risqué de les faire venir jusqu'en Angleterre avant le début de la tonte d'été. Mais cela lui avait coûté cher : il avait dû liquider toutes ses dernières ressources et, à présent, il n'avait plus de fonds pour développer son projet. À quoi lui serviraient les alpagas s'il ne pouvait acquérir de foulon ? Il insista à nouveau, impassible face aux signaux d'alerte qui émanaient du duc.

— Vous savez donc que l'accès immédiat à la laine permettrait de minimiser les coûts. Nous aurions les ressources pour nos foulons directement sur nos terres.

Le duc haussa ses sourcils grisonnants et jeta un œil vers les grandes fenêtres, sans doute en train d'imaginer des alpagas avec leurs manteaux hirsutes trotter au milieu de ses beaux jardins immaculés. Conall s'interrompit, brusquement conscient de son erreur. Il aurait dû mieux choisir ses mots :

— Au sens figuré, bien sûr, Votre Grâce, se hâta-t-il de corriger. Aujourd'hui, les Américains dominent le marché du coton, ce qui fait de nous leurs otages. Nous devons payer les prix qu'ils nous imposent afin de ravitailler nos foulons.

Il secoua la tête avant d'ajouter :

— Cette situation ne pourra pas durer éternellement. Le problème de l'esclavage ravagera leur pays d'ici quelques années, sans l'ombre d'un doute. Et alors, que ferons-nous, une fois privés de ressources ? Avec les alpagas, nous pourrions faire contrepoids, garder un véritable contrôle.

Mais le duc de Cowden ne paraissait pas impressionné :

— Il nous restera les moutons écossais, sans compter la production de coton que nous développons dans nos autres colonies, comme l'Égypte. Je pense que nous survivrons à une crise du marché américain.

— Nous devrions viser plus haut que la simple survie, Votre Grâce. La laine des alpagas est de bien meilleure qualité. Plus chaude, plus douce, moins irritante que la laine de mouton.

Le duc devait bien voir les bénéfices d'un tel argument ? Les femmes se l'arracheraient. L'on pourrait fabriquer de splendides écharpes, des couvertures, des châles, sans parler de toutes ses applications pratiques. En tant que produit de luxe, la laine d'alpaga attirerait un certain type de marché.

Le duc se pencha vers lui et le dévisagea d'un air sévère, l'avertissant que la discussion était close et qu'elle l'avait été avant même qu'il n'entre dans la pièce.

— Taunton, j'apprécie que vous soyez venu me voir, ainsi que mon club, en premier. Toutefois, nous avons voté à la majorité de ne pas investir dans votre projet d'alpagas.

Alors, tout était fini. Son grand pari, sa dernière chance… Il avait échoué avant même de commencer. Conall s'efforça d'assimiler toutes les désastreuses implications de ce refus. Il ne s'était pas simplement rendu au club en premier. Il s'y était rendu parce qu'il n'avait aucune alternative, personne d'autre vers qui se tourner. Les banques avaient toutes décliné son offre. Le duc était-il au courant ? Aucun créancier n'avait accepté de lui prêter de l'argent pour financer une aventure aussi hasardeuse. Faire venir des alpagas par bateau depuis le Pérou, c'était risquer de perdre les bêtes en mer, ou qu'elles soient incapables de s'acclimater à l'Angleterre, contrairement à ce que Conall prétendait. Les dettes de la vicomté n'avaient pas non plus joué en sa faveur… Il ne pouvait offrir aucune garantie en cas d'échec. Sans aval des banques, le Club de Prométhée constituait son unique espoir. Aucun autre groupe d'investisseurs n'accepterait de l'écouter en hommage à son défunt père.

Et pourtant, jusqu'à cet instant, Conall s'était persuadé que tout cela n'avait aucune importance. Il était si certain que le Club de Prométhée, qui tirait son nom du Titan ayant permis aux hommes de développer le progrès et la civilisation, saisirait l'opportunité qu'offrait un tel projet, qu'il en apprécierait tout le génie… Mais voilà que ses membres avaient voté, à la majorité, de réduire en poussière son ultime chance de ressusciter la vicomté de Taunton.

Son esprit trébucha sur un mot et sa signification : « majorité ». Le vote n'était pas unanime. Ils n'avaient pas atteint de consensus. L'espoir se raviva, une fois de plus. Non, peut-être que « raviver » était trop optimiste. C'était une étincelle, une dernière braise sous la cendre.

— J'aurais aimé avoir de meilleures nouvelles à vous annoncer.

Le duc avait un esprit et une langue acérés, mais pas un cœur de pierre. Conall le connaissait depuis sa plus tendre enfance, avait grandi aux côtés de ses fils. Il savait que le duc s'imaginait la crise terminée, les mauvaises nouvelles annoncées, le refus accepté. Il avait accompli la difficile besogne de dire non au fils d'un vieil ami et allait pouvoir passer à autre chose. Conall sourit. Le duc se trompait. Il n'était pas encore prêt à renoncer. À lui maintenant de prendre l'avantage. Il attendit patiemment la formule de sympathie qui allait forcément suivre :

— J'ai cru comprendre que le décès de votre père avait mis au jour une situation délicate pour votre famille, et j'en suis peiné. Si j'avais su dans quelle détresse il se trouvait…

Il écarta les mains d'un geste impuissant, comme si les mots « situation délicate » et « détresse » pouvaient englober les dettes que Conall avait découvertes après la mort du vicomte. Personne n'en avait rien su. Son père avait dissimulé l'état catastrophique des finances du domaine, même à ses proches.

— Votre compassion me touche, Votre Grâce. Peut-être y a-t-il quelque chose que vous puissiez faire ? Vous avez laissé entendre que la décision n'était pas unanime. Puis-je requérir les noms de ceux qui se sont montrés intéressés par mon projet ? J'aimerais beaucoup les contacter. Peut-être souhaiteront-ils investir à titre privé, en dehors du club ?

Si trois ou quatre gentilshommes avaient exprimé un intérêt, cela suffirait. Son sang se mit à battre à ses oreilles à l'idée de cette possibilité, son esprit se lançant déjà dans le calcul.

— Ou vous-même, bien sûr. Je serais heureux d'établir un partenariat privé.

Cette offre directe était audacieuse, car elle sous-entendait que Conall ne doutait pas que le duc avait voté pour lui. Ce dernier posa sur lui ses yeux noisette empreints de douceur et teintés de compassion. Conall sentit une boule se former dans son estomac.

— Je suis trop vieux pour une telle aventure, Taunton. J'ai œuvré pour le club pendant de nombreuses années, alors aujourd'hui je tiens à savourer mes profits et à laisser le club travailler pour moi. Je veux passer du temps avec mes enfants et petits-enfants tant qu'il me reste assez de vigueur pour le faire.

Conall répondit par un petit rire courtois, masquant sa propre déception. Il fallait certainement beaucoup de vigueur pour suivre la famille du duc. L'homme avait eu trois fils. Son aîné était marié depuis sept ans et avait permis à sa femme, Helena, de donner elle-même naissance à quatre garçons avec la régularité d'une horloge suisse : un tous les deux ans. À présent, le deuxième fils du duc de Cowden était sur le point de convoler à son tour, et il ne faisait aucun doute aux yeux de la société que les berceaux de la famille seraient à nouveau pleins l'année prochaine, ainsi que la suivante. Les hommes Cowden savaient certainement comment accomplir leur devoir. Sauf peut-être Fortis, le troisième et le plus proche de Conall en termes d'âge. Mais, en dépit de sa nature frivole, Fortis avait embrassé une brillante carrière dans l'armée, comme on l'attendait du benjamin d'une fratrie, et accepté un mariage de convenance profitable, même s'il n'avait pas revu son épouse depuis leur nuit de noces, six ans plus tôt.

Conall s'éclaircit la gorge :

— Je comprends parfaitement, Votre Grâce. Mais peut-être les autres membres, dans ce cas ?

Il savait qu'il se montrait insistant, mais il ne pouvait laisser aucune occasion lui glisser entre les doigts.

— Il n'y en avait qu'un, Taunton.

Ah. Le duc avait souhaité le préserver en employant de façon plutôt large le terme « majorité ». Une minorité d'une seule personne était une base bien mince pour faire affaire. Le duc poussa un soupir, indécis :

— Je ne suis pas certain de vous rendre un service en vous révélant son nom. L'investisseur n'est pas un membre « conventionnel ». Au début, j'ai eu des réserves quant à son adhésion, mais je n'ai jamais eu à remettre sa fiabilité en question jusqu'à présent. Même si c'est un peu un fantôme.

Le duc lui lança un regard acéré :

— Je tiens à ne vous proposer que les meilleurs investisseurs. Je ne voudrais pas vous mettre en situation d'échec.

Seigneur, le duc avait refusé de lui offrir un verre et à présent il refusait de lui offrir un nom ! Ce n'était décidément pas son jour.

— J'y suis déjà. Mon échec est assuré si je ne change pas rapidement de trajectoire, admit Conall franchement.

Au rythme où allaient les choses, la vicomté ne tiendrait pas plus de quelques années avant de sombrer dans la misère. Il lui faudrait financer la saison de sa sœur, Cecilia, l'année prochaine, et sa dot la suivante si tout allait bien, mais aussi l'inscription à l'université de son jeune frère, Freddie, sans oublier les nombreuses réparations sur le domaine. Il ne pouvait quitter cette pièce sans un nom, sans une chance d'accomplir tous ses devoirs.

— Donnez-moi son nom, et j'évaluerai moi-même la qualité de cet investisseur.

Il n'y avait rien de plus persuasif qu'un ordre direct. La plupart des gens n'opposaient pas de refus si on ne leur en fournissait pas l'occasion. Mais l'avertissement du duc le mettait mal à l'aise : un investisseur qui ne se rendait jamais aux réunions, votait par correspondance et n'avait pour le recommander que la qualité de son nom et la largeur de son compte en banque incitait à la prudence. Le Club de Prométhée était pourtant célèbre pour son standing. Ce membre mystère devait être un véritable génie des affaires pour que ses excentricités soient tolérées.

Mais le regard du duc trahissait un autre débat :

— Ce n'est pas seulement pour vous que j'hésite.

Il prit un papier sur son bureau, saisit sa plume et écrivit quatre mots. Puis il poussa la note vers Conall, qui s'empressa de lire le nom : La Marchesa di Cremona.

— C'est une femme ?

Et une étrangère de surcroît. Pas étonnant que le duc se montre réticent à révéler son identité.

— Je croyais que le Club de Prométhée n'acceptait que des hommes issus de l'aristocratie ?

— C'est le cas.

Le duc haussa élégamment les épaules.

— Elle collabore avec nous sous le pseudonyme de Phillip Barnham.

— Et vous protégez son secret ? demanda Conall, désireux de mesurer le degré de confiance que le duc lui accordait en lui révélant une telle information.

C'était le genre de confidence d'ordinaire réservé à la famille.

— C'est une femme qui a vécu une existence dorée mais malheureuse, et la société l'a jugée bien trop sévèrement pour cela. Si je ne préserve pas son secret, si *vous* ne le faites pas, elle n'aura plus aucun moyen honorable de subvenir à ses besoins.

En d'autres termes, le comité n'était pas au courant.

— L'Exposition universelle doit son succès aux efforts

de plusieurs personnes dont elle fait partie. Ses contributions, réalisées sous son faux nom, ont permis à des inventions capitales du continent d'être présentées ici, expliqua le duc, sans doute pour renforcer sa crédibilité.

Conall savait que le duc de Cowden s'était beaucoup investi dans l'Exposition universelle. De toute évidence, elle l'avait impressionné. Les relations de La Marchesa et son sens des affaires avaient suffi à le convaincre de la prendre comme partenaire secrète dans son club.

— Je ne veux pas qu'elle soit découverte, Taunton, et je ne tiens pas non plus à vous mettre en difficulté. Vous comprenez que je m'inquiète pour vous deux.

Mais Conall ne pouvait se permettre de laisser des inquiétudes entraver sa progression. Il n'avait pas le luxe de pouvoir hésiter, pas quand le sort de tous ses gens, et d'un troupeau de soixante-quinze alpagas, reposait sur lui. Si le duc de Cowden faisait confiance à La Marchesa, il devrait s'en contenter. Il n'avait d'autre choix que d'agir.

— Comment puis-je la contacter ?

Le duc eut un large sourire :

— Vous avez de la chance. Nous l'avons invitée à prendre le thé. Elle est dans le salon avec ma femme et ma belle-fille.

Conall se demanda soudain si la chance avait vraiment quelque chose à voir dans cette histoire. Le duc s'éclaircit la gorge, comme s'il avait deviné ses pensées :

— Elle est ici pour le mariage de Ferris, rien de plus. Pour faire plaisir à ma belle-fille.

La belle fille qui avait enfanté quatre fils, se souvint Conall.

Le duc baissa d'un ton :

— Il y a autre chose que vous devriez savoir. La Marchesa n'a pas très bonne réputation. Mais ma belle-fille et elle étaient d'excellentes amies à l'école. Il écarta les bras dans un geste de reddition amusée, et Conall en déduisit que les belles-filles qui assuraient la succession de la famille en mettant au monde quatre fils méritaient que l'on satisfasse leurs exigences. En particulier lorsque leurs amies rapportaient tant d'argent au duc.

Mais, ici encore, Conall ne pouvait se permettre de faire le difficile, et son projet non plus. Son unique objectif était de décrocher un prêt pour son foulon et, en arrivant à Londres, il s'était promis d'user de tous les moyens possibles, si nécessaire. Il ne s'était simplement pas attendu à des mesures aussi drastiques. Il se leva et prit congé, échangeant une poignée de main avec le duc.

— Merci beaucoup pour votre aide. Je vais aller saluer ces dames avant de partir.

Règle numéro 1 en affaires : ne jamais s'en aller avant d'avoir obtenu satisfaction. Le duc lui avait refusé son financement, mais il lui avait laissé entrevoir une solution. Il ne quitterait pas le duché sans avoir fixé un prochain rendez-vous.

— Bien sûr ! Sa Grâce m'en voudrait terriblement si elle apprenait que vous étiez reparti sans lui présenter vos hommages.

Le duc semblait plus jovial, à présent que l'entretien était terminé.

— J'espère vous revoir au mariage.

— J'y compte bien. Savez-vous si Fortis sera là ? A-t-il obtenu une permission ? s'enquit Conall.

Il serait heureux de renouer avec son ami. Le mariage devait se tenir à la fin de la semaine. Fortis était peut-être déjà en route.

Le duc secoua légèrement la tête :

— La dernière fois que j'ai eu de ses nouvelles, il avait rejoint les troupes alliées sur le Danube et marchait vers Sébastopol.

Il sourit, mais Conall remarqua la lueur d'angoisse dans les yeux du duc, lui rappelant qu'en dépit de toute sa fortune et de sa puissance il n'était qu'un homme. Un père inquiet pour son garçon. Avec Fortis, il avait toutes les raisons de se faire du mauvais sang : le benjamin était bien trop courageux et téméraire. C'était ce qui faisait de lui un brillant officier et un si bon ami, l'un des meilleurs que Conall ait jamais eus. Mais peut-être pas le meilleur des maris. Il n'était pas rentré depuis des années. Conall se demandait comment Avaline supportait l'absence interminable de son époux, mais n'osa pas poser la question directement. La situation maritale d'un homme était un sujet bien trop intime pour en discuter de façon triviale, même avec son père et son meilleur ami.

— Fortis est un excellent soldat, Votre Grâce. Je suis certain que tout ira bien.

Conall sourit avant d'ajouter :

— Et puis, Camden Lithgow est avec lui. Et Cam sait garder la tête froide pour deux.

Camden Lithgow était un autre de ses amis, le petit-fils d'un comte qui cherchait à se forger un nom, plutôt que de se reposer sur les lauriers de ses ancêtres.

— Encore merci pour votre aide.

Conall quitta le bureau et regagna le hall d'entrée. Considéré comme un membre de la famille, il n'avait pas besoin qu'un valet l'escorte ou annonce son arrivée.

Il savait que les conditions n'avaient rien d'idéal. Son potentiel investisseur était particulièrement singulier : une femme qui, de toute évidence, évoluait à la périphérie de la bonne société, et n'y gardait un pied que grâce à ses relations avec la famille du duc. Conall aurait préféré faire un autre choix, mais il avait compris au cours de cette dernière année que son pouvoir de décision lui échappait. Des rires féminins retentirent lorsqu'il atteignit la porte du salon, tous bien distincts. Ce n'était donc pas un grand goûter, mais une réunion intime et discrète entre ces trois ladies. Il connaissait les deux premières. La troisième lui fit marquer un temps d'arrêt. Conall sentit son regard se river sur l'étrangère. Comment aurait-il pu en être autrement ?

Elle était le genre de femme qu'un homme repérait aussitôt, même dans une pièce pleine de monde. Sa chevelure blonde mêlait la perfection de l'or au lustre du platine, exacerbant le teint crémeux de sa peau d'albâtre, rehaussé de la plus subtile nuance de rose. Cette carnation lui donnait l'aspect de la jeunesse, de la fraîcheur, tout comme la délicate mousseline lavande de sa robe.

Elle était le printemps fait femme, à l'unique exception de ses yeux, aussi bleus et durs que des saphirs. Ces deux gemmes racontaient une tout autre histoire. Cette femme avait l'expérience du monde. Elle soutint son regard avec une audace d'ordinaire bien rare autour d'un service à thé britannique. Attendait-elle sa visite ? S'était-elle préparée à leur rencontre ? Peut-être l'avait-elle requise ? Conall avait la sensation troublante qu'elle le connaissait, pourtant lui ne l'avait jamais vue. Il en était certain. Il n'aurait jamais oublié son visage, même s'il ne l'avait aperçu qu'une seule fois. Elle était d'une beauté à marquer l'esprit d'un homme, et à laisser un souvenir amer et envieux aux autres femmes. Pas étonnant que la « haute » ne lui fasse aucun cadeau.

La duchesse s'approcha et lui prit le bras :

— Taunton, quelle agréable surprise !

Mais en était-ce vraiment une ? Conall avait l'impression que ces dames l'avaient attendu tout ce temps et que le thé n'avait été qu'une excuse pour lui permettre de rencontrer La Marchesa.

— Venez, laissez-moi vous présenter notre invitée. Vous connaissez déjà Helena, la femme de Frederick.

Celle-ci se leva pour l'embrasser affectueusement sur la joue, et Conall remarqua aussitôt la raison de cette réunion si intime, qui avait poussé le duc à accepter que l'amie à la réputation douteuse d'Helena se joigne à eux. En effet, la future duchesse de Cowden était de nouveau enceinte. Par chance, le mariage de Ferris avait lieu cette semaine ! Quelques jours de plus et son état aurait été bien trop visible pour lui permettre d'apparaître en public.

— Vous êtes ravissante, lui assura Conall.

Et c'était vrai. Helena était aussi radieuse enceinte que Frederick l'était d'avoir des enfants. Son ami avait beaucoup de chance. Une bouffée d'envie et de tristesse envahit Conall. Frederick avait tout à offrir à sa femme et à sa famille. Conall ne pouvait garantir ce genre de sécurité, rien de plus qu'un titre criblé de dettes et un domaine en décrépitude. Il n'avait déjà rien à léguer à un fils unique, alors à quatre…

Helena se tourna vers la troisième femme avec un sourire doux et chaleureux :

— Sofia, j'aimerais vous présenter le vicomte de Taunton, un ami de la famille. Vicomte de Taunton, ma très chère amie, La Marchesa di Cremona.

— *Buongiorno, marchesa.*

Conall se pencha au-dessus de sa main de façon très formelle, en prenant garde de ne pas quitter son visage des yeux. L'utilisation de son titre fit surgir une ombre dans les iris de la jeune femme, qui obscurcit ses pupilles pendant un très court instant. S'il s'était laissé distraire une seconde, il ne l'aurait pas remarquée. Préférait-elle qu'on ne mentionne pas son titre ? Il dut retenir un sourire amusé ; il savait très bien ce qu'elle ressentait.

Un petit rire s'échappa des lèvres de La Marchesa lorsqu'il parla italien.

— Ne vous donnez pas cette peine, je suis aussi anglaise que vous.

Son sourire s'élargit lorsqu'elle ajouta :

— Je comprends votre surprise. Raison de plus de nous dispenser de ce titre. Il ne fait que générer de la confusion.

Elle lança un regard de remontrance, bien que joueur, à Helena :

— Ma chère amie, ici, je suis simplement Sofia.

La précision avec laquelle elle allongea le « i » était exquise.

— Tout comme vous êtes Helena, et non Lady Brixton, lorsque vous vous trouvez entre amis.

Conall doutait que cette femme ait quoi que ce soit de simple. Il coula une œillade rapide et, il l'espérait, discrète à ses mains. Il n'existait qu'une seule façon pour une Anglaise d'acquérir un titre italien. Ses doigts étaient longs et graciles. Élégants. Et sans ornement. Pas la moindre alliance. Mais elle avait tout de même le titre. Voilà qui jetait un voile de mystère sur sa personne et peut-être une touche de scandale, comme l'avait mentionné le duc : une Anglaise mariée à un marquis étranger.

Elle replia les mains, couvrant son annulaire nu. Il n'avait donc pas été aussi circonspect qu'il l'avait imaginé.

— J'ai cru comprendre, Lord Taunton, que vous vous intéressiez à l'import d'alpagas.

Elle ne le quitta pas du regard tandis qu'il prenait place et acceptait une tasse de thé. Elle l'étudiait, le jaugeait, les yeux aussi audacieux que sa question. Que voyait-elle en l'examinant de la sorte ? Un homme suffisamment fiable pour son investissement ? Un homme avec un projet digne de son intérêt ? Eh bien ! Il pouvait également jouer à ce petit jeu ! Conall lui rendit la politesse en l'inspectant à son tour. Il tenait à se montrer clair dès le départ : il ne se laisserait pas intimider. Certes, il avait besoin de son argent, mais cela ne l'obligeait pas à jouer les flagorneurs. Et il n'était pas non plus prêt à accepter des fonds de n'importe qui. Il devait s'assurer qu'une entente était possible. Sa propre réputation et celle de sa famille en dépendaient.

Ils finirent leur thé, et la conversation s'éteignit un bref instant. La Marchesa l'observait avec une certaine impatience, un soupçon de défi dans ses yeux azur.

— Peut-être accepteriez-vous de m'accompagner faire un tour dans les jardins ? Vous auriez ainsi le loisir de m'expliquer votre projet plus en détail, sans que nous dérangions la duchesse et Lady Brixton avec nos fastidieuses conversations d'affaires.

Elle se leva, visiblement certaine qu'il accepterait. Elle savait qu'il ne voudrait ou ne pourrait pas refuser. C'était la raison de sa présence en ces lieux, après tout, et ils en avaient tous deux conscience.

— J'en serais enchanté.

Conall avait parfaitement saisi qu'il s'apprêtait à passer un entretien. Tout ce qu'il dirait ou ferait au cours de ces prochaines minutes déterminerait le futur de Taunton. Il offrit son bras à La Marchesa.

— Allons-y.

Chapitre 2

Elle n'aurait pas dû le toucher. Le bras qu'il lui avait offert était ferme et assuré sous ses doigts, et fit naître une chaleur douce mais inattendue au creux de son ventre. Cela faisait si longtemps qu'elle se débrouillait seule, qu'elle repoussait les débauchés comme Lord Wenderly et leurs infâmes propositions, ces hommes qui s'empressaient de la considérer comme un objet à acquérir, simplement parce qu'elle était belle et sans escorte. Une proie facile, selon eux. Aussi fut-elle décontenancée par la réaction de son propre corps. Décontenancée par cet homme, le jeune et séduisant vicomte aux yeux brillants d'intelligence, dont l'énergie palpitante semblait faire vibrer l'air autour de lui. Il était l'électricité personnifiée. Lorsqu'elle avait étudié le rapport qu'il avait soumis au Club de Prométhée, elle s'était imaginé quelqu'un de bien différent. Dans son esprit, un vicomte qui s'intéressait à l'élevage d'alpagas avait l'allure d'un quadragénaire excentrique, petit et replet avec une large calvitie. Après tout, cette description correspondait à la plupart des aristocrates du Club de Prométhée, et ne disait-on pas « qui se ressemble s'assemble » ? Mais Taunton défiait toutes ses attentes. Elle ne s'était absolument pas préparée à faire la rencontre de l'homme qui était entré d'une démarche tranquille dans le salon de la duchesse, plein d'assurance et de charme masculin.

Ses atours et son charisme n'auraient pas dû l'affecter ainsi, mais au contraire éveiller sa méfiance. Elle s'était déjà fiée aux apparences par le passé, et cela ne lui avait rien apporté de bon. Elle s'était crue immunisée face aux jolis minois depuis le jour où elle avait découvert qu'ils ne dissimulaient pas toujours de belles intentions. Pourtant, Taunton possédait un magnétisme unique, un attrait presque irrésistible.

Sofia l'observa un long moment, tandis qu'ils parcouraient les jardins du domaine des Cowden, évaluant sa personne d'une façon qu'elle espérait plus rationnelle. Une femme avertie en valait deux. Elle comptait le jauger, découvrir l'origine de son charme afin de ne plus se laisser surprendre. En tant que modèle masculin, il donnait satisfaction à tous égards. Jeune, mais pas trop, il devait avoisiner la trentaine. Il arborait des yeux de la couleur de l'argent, des cheveux de jais et un visage finement ciselé dont la sévérité disparaissait derrière son sourire ; une arme de séduction qu'il ne rechignait pas à brandir. Elle se demanda s'il l'utiliserait avec elle de façon défensive ou agressive. Pour captiver ou pour dissimuler. Sa haute stature et son port élégant, sans maniérisme, devaient être prisés des modistes et se mariaient superbement à ses larges épaules et à sa taille d'athlète. Elle remarqua l'excellente coupe de sa redingote du matin bleue et la luxueuse laine crème de son pantalon, taillé court comme l'exigeait la mode.

Et elle ne voyait là que la surface. Elle était prête à parier que la chemise d'un blanc immaculé qu'elle devinait sous son manteau était confectionnée avec le meilleur lin d'Irlande, et que les bottines qu'il portait sous ses chausses avaient été façonnées avec du cuir italien hors de prix. Il n'était pas surprenant qu'il s'intéresse aux alpagas du Pérou et à leur laine qui provenait de l'autre côté du globe. Cet homme était une carte d'invitation vivante au commerce international. Une très belle carte d'invitation… Mais son véritable atout était sa voix ; un baryton verdi aux subtiles stridulations. Ses mots s'écoulaient tel le chuchotement d'un ruisseau de vif-argent, aussi éclatant que ses iris.

Elle aurait pu l'écouter parler toute la journée. Mais, en l'occurrence, cela n'était pas nécessaire. Elle avait lu son rapport, et le vicomte ne lui révéla donc rien de nouveau. L'objectif de cette promenade était d'en apprendre plus sur lui. Quel genre d'homme était-il pour requérir son investissement, son partenariat ? Si elle souhaitait réellement se lancer dans l'aventure sans le soutien confortable du Club de Prométhée, il était impératif qu'il fasse montre d'une profonde intégrité. Une qualité que, hélas, peu d'hommes de sa connaissance possédaient. On ne la reprendrait plus à méjuger le caractère d'un homme, c'était une erreur qu'elle ne pouvait se permettre de reproduire. Si le vicomte respectait ce premier critère, ils auraient le temps de parler des alpagas plus tard.

À la fin de son exposé, Taunton lui offrit un sourire amical qui fit naître de charmantes pattes-d'oie aux coins de ses yeux gris.

— Ai-je réussi mon entretien ?

Ils avaient atteint l'extrémité du jardin, où une petite pergola ronde, plus décorative qu'utile, ornait le point le plus reculé du haut mur d'enceinte. Ce dernier protégeait les aristocrates qui vivaient à l'intérieur de la populace au dehors, subtil rappel de leur pouvoir et de qui appartenait ou n'appartenait pas à leur cercle.

Elle-même se tenait en équilibre fort précaire sur ce mur depuis son retour en Angleterre. Au moindre faux pas, elle retomberait à l'extérieur. Sa présence parmi la noblesse n'était tolérée que par quelques rares aristocrates comme Helena Tresham et ceux qui désiraient s'attirer ses bonnes grâces. Sofia était même considérée comme dangereuse par de nombreux membres de la haute société, inquiets de la voir contaminer les autres femmes avec ses idées folles d'égalité et de liberté. Elle se demanda quel était le degré de tolérance du vicomte vis-à-vis de ce sujet, et s'il avait conscience de la quantité de scandales qu'elle traînait derrière elle. Mais peut-être était-il si désespéré d'obtenir son prêt qu'il se trouvait contraint d'en faire abstraction ?

Sofia affronta son regard avec un léger rire en tapotant doucement sa manche riche et immaculée avec son éventail.

— Si vous avez réussi ? Déjà ? Voilà qui constituerait une décision bien hâtive sur une rencontre d'à peine quelques heures.

Peut-être était-il habitué à voir les femmes agir sur un coup de tête pour lui plaire ? Après tout, il était séduisant et affable, accessible et de bonne compagnie. Les dames devaient tomber en pâmoison devant lui… et peut-être plus. Elle n'était pas assez stupide pour confier à un bel homme ses secrets ou son âme, ni même son compte en banque, sans creuser davantage.

— Une telle action paraîtrait bien téméraire, ne trouvez-vous pas, milord ? Je doute que vous souhaitiez faire affaire avec un investisseur inconsidéré qui offre son argent à qui le lui demande, sans poser de question.

Elle sourit pour atténuer sa remontrance. Il devait s'assurer de son caractère, et non se l'aliéner. Elle avait besoin de lui, autant qu'il avait besoin d'elle… peut-être même plus. Après tout, sa requête à lui était simple : de l'argent. C'était son seul objectif. Elle, en revanche, désirait bien plus que cela. L'argent n'était qu'un moyen de parvenir à ses fins, d'acheter ce qu'elle recherchait par-dessus tout et dont elle aurait bientôt besoin en grande quantité : de la liberté et une sécurité financière. Ces denrées coûtaient cher, ces temps-ci, et il lui faudrait l'une comme l'autre pour assurer son propre bien-être et celui de son entourage.

— Touché, *marchesa*. Vous avez l'esprit aiguisé. Je vois à présent pourquoi Cowden vous a accordé sa confiance.

Il inclina la tête comme pour accepter sa réprimande, et ses yeux gris devinrent plus sérieux. Sofia comprit alors qu'elle s'était trompée sur au moins une partie de ses déductions : les femmes se montraient peut-être imprudentes avec lui, mais il n'était pas impulsif. Tout ceci n'avait rien d'un jeu. Elle sut aussitôt que cette paire d'yeux couleur de pluie la jaugeait autant qu'elle le faisait. Cette prise de conscience suscita chez elle un instant d'anxiété. Elle n'aimait pas qu'on la détaille sous toutes les coutures, qu'on parle d'elle, qu'on échafaude des théories sur sa vie, comme s'il s'agissait d'une partie de cartes. Elle tentait généralement d'éviter ce genre de spéculations en devançant son interlocuteur.

— Que souhaitez-vous savoir de plus ? demanda le vicomte d'un ton plus secret, plus grave.

L'aisance et la fluidité avec lesquelles il avait parlé de son projet d'alpagas avaient disparu, laissant la place à un discours plus coupant, celui d'un homme qui a quelque chose à perdre. Bien. Elle ne tenait pas à travailler avec quelqu'un susceptible de commettre des erreurs ou de s'embarquer dans un projet sur un coup de tête et de s'en lasser à mi-parcours. Elle avait besoin de son implication pleine et entière dans cette aventure, qu'il la considère pratiquement comme une question de vie ou de mort. Et ce pour bien des raisons. Évidemment, la première était de gagner davantage d'argent. La deuxième était de se servir de son inquiétude comme d'une distraction. Plus il se soucierait des alpagas, moins il aurait d'occasions de fouiner dans sa vie privée.

— Je tiens à vérifier le calendrier des importations et des profits, et le temps estimé avant le premier retour sur investissement. Je souhaite voir l'endroit où les alpagas seront élevés et consulter les sources sur lesquelles vous avez appuyé vos recherches, afin d'en tirer mes propres conclusions.

— Je crains que tout cela ne s'avère difficile, car l'installation et le matériel ne se trouvent pas à Londres.

Son ton laissait entendre qu'elle devrait se contenter de faire affaire sans ces éléments clés. Malgré tout le temps passé à côtoyer la haute société, Sofia était toujours sidérée de constater que les aristocrates s'attendaient à ce qu'on leur témoigne une confiance aveugle en toutes circonstances. Le vicomte semblait convaincu qu'elle allait lui remettre une importante somme d'argent, avec pour seule garantie cette courte conversation et son rapport écrit. En vérité, les membres de la noblesse n'accordaient pas la même valeur à l'argent que le reste du peuple. Même les plus endettés, autrement dit presque tous, peinaient à comprendre le poids d'une simple livre face à celui de plusieurs centaines. Mais peut-être que, s'ils en étaient capables, ils ne feraient pas si souvent faillite ? Elle n'avait jamais vraiment saisi l'expression « jeter son argent par les fenêtres » jusqu'à son mariage, bien que son père ait vécu largement au-dessus de ses moyens. La vie avec Il Marchese avait eu le mérite de lui enseigner bien des leçons.

Le vicomte sourit, peut-être pour paraître moins amer, mais elle perçut malgré tout une très légère agitation dans les stridulations de son baryton. Attendre davantage ne semblait pas lui convenir. Se pouvait-il qu'il soit plus désespéré qu'il n'en avait l'air ? Sofia se sentit rassurée de constater qu'il connaissait lui aussi un sentiment d'urgence, tout en se demandant quelle situation pouvait pousser un séduisant vicomte à une telle précipitation.

— *Marchesa*, les installations que vous cherchez se trouvent dans le Somerset, sur mon domaine, expliqua-t-il, comme si la distance effacerait son besoin d'enquêter.

Le Somerset, au sud-ouest. Vingt heures de voiture depuis Londres en prenant la chaise de poste, à condition d'avoir des chevaux rapides, des routes en bon état et peu de bagages. Le train, quant à lui, ne mettrait que quatre heures, même avec plusieurs arrêts. Une bien meilleure option. Elle affronta directement son regard et lui offrit un sourire poli qui ne souffrait aucun refus :

— On dit que le Somerset est resplendissant en été. Nous pourrons nous y rendre après le mariage. J'organiserai les arrangements nécessaires et vous en ferai parvenir les détails.

Elle lui tendit la main pour qu'il la serre, un geste masculin qui le prit au dépourvu. Elle lut une très courte hésitation dans sa contenance, puis il sourit et lui répondit d'une poignée ferme.

— Dans ce cas, en route pour le Somerset, *marchesa*. Je vais prévenir mon personnel de notre arrivée.

Sofia prit alors congé, prétextant qu'elle devait aussi envoyer quelques lettres et commencer les préparatifs pour leur départ. Elle devait être honnête avec elle-même : maintenant que les prochaines étapes de leur collaboration étaient décidées, elle aurait préféré ne pas passer plus de temps en compagnie du vicomte. Il lui poserait certainement des questions ; il voudrait comprendre ce qu'une femme mariée avec un titre étranger faisait, seule, en Angleterre.

C'était là des réponses qu'elle n'était pas prête à donner. Moins il en saurait sur elle, mieux tous deux se porteraient. Et le plus tôt ils quitteraient Londres, moins il y aurait de risques qu'il découvre son passé sordide.

Sofia poussa un profond soupir. Son plan ne se déroulait pas du tout comme prévu. Elle aurait tant aimé continuer à se terrer dans sa petite maison de Chelsea, poursuivre ses affaires par correspondance derrière le pseudonyme de Barnham, gagner de l'argent et réaliser ses rêves, tracer son propre chemin. Elle ne serait même pas apparue en société cette saison s'il n'y avait eu le mariage et l'attrait du projet des alpagas.

Enfin, cela n'était pas tout à fait vrai. Ces deux événements l'avaient encouragée à se montrer en public. Mais il existait aussi une menace qui, malgré la chaleur de cette belle journée de printemps, lui glaçait le sang. Sofia posa subrepticement sa main sur la poche cachée de sa jupe, laquelle contenait une feuille de papier : la dernière lettre en date d'Il Marchese, et la moins amicale. Elle était arrivée quelque temps après l'invitation d'Helena au mariage, une offre qu'elle n'avait pu refuser. Mais ce deuxième courrier avait changé la donne. C'était un rappel cuisant qu'en dépit de tous ses plans soigneusement élaborés, d'un divorce officiel approuvé par le royaume du Piémont et de trois délicieuses années de liberté, elle ne s'était toujours pas affranchie de l'emprise de Giancarlo. Il Marchese di Cremona, son époux, voulait la récupérer.

Ce n'était pas la première lettre qu'elle avait reçue ces six derniers mois, mais c'était sans aucun doute la plus sinistre. Au début, son mari s'était confondu en vaines excuses et en promesses de changement. Il souhaitait faire un nouvel essai. Il serait un bien meilleur époux désormais. Elle n'avait pas cru un traître mot de ses protestations, pas après dix ans d'infidélité et de cruauté, mais elle ne s'en était pas non plus inquiétée. Pourquoi l'aurait-elle fait ? Elle se trouvait ici, à un continent de distance de son ancien mari qui ne remuerait pas le petit doigt pour venir la récupérer, elle le connaissait. Cependant, ses dernières lettres étaient plus dures, plus menaçantes, et le doute s'était insinué. Il l'avait retrouvée. L'adresse inscrite sur l'enveloppe le prouvait, jusqu'au numéro de sa maison. Mais elle n'avait pas réellement cherché à dissimuler le lieu de sa retraite. Elle n'avait jamais imaginé devoir en arriver à de telles extrémités. Entre son époux et elle se dressaient la Manche et ses eaux agitées, la moitié de l'Europe et l'assurance légale de leur union dissoute. Plusieurs fois, elle avait vérifié que le Piémont admettait bien la validité de leur séparation.

Hélas, les temps avaient changé. La dernière lettre de Giancarlo ne cherchait plus à l'amadouer. De toute évidence, sa patience et celle du roi s'amenuisaient. Le Piémont avait beau reconnaître son divorce, son nouveau monarque, lui, n'approuvait pas son existence. Apparemment, le souverain en personne avait exigé que Giancarlo récupère son épouse et ce dernier, soucieux de rester dans les bonnes grâces de Sa Majesté, avait promis de lui donner satisfaction.

Sofia inspira profondément afin de juguler la peur panique qui l'envahissait à cette simple idée. Elle ne remettrait jamais les pieds au Piémont, pas même sur ordre exprès du roi. Cette fois-ci, Il Marchese n'était plus le seul à disposer de vastes moyens financiers. Elle possédait désormais sa propre petite fortune, son meilleur bouclier. Elle pourrait lutter, lever une armée d'avocats et faire traîner les procédures auprès de la chancellerie pendant des années, si nécessaire.

Mais le réconfort que lui apportait cette pensée fut de courte durée. Il Marchese ne se battrait pas de façon honnête. Si elle portait l'affaire devant les tribunaux, il l'accuserait certainement de choses infâmes qui, même s'il mentait, traîneraient son nom dans la boue et pousseraient son entourage à questionner sa moralité. Et, s'il échouait sur un terrain légal, il l'entraînerait sur un terrain illégal. Il se contenterait sans doute de la kidnapper et de la ramener de force au Piémont. Une fois là-bas, un bout de papier attestant de la dissolution de leur mariage n'aurait plus aucun poids. Non, personne ne pourrait empêcher Giancarlo de remettre la main sur elle… Sauf elle.

Mais Il Marchese devrait d'abord la retrouver. Avec sa fortune, Sofia pouvait se défendre ou fuir. L'argent était transportable. Elle se terrerait dans les recoins les plus obscurs d'Angleterre si nécessaire. Ce séjour dans le Somerset n'était qu'un début. Il Marchese lui donnerait-il un avertissement officiel ? Viendrait-il en personne ou enverrait-il ses gros bras négocier avec elle ?

Non, elle ne devait pas penser à ça. Elle refusait de s'en inquiéter maintenant. C'était précisément ce qu'il voulait. Cette lettre n'était que la première étape du tourment qu'il comptait lui infliger, une simple règle de son jeu malsain, afin de lui rappeler qui détenait vraiment le pouvoir. Elle pénétra dans la maison, tête haute et sourire aux lèvres. Helena ne devait rien savoir de cette nouvelle menace, sans quoi son amie s'empresserait de vouloir tout arranger, d'user de l'influence de son beau-père pour la protéger, sans avoir réellement conscience des risques auxquels elle s'exposerait en donnant un tel coup de pied dans la fourmilière. Sofia refusait d'entraîner la jeune femme dans le bourbier de son existence. Elle n'avait pas tout dit à Helena. Comment aurait-elle pu mettre des mots sur sa sordide expérience du mariage lorsque son amie était si heureuse ?

Cette guerre était la sienne et elle la gagnerait sans aide, comme elle avait triomphé de nombreuses autres campagnes au cours de sa vie. Seule, elle pourrait s'en sortir, s'échapper, la liberté lui tendait les bras. Mais impliquer son entourage ne ferait que… compliquer la situation. En deux jours, elle pouvait quitter Londres et disparaître à l'ouest. Tel un bon général, elle sonnerait la retraite, rassemblerait ses troupes et fortifierait sa position. Il ne lui restait plus qu'à ressortir indemne de l'épreuve du mariage des Cowden et de son bal. Elle avait survécu à bien pire.

Chapitre 3

Conall changea de position pour chasser l'inconfort de la rigidité du banc d'église. Il avait survécu à bien pire, mais les mariages l'angoissaient, comme un rappel amer du temps qui passe et de l'obligation pressante d'accomplir son devoir pour la vicomté. Un devoir qu'il ne pourrait réaliser sans se dégoter une épouse fortunée, ce qui le plaçait dans une situation contradictoire… Car, pour se marier, il lui fallait de l'argent. À moins de convoler avec la fille d'un riche citadin. Aucune demoiselle de bonne naissance ne souhaiterait s'allier à un titre sans fortune. Olivia de Pugh lui en avait apporté une preuve flagrante en brisant leurs fiançailles le lendemain de la mort de son père. Conall, en toute bonne foi, était allé la trouver afin de lui dévoiler l'état désastreux dans lequel l'ancien vicomte avait laissé les finances du domaine. Son honnêteté n'avait nullement retenu Olivia.

En vérité, le mariage était l'investissement le plus risqué qui soit, car il n'offrait aucune garantie, comme sa mère l'avait découvert à ses dépens. Elle s'était crue à l'abri du besoin toute sa vie, mais ce n'était qu'une illusion soigneusement entretenue par son mari de son vivant. Son décès avait prouvé que « pour toujours » n'était pas une notion relative. Les choix pris au cours de leur union la suivraient toute sa vie. Une fois engagé sur la voie matrimoniale, on ne pouvait plus s'en écarter, seulement la tolérer.

Conall prit place cinq rangs derrière celui de la famille Cowden et examina l'intérieur de la cathédrale Saint-Georges. Bien des couples présents en étaient arrivés à cette triste et unique option : se tolérer. Dans son dos s'étaient installés Lord et Lady Fairchild, qui pariaient tous deux copieusement, mais jamais ensemble. Peut-être cherchaient-ils ainsi à retrouver l'excitation qui manquait tant à leur ménage. À sa gauche se tenait Lord Duchaine qui, comme à son habitude, était venu seul. Lady Duchaine se trouvait à Paris, prolongeant chaque année davantage son voyage sur le continent. La rumeur courait qu'elle entretenait un amant dans son grand appartement du Faubourg, un homme suffisamment doué pour la convaincre de se priver des plaisirs de la saison londonienne.

Et il y en avait bien d'autres. Ils étaient tous rassemblés là, affublés des dernières tenues à la mode, de faux sourires plaqués sur leurs visages… Avec tous la même histoire. Duchaine et les Fairchild étaient la norme plus que l'exception. Quelle ironie de les voir s'attrouper pour célébrer l'entrée d'un nouveau couple dans leurs rangs ! Conall aurait trouvé plus approprié qu'ils viennent plaindre ou au moins avertir les jeunes fiancés. Cela lui paraissait si hypocrite, que cette noble foule se masse à l'intérieur de la cathédrale pour sourire et « verser une larme de joie », quand ils savaient par expérience à quel point le bonheur conjugal était fugace.

De l'autre côté de l'allée centrale, Olivia de Pugh pénétra dans la nef, toute de blond et de rose, arborant une jolie robe jaune pâle parsemée de primevères. Elle était accompagnée de sa famille et du très fortuné baron

Crossfield. Quand elle repéra Conall, elle lui adressa un discret signe de tête ainsi qu'un sourire signifiant « je vous l'avais bien dit ». Un autre jour, peut-être aurait-il perçu la morsure qu'Olivia espérait lui infliger par son geste mais, cette fois-ci, sa beauté anglaise traditionnelle le laissa de marbre. Finalement, peut-être devrait-il s'estimer chanceux de lui avoir échappé de peu. Quel homme voulait être aimé pour ses revenus et son rang ? L'assemblée présente n'était-elle pas le témoignage que de telles ambitions ne procuraient aucune véritable félicité ? Et pourtant, cette habitude de marier le titre à la fortune persistait, comme si, à force de la reproduire, on pouvait enfin obtenir un résultat différent.

Mais peut-être la cathédrale était-elle pleine de gens comme lui qui avaient cru un jour être uniques, persuadés que le mariage les rendrait heureux. Après tout, il avait apporté tant de bonheur aux Tresham. Leur famille était célèbre pour ses unions d'amour. Conall dirigea son regard vers le banc des Cowden, où étaient assises deux générations d'exceptions. Le duc et la duchesse, déjà en place, avaient les doigts entrelacés, leurs têtes penchées l'une vers l'autre. À côté d'eux se trouvaient leurs deux belles-filles : Helena qui masquait vaillamment sa grossesse de six mois sous une crinoline pour éviter la censure, et la femme de Fortis, Avaline, qui tenait sa belle tête blonde bien droite pour repousser les commérages sur l'absence de son époux. Conall se promit d'aller lui parler au déjeuner du mariage, afin de lui apporter un peu de réconfort par sa présence. Devant l'autel, Ferris Tresham attendait l'apparition de sa bien-aimée, son frère aîné à ses côtés en signe de solidarité fraternelle. Les yeux de Ferris étaient rivés sur la grande porte, mais le regard de Frederick ne voyait qu'Helena.

Chacun pouvait constater qu'après sept ans de mariage il était toujours très épris de sa compagne.

Lorsqu'il était enfant, Conall avait rêvé de cela : une union d'amour avec une femme qui lui inspirait la même loyauté et autant d'affection. La mort de son père avait tout changé. Ses espoirs avaient pris une tout autre forme. Désormais, l'idée qu'il se faisait d'un bon mariage était celle qui lui permettrait d'assurer le futur de sa mère, la dot de sa sœur et l'éducation de son jeune frère, en plus d'entretenir son domaine. Il n'hésiterait pas un instant à mettre de côté ses espoirs pour atteindre ces objectifs, que son père n'avait pas su garantir. Cet échec entachait son chagrin, le mêlant à la colère et à un terrible sentiment de perte, chaque fois qu'il pensait à l'ancien vicomte de Taunton.

Autour de Conall, les invités se mirent à virer sur leurs sièges, à tendre la tête vers les portes. Les murmures enflèrent jusqu'à devenir des chuchotements à peine contenus. La mariée allait-elle arriver ? Conall suivit le mouvement et se retourna pour tenter de l'apercevoir, guettant le moment où ils devraient se lever, mais il n'y avait personne.

— Fausse alerte, on dirait ? dit-il en donnant un petit coup de coude amical à Lord Hargreaves, son voisin.

Celui-ci, jeune, les cheveux couleur paille et grand amateur de ragots, haussa un sourcil :

— Bien au contraire, mon cher.

Il lui indiqua d'un léger mouvement du menton les dernières rangées de la cathédrale, où une femme venait de s'asseoir, les épaules droites dans sa robe lavande. Conall ne put retenir un rire amusé, car la couleur lavande était généralement réservée aux fins de deuil. Peut-être que, finalement, quelqu'un d'autre considérait les mariages comme une triste affaire. Le visage de l'inconnue était camouflé par la ravissante voilette de sa coiffure fleurie, laquelle ornait sa chevelure filée d'or, sans pour autant masquer totalement son identité.

Elle était le genre de femme qui marquait un esprit d'homme.

Même couverte de la sorte, elle demeurait envoûtante. Elle n'aurait pu se dissimuler au milieu d'une foule si elle l'avait souhaité… Ce qu'elle avait visiblement tenté de faire aujourd'hui. Mais la voilette ne rendait pas service à La Marchesa di Cremona. Au mieux, elle ne faisait qu'épaissir le mystère qui planait autour elle. Certaines personnes semblaient exister pour attirer l'œil.

— Je n'aurais jamais cru qu'elle oserait, poursuivit Hargreaves. Mais je suppose qu'avec toutes ses excentricités elle n'est plus à ça près.

Le jeune noble plissa les yeux d'un air vaguement méprisant.

— Lady Brixton est bien trop indulgente envers ses amies. Mais je me demande si elle s'imaginait que celle-ci viendrait.

La Marchesa choisit cet instant pour relever sa voilette, révélant les délicats contours d'albâtre de son visage. Dans son regard flamboyait une assurance tranquille mettant au défi tous les invités de la dévisager à loisir. Immobile, sa posture rigide semblait érigée tel un bouclier contre les murmures que l'on soufflait derrière les éventails. Hargreaves se pencha vers Conall et chuchota :

— Il paraît qu'elle a refusé l'offre de carte blanche de Wenderly. Tout White City ne parlait plus que de cela hier. Il paraît même qu'elle l'aurait giflé.

Conall se raidit aux propos désobligeants de Hargreaves, qui semblait si avide de disséquer la réputation de cette pauvre femme. Ce comportement l'agaçait, sans qu'il soit à même d'expliquer pourquoi.

— Et quelle raison aurait-elle eu d'accepter ? Wenderly a dépassé la cinquantaine, il est presque assez vieux pour être son père.

Et même si on faisait abstraction de son âge, Wenderly était connu pour ses appétits déviants. Imaginer La Marchesa dans les bras d'un tel homme lui tira un frisson. Sans doute était-il plus prompt à la défendre pour protéger la réputation d'Helena.

Hargreaves haussa de nouveau un sourcil :

— D'aucuns se demandent de quoi elle vit si elle peut se permettre de rejeter des hommes tels que Wenderly sans même y réfléchir.

Le sous-entendu grossier n'aurait pas pu être plus clair. Une femme seule avait besoin d'un protecteur.

— À cause de son refus, Wenderly a perdu un pari. Cela lui a coûté plusieurs centaines de livres, sans compter sa dignité. Tout le monde se demande qui est la véritable cible, pour qu'elle permette de mépriser une offre aussi généreuse. Wenderly est cousu d'or. Il l'aurait couverte de robes et de bijoux. Et avec sa taille et sa chevelure, elle aurait fait un ornement magnifique à son bras, poursuivait Hargreaves d'un air calculateur. Elle aurait pu s'établir pour un bon moment.

Ah, c'était donc cela, le fondement de la remarque du duc de Cowden sur le moyen honorable de subvenir à ses besoins. L'aristocrate craignait que, sans le Club pour réaliser ses investissements, La Marchesa ne se trouve contrainte d'accepter des offres bien moins glorieuses. Que restait-il à une belle Anglaise qui avait passé tant de temps sur le continent qu'elle en était devenue une étrangère pour sa patrie ?

Conall fulminait. L'idée que d'autres hommes la convoitent, la désirent pour assouvir des instincts purement charnels, lui déplaisait au plus haut point. Pour des raisons professionnelles, bien sûr, se convainquit-il. S'il s'associait avec elle, sa famille souffrirait de cette mauvaise réputation. Il valait peut-être mieux qu'il découvre si les rumeurs étaient fondées avant de partir à l'aventure avec elle, après les recommandations du duc de Cowden. Finalement, il avait passé moins d'une heure en sa compagnie. Que savait-il de ses mœurs et de ses relations ? Peut-être que ce que l'on racontait était vrai. *Mais peut-être pas*, lui souffla sa conscience. La simple absence de son mari n'aurait pas dû faire d'elle la cible d'infâmes cancans. En fait, c'était bien pire que cela : une femme qui avait l'audace d'être à la fois belle et seule ne pouvait échapper aux critiques acerbes et aux préjugés malveillants. Sa situation faisait d'elle une créature défiant les lois naturelles de la société.

Il connaissait bien la « haute », et n'aurait pas dû être surpris par l'émoi que sa présence suscitait. La Marchesa possédait une élégance incomparable et une fraîcheur vivifiante qui poussait un homme à l'admirer… À s'imaginer glisser son pouce le long de la délicate courbe de sa joue ou sur le rose velouté de ses lèvres, à tracer la mince ligne de son cou jusqu'au sobre décolleté de sa robe lavande. Maintenant qu'il y réfléchissait, elle ne s'habillait pas du tout comme une femme du demi-monde. Sa toilette, son allure et sa parure si discrètes étaient des modèles de convenance. Sans les murmures appuyés, on aurait pu la prendre pour l'épouse bienséante de n'importe quel gentilhomme.

Combien d'autres de ces messieurs nourrissaient actuellement la même idée ? Combien rêvaient de s'approprier ses faveurs ? Conall lui-même était en train de se laisser happer par ses propres fantasmes. Il ne put retenir un rire désapprobateur : voilà qu'il s'abaissait lui aussi à ramper dans la fange, qu'il se complaisait dans ses instincts primaires ! Pourquoi la présence ou l'absence d'un homme aux côtés d'une femme aurait-elle dû la définir ? Il sourit : une idée progressiste digne de sa sœur ! La douce Cecilia devenait une fervente partisane de la liberté des femmes !

La Marchesa leva une main pour jouer avec le collier de perles qui reposait sur la base de sa gorge, unique geste trahissant son inconfort et le fait qu'elle avait bel et bien entendu ce que l'on murmurait dans son dos.

Hargreaves acquiesça d'un air ouvertement appréciateur :

— C'est une vraie beauté, et sa touche européenne doit certainement apporter un délicieux petit « je ne sais quoi » pour animer le lit d'un homme sophistiqué.

Ce fut la goutte d'eau pour Conall, qui se leva. Il refusait de rester assis là, complice involontaire de ce clabaudage sordide au sujet d'une jeune femme qui n'avait aucune chance de se défendre, et qui n'avait peut-être commis aucun des scandales dont on l'accusait ! Sans le soutien d'un homme, elle n'avait aucune arme pour lutter contre l'oppression de la société. Le simple fait de pénétrer dans la nef avait fait d'elle une cible facile pour leurs traits acérés.

— Où allez-vous, Taunton ?

Hargreaves semblait chagriné de le voir partir, puis il surprit la direction de son regard.

— Oh ! vous allez tenter votre chance ? ricana-t-il d'un air entendu. Méfiez-vous. Wenderly n'est pas le premier à s'y brûler les ailes. On dit que c'est une véritable mangeuse d'hommes, comme ces fleurs qui attirent les insectes puis referment leurs pétales sur eux. Quoique ! Je m'estimerais heureux qu'elle referme ses pétales sur moi et qu'elle me serre bien fort, si vous voyez ce que je veux dire !

Conall déglutit et répondit avec brusquerie :

— Oui, je vois parfaitement. Si vous voulez bien m'excuser…

Il remonta l'allée centrale et se glissa sur le siège vide à côté d'elle au moment où la grande porte de la cathédrale Saint-Georges s'ouvrait et que la mariée s'avançait au bras de son père, blanche, pure et innocente, détournant l'attention générale de La Marchesa.

— Que faites-vous ? lui chuchota la jeune femme tandis que la foule se levait comme un seul homme dans un bruyant frou-frou de tissu.

Conall sourit.

— Les mariages sont plus agréables quand on y assiste avec un ami, et vous sembliez avoir besoin de compagnie.

— Merci, mais sachez que je n'ai besoin de personne.

Elle lui rendit son sourire de manière fugace.

— J'espère que vous n'aurez pas à le regretter. Il paraît que je suis une femme dangereuse.

Puis, baissant encore le ton, elle ajouta :

— N'allez pas croire un seul instant que cela vous aidera à obtenir mon argent. Aucune flatterie ou tentative de séduction ne vous ouvrira les portes de mon compte en banque.

Conall se contenta de fixer poliment la progression de la mariée.

— Cela ne m'a jamais effleuré l'esprit.

Et c'était vrai. Il avait regardé vers le fond de la nef et vu la détermination dans ses grands yeux bleus. Cela avait suffi. Elle était une guerrière au milieu de ses ennemis et, pour des raisons qu'il ne parvenait pas à expliquer, et qu'il ne voulait pas comprendre, il n'avait pas pu la laisser se battre seule. Malgré toute la force et la vivacité d'esprit dont elle faisait montre, il percevait aussi sa vulnérabilité.

Peut-être était-ce cela qui le fascinait, ou le mystère qui l'enveloppait tel un voile. Peut-être était-ce un simple élan de galanterie, une marque de soutien envers les Tresham, qui l'avaient accueillie ? Ou peut-être l'avait-il rejointe parce que lui aussi s'était déjà senti seul au cœur d'une foule. Après le décès de son père, il avait connu d'innombrables occasions où les gens n'avaient pas su quoi dire ou comment le dire. Alors ils n'avaient rien dit du tout, se contentant de converser avec les autres, de parler *de* lui et non *avec* lui, comme ils le faisaient avec elle aujourd'hui. Personne ne s'adressait à La Marchesa directement. Même dans cette cathédrale pleine à craquer, le siège à côté d'elle était resté ostensiblement vide. Tous savaient qu'elle était là, mais ils préféraient la traiter comme une indésirable ou un ornement, un objet qui ne pouvait pas souffrir de leurs diatribes. Tous sauf lui.

Sofia triturait l'ourlet de son mouchoir, les mains dissimulées dans les replis de sa robe. Elle ne laisserait personne voir à quel point cette cérémonie l'ébranlait. Sa simple présence leur avait donné du grain à moudre pour la journée, chose qu'avec du recul elle commençait à regretter. Assister à un mariage vous rappelait irrémédiablement le vôtre, et Sofia aurait préféré oublier le sien. Aussi ne parvenait-elle pas à se réjouir pour la jeune promise tant ses propres souvenirs la tourmentaient.

La future épouse passa près d'elle, radieuse et innocente dans sa robe blanche, et Sofia sentit son estomac se crisper. Elle aussi avait été radieuse et innocente, un jour. Son mariage avait ressemblé à s'y méprendre à celui-ci : des bancs d'église noirs de monde, des guirlandes de fleurs et de rubans ornant les allées et les candélabres, une robe de satin et de dentelle, et une jeune femme aux joues rouges masquées par un simple voile en tulle. Elle avait connu le même enthousiasme que la fiancée de Ferris à l'idée de se lancer dans la grande aventure matrimoniale.

Mais la dure réalité avait coupé court à ses fantasmes de jouvencelle. Elle avait cru que tout serait aussi idyllique que dans ses rêves : son mari était séduisant et fortuné, il avait beaucoup voyagé et venait d'une famille noble. Il vivait dans une immense villa du Piémont, possédait de luxueux appartements à Turin, la capitale du royaume, un chalet dans les Dolomites, un palais d'été, et avait couvert sa jeune épouse de cadeaux et de bijoux, jusqu'à lui en faire tourner la tête. Il passait la haute saison dans sa villa en Sardaigne, et la basse saison aux tables de jeux de Nice, ou à Venise pour assister au Carnaval. Pour une demoiselle fraîchement sortie de l'école, Sofia avait cru vivre un conte de fées. Mais elle aurait dû y regarder de plus près. Elle aurait dû refuser. Ses parents auraient dû refuser. Elle était encore trop innocente pour comprendre, mais eux auraient dû intervenir pour la sauver. Mais ils l'avaient su depuis le début et ne s'en étaient simplement pas souciés. Ils avaient désespérément besoin d'argent, au point de ne pas chercher à découvrir ce qu'Il Marchese dissimulait sous toutes ces dorures.

Au moins, elle était plus sage désormais. Lorsque quelque chose avait l'air trop beau pour être vrai, c'était sans doute le cas.

Même cet homme séduisant, qui avait pris place à ses côtés, persuadé que sa présence découragerait les mauvaises langues, cachait certainement sa part de secrets. C'était tellement masculin de croire qu'il lui suffisait d'être là pour rendre une femme décente ! Avait-il seulement envisagé que ses actions puissent aggraver les choses ?

Elle avait espéré passer inaperçue aujourd'hui, avec

sa voilette pour dissimuler son identité, mais avait obtenu l'effet diamétralement opposé. Et le « soutien » du vicomte n'avait certainement rien fait pour arranger sa situation. Difficile de rester discrète lorsque l'homme le plus séduisant de la salle s'asseyait à côté de vous ! Toutes les femmes l'avaient suivi du regard tandis qu'il remontait l'allée jusqu'au siège vide à côté d'elle, et les rumeurs avaient repris de plus belle.

Sofia lança un coup d'œil furtif à Taunton. Se rendait-il compte que ses actions avaient braqué toutes les lumières sur elle ? Il n'avait fait que donner plus de poids aux spéculations sordides que chacun murmurait dans son dos. Elle était prête à parier le contenu de son réticule que les invités assis derrière eux s'imaginaient qu'il était venu lui faire une offre comme celle de Wenderly. Et peut-être était-ce le cas ? Peut-être croyait-il que son physique lui donnait l'avantage sur un lord quinquagénaire ? Peut-être espérait-il la séduire pour obtenir son prêt ?

Ce genre de manœuvre aurait peut-être fonctionné sur une autre femme, mais Sofia n'avait pas l'intention de commettre deux fois la même erreur. On ne jugeait pas un homme à son apparence. S'il croyait vraiment gagner ses faveurs de cette façon, il en était quitte pour une belle déception ! Si ce Taunton n'était qu'un pervers comme les autres, le duc de Cowden entendrait parler d'elle ! Elle travaillait sous l'identité de Barnham précisément pour se protéger de ce type de réactions, et elle avait fait confiance au duc de Cowden pour jauger cet « ami de la famille » avant de lui révéler sa situation.

La mariée atteignit enfin l'autel, et chacun reprit sa place. L'office débuta, et Sofia repoussa ses noirs souvenirs en se concentrant sur l'entreprise qui l'attendait. Si la laine d'alpaga était aussi lucrative que Taunton le décrivait dans son rapport, elle pourrait, à terme, doubler ses profits. Mais fournir les fonds pour bâtir le foulon n'était pas sans risque. Une construction de ce genre coûtait bien plus cher qu'une cargaison de soie. Il lui faudrait concentrer la majeure partie de ses économies dans un seul projet, au lieu de les répartir comme elle préférait le faire. Diversifier ses actifs était une stratégie d'investissement bien plus sûre, au cas où une affaire ne se révélerait pas suffisamment profitable. Et les prêts étaient remboursés lentement, au fil du temps. Mais elle n'y pouvait pas grand-chose, cette fois.

La voix grave de Ferris Tresham la tira un instant de ses réflexions, lorsqu'il prononça ses vœux :

— Dans la richesse comme dans la pauvreté…

Accorder un crédit unique était de toute évidence le pire des investissements. Mais elle ne cherchait pas à établir un simple prêt, elle cherchait à faire de l'argent. Son but était de défendre ses propres causes, de poursuivre ses propres rêves et de rendre le monde plus équitable pour les femmes et les enfants, pour tous ceux qui n'avaient pas voix au chapitre. Elle avait souvent envisagé de faire bâtir un village d'ouvriers, lorsqu'elle le pourrait. Mais elle n'atteindrait pas cet objectif avant plusieurs longues années. Pourquoi acheter son propre foulon, pourquoi attendre d'avoir assez d'argent pour le faire seule, quand elle pouvait réaliser ce rêve par le biais du vicomte ? Elle pourrait faire construire le village industriel autour du foulon, grâce à sa manufacture de laine d'alpaga, en échange des fonds qu'elle engageait pour lancer cette aventure. Mais, avant cela, elle devait s'assurer que le projet était viable. À quoi lui servirait-il d'investir pour fabriquer un produit si ce dernier n'avait aucun marché ?

Son « rêve », comme elle aimait l'appeler, lui occupa l'esprit jusqu'au baiser. Elle recommença à se détendre lorsque les jeunes mariés traversèrent la nef pour quitter la cathédrale et inspira profondément. Elle avait survécu, mais elle ne s'en tirait pas indemne.

— Vous vous sentez bien ? lui demanda gentiment Taunton en lui offrant la stabilité de son bras droit tandis que les invités se dirigeaient vers la sortie.

Dieu seul savait à quel point elle avait besoin de cet appui aujourd'hui, bien plus qu'hier ! Elle détestait devoir se reposer sur lui, un parfait inconnu qui avait décidé de jouer les chevaliers servants. Elle était prête pour ce contact, cette fois, mais ne put empêcher sa chaude énergie de la gagner à nouveau lorsqu'elle posa sa main sur son bras.

— Vous êtes très pâle.

Elle lut les questions qui hantaient ses grands yeux d'argent alors qu'il l'observait avec inquiétude. Mais elle ne tenait pas à y répondre aujourd'hui.

— Je vais bien. Je suis simplement lasse.

Elle rabaissa la voilette devant son visage, comme si le tulle pouvait repousser ces interrogations. Mais fuir cette conversation aurait des conséquences. Dès qu'elle serait partie, d'autres répondraient à ses questions à sa place, avec leurs propres conjectures. Combien de temps avait-elle avant que Taunton n'entende les rumeurs, avant qu'il n'exige de savoir qui elle était ?

Dehors, le soleil brillait. Elle libéra son bras.

— Si vous voulez bien m'excuser, je pense que je vais m'abstenir de participer au déjeuner. Je crains d'avoir contracté une terrible migraine. Auriez-vous l'amabilité de transmettre mes salutations à Helena, ainsi que mes félicitations aux jeunes mariés ?

Puis elle se perdit dans la foule avant qu'il n'ait eu le temps de protester. Enfin, un sursis… Mais il y aurait une prochaine fois. Il ne lui restait plus qu'à traverser l'épreuve du bal de noces et, le Seigneur ait pitié d'elle, le long trajet en train avec Taunton. Quatre heures avec pour seul passe-temps la compagnie de l'autre… et leurs propres secrets.

Chapitre 4

Il la ramènerait.

Même si, pour cela, il lui fallait traverser la Manche. Il espérait toutefois ne pas en arriver à de telles extrémités. L'Angleterre n'était pas sa destination de prédilection. Giancarlo Bianchi, Marchese di Cremona, observait la Piazza San Carlo depuis la fenêtre de son *palazzo*. La célèbre statue d'Emanuele Filiberto sur son cheval était cernée de cafés chics et de riches palaces comme le sien, un environnement bien plus somptueux que les affligeantes maisons mitoyennes de Londres. Qu'on ose appeler cette étendue de suie, de boue et de détritus une capitale le médusait. Malgré sa taille et toutes ses innovations modernes, le cœur névralgique de l'Angleterre manquait cruellement de classe. Elle ne pouvait tenir la comparaison face à sa ville natale, Turin, le centre du Risorgimento, foyer des universités les plus prestigieuses et d'une pléthore d'érudits, d'artistes et de musiciens.

L'homme épousseta la manche de sa veste, comme pour en ôter une couche de crasse invisible. Il n'avait pas mis les pieds sur les îles britanniques depuis qu'il y avait récupéré sa femme treize ans plus tôt et, s'il plaisait à Dieu, il n'aurait pas à y retourner. Andelmo, son plus fidèle homme de main, ne tarderait pas à la lui ramener. Ce problème d'épouse s'était avéré plus complexe qu'il ne l'avait anticipé, un fait qui l'irritait presque autant qu'il l'excitait.

Son valet pénétra dans l'appartement, les bras chargés de malles contenant sa nouvelle garde-robe de printemps, suivi de près par son secrétaire. C'était l'heure du rapport matinal, bien qu'il soit plus de midi. Giancarlo fit signe au deuxième homme de le rejoindre à son bureau, face à l'oriel.

— A-t-on reçu des nouvelles de Londres ?

Le domestique lui répondit en lui tendant un télégramme :

— Il ne l'a pas encore aperçue. La maison est restée inoccupée depuis son arrivée.

— Rien d'autre ? Ça ne peut pas être tout !

Giancarlo fronça les sourcils en lisant la note. Son temps valait beaucoup d'argent et sa patience s'étiolait. Il tapota du bout des doigts la surface cirée de la table d'appoint. Elle n'avait pas répondu à ses missives précédentes. Il n'était même pas sûr qu'elle les ait reçues. En l'absence de réaction, il avait dépêché Andelmo pour la retrouver, localiser l'adresse et lui transmettre sa dernière offre directement. S'il essuyait un refus, Andelmo avait ordre de la ramener en la traînant par les cheveux si nécessaire. Cela datait de plusieurs semaines à présent, assez longtemps pour faire le voyage, s'installer et partir en reconnaissance. Mais Andelmo ne lui avait fait parvenir qu'un seul message, l'informant qu'il était bien arrivé, qu'il avait trouvé la maison, mais qu'il n'y avait aucune trace d'elle.

Giancarlo poussa un soupir :

— Nous devons la faire sortir de son trou. Nous arranger pour que ce soit elle qui vienne à notre rencontre.

Il claqua des doigts.

— Prenez un papier et notez mes nouvelles instructions : dites à Andelmo de s'introduire dans la maison, de s'assurer que c'est bien la sienne et, le cas échéant, de lui laisser une de ces « cartes de visite » dont il a le secret.

Si elle était à Londres, l'intrusion la ferait sortir de sa cachette. Dans le cas contraire, il leur faudrait repartir de zéro. Si elle ne se trouvait pas à la capitale, cela ne pouvait signifier que deux choses : soit elle n'avait pas reçu ses lettres, soit elle les avait reçues et, effrayée, avait fait en sorte de disparaître. Il espérait que c'était la deuxième option.

Giancarlo plia le télégramme et le glissa dans sa poche. À la simple pensée de sentir à nouveau son odeur, une vague de désir lui enflamma le sang. Il congédia ses deux domestiques d'un vague geste de la main.

— Laissez-moi. Je dois réfléchir. Descendez préparer mon souper et trouvez-moi de la compagnie pour ce soir. Des sœurs de préférence.

Giancarlo s'assit à son bureau. Les doigts en clocher et l'air pensif, il observa la *piazza* sans la voir. Cette manœuvre suffirait-elle à la faire sortir de sa cachette ? Sofia finirait bien par rentrer chez elle. La véritable question était : combien de temps était-il prêt à attendre ? Cette situation pouvait s'éterniser. D'après le rapport d'Andelmo, sa maison de Londres était petite, son secrétaire avait négligé l'importance de ce détail. Les petites maisons étaient efficaces, un abri pratique, mais guère plus. Elles n'inspiraient aucun sentiment d'appartenance à leur propriétaire. On n'y recevait pas ses amis et l'on n'en faisait pas étalage auprès de son entourage. On pouvait aisément les oublier.

Cette notion lui tira un ricanement. Ce choix était si décevant. Une maison mitoyenne ? Vraiment ? Alors qu'il l'avait habituée à des *palazzi* et à de somptueux appartements ? Il lui avait offert tellement plus. Les maisons mitoyennes étaient l'apanage des familles moyennes, voire des commerçants. Depuis le temps, elle devait certainement regretter le luxe dans lequel il lui avait permis de baigner. Peut-être qu'une maison mitoyenne était le mieux qu'elle puisse s'offrir. Elle n'avait pas assez d'argent pour être acceptée par la bonne société de Mayfair. Dans tous les cas, une chose était certaine : elle ne recevait personne dans cette maison. Giancarlo rit pour lui-même. Il l'avait prévenue que Londres tournerait le dos à une femme divorcée. Aucune famille décente ne l'inviterait, pas même la sienne. Peut-être qu'à Chelsea elle pouvait vivre incognito. Peut-être que la population de ce quartier n'était pas très regardante. Que pensait-elle de sa « liberté » maintenant, après trois ans d'ostracisme ? N'importe quelle autre femme l'aurait supplié à genoux de la reprendre.

Mais il l'avait sous-estimée. Elle avait plié bagage et il l'avait laissée faire, persuadé qu'elle reviendrait en rampant au bout de quelques semaines, se frottant les mains à l'idée de la voir l'implorer. Mais, maintenant qu'il y repensait, Sofia n'avait jamais vraiment été une femme comme les autres. Il s'agita sur son siège, gêné par l'érection qui grandissait à son simple souvenir : sa resplendissante crinière dorée qui cascadait sur ses épaules, ses yeux embrasés de défi alors qu'il lui imposait ses désirs.

Déshabillez-vous et penchez-vous en avant pour mieux tâter de ma cravache, Sofia, à moins que vous ne préfériez qu'Andelmo vous assiste. Vous connaissez le prix à payer pour avoir causé mon déplaisir…

Il ne comptait plus le nombre de fois où il avait tenté de la mater, elle avait toujours sauvagement résisté.

Elle était partie juste avant qu'il ne parvienne à la briser complètement. Mais elle ne l'avait pas simplement quitté, elle l'avait défié. Elle avait osé fuir ! Par deux fois ! Et ce en dépit des punitions qu'il avait menacé de lui infliger. Cela avait certainement fait grimper les enjeux de leur petit passe-temps : il n'avait plus de proie aussi délicieuse depuis des années. Qui aurait pu croire que la jeune écolière qu'il avait épousée se transformerait en une femme si désirable ? Il sourit, les yeux dans le vague, pensant à Sofia. Que ferait-elle lorsqu'il la rattraperait enfin ? Lorsqu'elle se retrouverait prise au piège ? Se battrait-elle ? Le supplierait-elle ? Implorerait-elle sa clémence ? Pleurerait-elle ?

Giancarlo fit tourner la lourde chevalière à son doigt. Il était prêt à parier ce bijou que Sofia lutterait jusqu'au bout. Et c'était cette certitude qui le poussait à se montrer patient. Il la trouverait et le jeu en vaudrait la chandelle. Sa capture serait glorieuse, un prix à la hauteur de ses efforts. En retrouvant sa maison de Margaretta Terrace saccagée, Sofia saurait qu'il lui faudrait se préparer à la guerre.

Il ne la laisserait pas lui échapper cette fois, il avait trop à perdre. Ses choix avaient déçu le nouveau roi du Piémont, Victor Emmanuel II, qui ne faisait pas confiance aux hommes divorcés. L'une des premières interventions du monarque avait été de proscrire tous les divorces approuvés par son père. Il voulait que les nobles de son pays soient des exemples : des hommes mariés et vertueux. Depuis le départ de Sofia, Giancarlo avait été laissé de côté et chaque opportunité d'accroître ses richesses lui était passée sous le nez au profit des autres. Le nouveau roi lui avait bien fait comprendre que la chance ne lui sourirait que lorsque son épouse serait rentrée dans le rang.

Giancarlo lui avait bien sûr proposé de se remarier, et avec une femme choisie par le souverain. C'était le moyen le plus rapide de parvenir à ses fins. Mais cela n'avait pas suffi. Le nouveau monarque était un homme pieux, profondément catholique, et à ses yeux le remariage consistait à masquer le péché du divorce par un péché d'adultère. Seule la première femme de Giancarlo, son unique épouse, pourrait convenir. L'opulence promise en échange l'aurait envoyé cavaler lui-même à travers le continent pour la récupérer, puis la punir jusqu'à obtenir son entière soumission, afin que ce genre d'escapade ne se répète jamais. Et, cette fois-ci, il réussirait. Il fallait une femme rare pour ne pas craindre le prix qu'il lui ferait payer pour sa trahison.

Sofia était effrayée. C'était aussi simple que cela. Elle évalua son regard dans le long trumeau d'Helena. Cela faisait des années qu'elle n'était pas parue autant à son avantage, avec ses cheveux relevés et tressés en une élégante couronne, le scintillement discret d'une paire de diamants à ses oreilles, sa silhouette gracieuse mise en valeur dans une robe de soie d'un bleu ciel profond, coupée selon la dernière mode : un corsage bas dénudant les épaules. Sofia aimait les ornements minimalistes. Sa tenue était sobre, sans artifice ni fanfreluche, à l'unique exception d'une délicate couche de dentelle et de rubans sur les manches, subtil rappel des motifs du corsage. Et pourtant, malgré la splendeur de son reflet, ou peut-être à cause d'elle, Sofia avait peur.

— Je ne peux pas aller au bal, Helena. Je ne peux pas.

Elle pivota tristement devant le miroir, le visage fermé, se plaisant toutefois à sentir le murmure du tissu contre ses chevilles. Ne pas danser au moins une valse dans une telle robe serait un sacrilège. Elle adorait danser autrefois, mais ces quelques pas sur la piste risquaient de lui coûter cher. La femme splendide qu'elle contemplait dans ce miroir attirerait l'attention… et les convoitises. Les hommes voudraient s'approprier sa beauté et, lorsqu'elle refuserait, ils répandraient d'infâmes rumeurs sur elle. Peut-être même prendraient-ils de sordides paris, comme l'avait fait Wenderly. Les autres dames la haïraient, persuadées que Sofia n'était venue que pour les humilier, pour attirer les hommes à marier loin des jeunes filles de bonne famille qui méritaient d'épouser de vrais gentilshommes. Elles la traiteraient de Dalila, de Jézabel, et elle n'aurait nul abri pour se soustraire à leurs diatribes. Elle avait goûté à l'acidité de leur venin lors de l'office et n'était pas impatiente de reproduire l'expérience.

Helena se contenta de lui sourire depuis son fauteuil, où elle caressait distraitement son ventre rond, indifférente au trouble de son amie.

— Ne me dites pas qu'après toutes ces années un bal vous fait peur. La jeune fille avec qui j'allais à l'école se moquait bien de ce que pensaient les autres, en particulier des messes basses d'une bande de vieilles chouettes.

Helena avait toujours su comment lui jeter le gant.

— C'est encore le cas. J'aimerais seulement qu'elles cessent de parler de moi comme si je n'étais pas là, alors que je me tiens à quelques pieds d'elles.

Sofia détacha la rivière de diamants et de saphirs qui ornait son cou et la reposa à contrecœur sur la coiffeuse. Elle aurait sans doute fui avant la fin de la cérémonie, si le vicomte de Taunton n'était pas venu la trouver, ne lui laissant d'autre choix que d'endurer ce supplice. Il avait eu le courage de s'asseoir près d'elle, il aurait été terriblement impoli de prendre la poudre d'escampette. En toute honnêteté, la présence d'un allié à ses côtés avait rendu l'épreuve moins pénible.

Sofia leva un bras pour retirer l'une de ses épingles, déterminée à défaire sa coiffure sophistiquée. Plus tôt elle aurait retrouvé son apparence normale, plus vite elle pourrait oublier avoir eu la prétention de participer au bal.

— Taunton sera là, vous savez, lui annonça Helena tandis que la femme de chambre circulait dans la pièce pour étaler ses plus belles mises pour la soirée.

— Évidemment. C'est un ami proche de votre famille, répliqua Sofia fraîchement, soucieuse de ne montrer aucune réaction.

Elle jeta un œil à Helena dans son miroir. À quoi était-elle en train de jouer ?

Cette dernière se hissa un peu maladroitement hors de son fauteuil et commença ses propres préparatifs.

— Taunton dansera avec vous, ainsi que Frederick. Avec deux hommes décents à vos côtés, d'autres viendront et vous ne serez pas seule. Je pensais que vous appréciiez Taunton ?

— J'envisage d'établir un partenariat professionnel avec lui sur les conseils de votre beau-père, cela s'arrête là.

Sofia n'aimait pas du tout la lueur qu'elle voyait briller dans les yeux d'Helena. Ce ne serait pas la première fois que son amie tentait de jouer les entremetteuses. La femme de chambre fit glisser une robe de soie verte avec de grands motifs de roses par-dessus la tête d'Helena.

— Taunton est un homme bien, reprit cette dernière, sa voix étouffée par le tissu. Frederick se portera garant de lui.

La chevelure noire, puis le visage de la jeune femme ressortirent de l'encolure du vêtement.

— Nous verrons s'il a vraiment le sens des affaires. Les alpagas sont tout sauf un investissement ordinaire.

Sofia regarda Helena lisser les plis de soie sur son ventre et se tourner vers le trumeau pour jeter un œil critique à sa silhouette arrondie. Elle ne put s'empêcher de ressentir une pointe d'envie tandis qu'elle observait son amie. Helena avait une vie idyllique : un mari aimant, le confort et la sécurité de sa maison, des enfants et bientôt un bébé à cajoler. Il était donc naturel et bienveillant de la part d'Helena de souhaiter le même destin à son amie. Mais Sofia ne pourrait jamais aspirer à une telle félicité. Elle avait à jamais perdu cette chance, le jour où elle avait épousé Il Marchese, et renoncé à tout espoir en signant son divorce. Aucun gentilhomme anglais décent ne se marierait avec une femme déchue, ne serait-ce qu'à cause des complications légales.

Mais il n'y avait pas que cela. Plus jamais Sofia ne confierait sa liberté, sa vie tout entière, à un homme. Mais comment faire comprendre cela à une femme comme Helena, qui possédait tout ce que son cœur désirait ?

— Je ne pense pas que danser avec Taunton soit une bonne idée.

Il était typiquement le genre d'homme que les mères entremetteuses rêvaient d'accaparer pour leurs filles : séduisant, bien éduqué, aimable et noble. Si Sofia se risquait à attirer l'attention d'un si beau spécimen, elle provoquerait le courroux de toutes ces matrones. Comme pour clore le débat, Sofia retira une autre épingle.

Helena la transperça d'un regard acéré, signe qu'elle était lasse de prendre des gants pour l'amadouer.

— Si vous ne dansez pas avec Taunton, alors avec qui ? Quand ? Cela fait trois ans, Sofia. Sérieusement, vous ne comptez pas vous emmurer pour le reste de votre existence ?

Une flamme embrasait à présent les yeux d'Helena, un rappel vivace que la ténacité de la jeune femme lui avait permis de conquérir le cœur d'un duc.

— C'est exactement ce que je compte faire, et plus

tôt vous l'accepterez, plus vite nous pourrons laisser cette querelle derrière nous, rétorqua Sofia avec la détermination de fer qui lui avait permis de traverser quatre années d'une école de privilégiés où la fille d'un gentilhomme de la campagne n'était guère plus que de la boue sous leurs chaussures, et dix ans d'un mariage violent et cruel.

Helena se radoucit :

— Ma chère amie, vous êtes bien trop jeune pour en arriver à de telles extrémités, ou pour jurer la solitude éternelle. Vous devriez vous trouver un autre époux. Prendre un nouveau départ.

— Cela ne fonctionnera pas avec un homme comme Taunton. Il ne peut pas se permettre une union avec moi.

Elles savaient toutes deux qu'elle ne faisait pas référence à sa capacité monétaire. Un noble britannique avec le moindre degré d'ambition sociale ou politique ne pouvait associer son nom aux scandales que Sofia traînait derrière elle, comme autant de sinistres ombres.

Helena évita son regard et fit semblant de se concentrer sur sa tenue. Même elle ne pouvait nier cette vérité. Peut-être Sofia trouverait-elle un jour un veuf discret, vivant à la campagne, qui pourrait l'épouser sans trop ternir sa réputation… le jour où elle s'intéresserait de nouveau au mariage. Mais un aristocrate ? Impossible. Hélas, Helena n'était pas du genre à renoncer si vite :

— Taunton n'apprécie pas beaucoup la ville. Il n'y passe que quelques semaines par an pour ses affaires. Il préfère de loin la vie à la campagne, sur son domaine familial.

— Mais il a hérité du titre de son père, désormais. Et cela va changer la donne pour lui, qu'il le veuille ou non, rétorqua Sofia pour contrecarrer la subtile riposte d'Helena.

— Taunton n'est pas le genre d'homme que l'on détourne si aisément de ses convictions.

Quelqu'un frappa à la porte, interrompant Helena dans sa nouvelle manœuvre offensive.

— Les invités arrivent, milady, l'informa le valet de pied de l'autre côté du panneau en bois.

Helena observa encore une fois son apparence :

— Je suis certaine que c'est une fille, cette fois. Je la porte très haut, contrairement aux garçons, et je suis tellement plus grosse que je ne le suis d'ordinaire à six mois.

Elle tendit la main à Sofia :

— C'est le dernier jour des festivités et sans doute ma dernière sortie en société avant un moment. Dans quelques jours, je ne pourrai plus échapper aux critiques. Je vous en prie, ma très chère amie, venez au bal avec moi.

Son rire doux et irrésistible retentit dans la pièce. Elle ajouta :

— Vous et moi n'avons rien à perdre tant que nous sommes ensemble.

Sofia sentit sa détermination fléchir. Elle n'avait jamais rien pu refuser à Helena.

— Fort bien, mais juste pour quelques heures. Laissez-moi simplement le temps de remettre mes épingles et mon collier.

Elle ne participerait au bal que pour soutenir Helena face aux mauvaises langues. Les autres ne manqueraient pas de déclarer qu'une femme dans sa condition aurait dû se retirer de la société depuis des semaines. Et puis, après tout, pourquoi Sofia aurait-elle dû se priver maintenant ? Si elle avait véritablement eu l'intention de se défiler, elle l'aurait fait bien plus tôt. Elle avait laissé la situation lui échapper et n'aurait pas dû accepter de tenir compagnie à son amie pendant les semaines précédant le mariage, ni assister à la cérémonie ou résider dans la demeure familiale. Danser au bal des noces avant que Ferris et son épouse ne partent passer quelques mois dans les îles grecques ne constituait qu'une erreur de plus parmi tant d'autres. Helena sourit, victorieuse.

— Essayez de prendre du bon temps.

Sofia rattacha la rivière de diamants sur sa nuque, consciente du sous-entendu de ces paroles. Cette soirée était le dernier service qu'Helena pourrait lui rendre avant un long moment. Sofia devrait en profiter autant que possible avant de retourner à l'anonymat de sa petite maison mitoyenne de Chelsea et à ses voisins de la classe moyenne. Cela faisait plusieurs semaines qu'elle n'était pas rentrée chez elle, et son modeste foyer lui manquait. Personne à Chelsea ne savait qui elle était réellement et tout le monde s'en moquait. Dans ce quartier, elle avait trouvé un peu de ce bonheur qu'elle recherchait. Elle avait reconstruit et refaçonné sa vie. Elle travaillait en se faisant passer pour un homme grâce au pseudonyme de Barnham, mais s'adonnait également à des occupations caritatives, réservées aux femmes. Elle apportait son aide dans un orphelinat et dans une petite école. À Chelsea, elle avait fait ses premiers pas vers son rêve.

Enfin prête, Sofia glissa son bras sous celui d'Helena et se tint près d'elle tandis qu'elles se dirigeaient vers le hall d'entrée.

— Vous avez été une véritable bonne fée pour moi, Helena, et j'en ai conscience, je vous l'assure.

Mais ce soir, à minuit, le conte de fées prendrait fin : elle cesserait d'appartenir au monde exclusif des Cowden. Elle avait toujours su que cela ne durerait pas. Comme tant d'autres choses, ces instants n'avaient été qu'une illusion, parfois amère. Comme elle s'en était doutée, il n'y avait eu aucune magie dans l'accueil que lui avaient réservé les invités. La seule surprise de son séjour restait ce qu'elle avait ressenti lors de sa rencontre avec Taunton. Mais c'était terminé, à présent. Elle avait repris le contrôle et ne laisserait pas le charme et la gentillesse de cet homme avoir à nouveau raison de ses défenses.

Chapitre 5

Il fallait qu'il arrête de se laisser surprendre par sa beauté ! C'était la troisième fois que Conall la croisait, dont deux au cœur d'une foule qui aurait dû lui procurer des dizaines d'autres distractions… Et pourtant ! Chaque fois qu'elle apparaissait, sa grâce lui coupait le souffle. Même ici, dans le cadre somptueux et rutilant de la salle de bal des Cowden, au milieu des plus belles femmes de Londres, elle accapara toute son attention dès l'instant où elle entra dans la pièce, bras dessus bras dessous avec Helena. La Marchesa était…

— Enchanteresse, murmura Conall, à peine conscient d'avoir prononcé le dernier mot à voix haute.

Ce fut le rire de Frederick qui le rappela à la réalité :

— En effet. Helena est merveilleuse.

Frederick s'adossa à un pilier emmailloté de satin et contempla à son tour les deux jeunes beautés tandis qu'elles traversaient la salle. Il avait les yeux rivés sur sa femme. Conall s'éclaircit la gorge pour masquer sa bavure :

— Hum, oui, Helena attire tous les regards ! répondit-il avec un enthousiasme exagéré.

Mais Frederick n'était pas dupe.

— Oh ! Vous vouliez dire que Sofia est enchanteresse !

J'avoue que je ne pensais pas qu'Helena parviendrait à la convaincre de venir. Hum…

Frederick prit un air songeur, fixant Conall avec curiosité avant de tourner à nouveau son regard vers la belle robe bleue de Sofia.

— Oui, je suppose qu'elle est assez jolie, si on aime les femmes blondes au style chatoyant.

Il s'esclaffa avec bonhomie.

— Est-ce votre cas ? Aimez-vous les femmes blondes au style chatoyant ?

Frederick soulagea un valet de pied qui passait par là de deux coupes de champagne. Il en tendit une à Conall.

— À votre santé, mon vieux. C'était un véritable plaisir de vous avoir avec nous cette semaine. Nous ne vous voyons pas assez souvent.

D'un signe de tête, il désigna les deux femmes qui se dirigeaient vers eux :

— Pensez-vous que cela pourrait changer ?

— Eh bien, il faudra que je reprenne le siège de mon père à la Chambre des lords, argua Conall pour éviter de répondre à la question.

— Ce n'est pas ce que je voulais dire.

Frederick sirota son champagne d'un air pensif avant d'ajouter :

— Elle non plus n'apprécie pas beaucoup la ville, vous savez.

Frederick lui coula une œillade complice, et Conall se rendit soudainement compte que son ami aurait aisément pu le renseigner sur les mystères de la Marchesa di Cremona. Il était certainement tentant de choisir le chemin de la facilité, une curiosité qu'il pouvait justifier par le fait qu'il envisageait de faire affaire avec elle. Il obtiendrait aussitôt les réponses à ses questions ! Mais Conall ne put s'empêcher de penser que cette option empestait le commérage. Il avait toujours été convaincu que, pour connaître quelqu'un, mieux valait lui parler directement plutôt que de rassembler des bribes d'informations auprès d'autres personnes, fussent-elles aussi fiables que l'héritier des Cowden.

Conall avala une gorgée de champagne :

— Notre relation est strictement professionnelle.

— Pour l'instant.

Frederick termina son verre et le tendit à un second valet de pied.

— Vous pourriez faire en sorte de changer cela, pour votre bénéfice à tous deux. Je crois que c'est une personne très seule, un peu comme vous, insista son ami. La mort de votre père vous a beaucoup affecté. Vous vous êtes mis en retrait.

Conall secoua la tête.

— Je ne suis pas seul. J'ai ma famille : mère, Cecilia et Freddie.

— Encore une fois, ce n'est pas ce que je voulais dire, répliqua Frederick en haussant un sourcil. Nous ne sommes pas faits pour rester seuls, mon vieil ami.

Conall tourna un regard dur vers Frederick.

— Je vais vous parler franchement : je n'ai rien à offrir, à aucune femme, pour le moment. Vous le savez mieux que quiconque.

— Le mariage n'est pas qu'une question d'argent, et vous avez bien plus que cela à offrir à une femme, lui rappela Frederick. Vous n'étiez pas aussi cynique autrefois. Vous rêviez d'une union d'amour, comme celle de vos parents.

Conall fronça les sourcils.

— Plus aujourd'hui. Je ne peux plus me le permettre. Et, quand j'y pense, mon père ne le pouvait pas non plus.

— Votre père a fait de son mieux, rétorqua Frederick

pour défendre le défunt, adoptant un ton aussi austère que celui de Conall.

Puis, brusquement, le regard de son ami passa par-dessus l'épaule de Conall, et son visage s'illumina tandis que sa femme approchait. Il ne put retenir un rire amusé.

— Nous n'avons pas tous votre bonne fortune, Brixton.

Mais, en dépit de leur camaraderie, il ne pouvait s'empêcher d'espérer connaître un jour cette félicité, lui aussi. Comme il se l'était toujours imaginée. Mais l'année passée lui avait prouvé que tout ce qu'il croyait acquis était en réalité hors de sa portée. Il lui faudrait bien plus que de la chance pour regagner l'espoir de faire un mariage d'amour. Il lui faudrait un miracle.

Ils s'inclinèrent devant ces dames, et Conall observa avec envie Helena glisser son bras sur celui de son époux, avec cette aisance familière propre aux heureux couples.

— Mon carnet de bal est vide, badina-t-elle avec Frederick. Peut-être accepteriez-vous de me conduire sur la piste ?

Le quintette était en train de s'accorder, un subtil appel aux armes pour tous les invités. Autour d'eux, des matrones entremetteuses rassemblaient leurs troupes tandis que Ferris et son épouse s'apprêtaient à ouvrir le bal. Après quelques tours en tête à tête, ils seraient rejoints par d'autres danseurs. Helena capta son regard, et Conall comprit brusquement que Frederick n'était pas sa cible. C'était lui. Elle avait parfaitement orchestré sa manœuvre ; pertinemment consciente que Conall était trop bien élevé pour laisser une jeune femme seule, pendant que son amie dansait, surtout lorsqu'il n'avait pas de partenaire.

— *Marchesa*, me feriez-vous cet honneur ?

Il s'inclina devant elle et lui offrit son bras.

— Je crains qu'Helena ne vous ait piégé, murmura

Sofia, une charmante touche de rouge venant teinter ses joues tandis qu'il la menait vers la piste.

Sur une demande fort peu conventionnelle de Ferris, la première danse était une valse, une excentricité que l'on tolérait de la part d'un jeune marié amouraché.

— En êtes-vous contrariée ? Car je ne le suis pas le moins du monde, lui assura Conall.

Il plaça délicatement une main sur sa hanche et saisit ses doigts délicats au creux de sa paume, lorsqu'il fut enfin temps pour les invités de se joindre au bal. Il l'entraîna sur la piste avec un large sourire. En toute franchise, il aimait danser, et pouvoir partager cet instant avec une partenaire aussi douée que lui était un plaisir rare. Ce soir, il avait la chance de profiter à la fois de l'opportunité et de la jeune femme idéale. Elle était exquise au creux de ses bras. Ses gestes répondaient à la moindre direction de sa main et ses yeux resplendissaient d'une joie aussi sincère que la sienne. Il réalisa alors que ce n'étaient pas sa robe bien taillée ou ses atouts physiques qui la rendaient si séduisante. Sa beauté provenait de l'intérieur, d'un jardin secret au plus profond de son être. Un endroit enivrant et envoûtant qu'il n'eut aucune envie de quitter lorsque la mélodie prit fin.

— Accompagnez-moi sur la terrasse, lui proposa-t-il d'un ton un peu brusque, le souffle court d'anticipation.

Même s'il n'avait pas envisagé de faire affaire avec elle, il l'aurait trouvée captivante. Il n'avait pas ressenti une telle fascination depuis des années, lorsqu'il était arrivé dans la capitale pour la première fois, tout juste rentré de son Grand Tour aux Amériques. Son cœur s'était embrasé pour Lady Francesca Wheless. Bien entendu, il ne savait rien d'elle. Lady Francesca lui avait paru bien moins attirante après trois mois passés à la courtiser pour finalement découvrir son véritable caractère. Il en serait certainement de même avec La Marchesa au bout de quelque temps mais, ce soir, il voulait entretenir cette illusion de perfection enveloppée dans de la soie bleu ciel. Peut-être était-ce aussi ce qu'elle désirait. Seigneur ! Lui-même n'avait rien d'un modèle de vertu ! Si elle découvrait ce que cachait sa séduisante apparence…

Les jardins des Cowden étaient bien éclairés afin d'éviter que leurs invités ne succombent aux indécentes tentations d'un bal de noces, mais il était encore tôt et presque tout le monde était à l'intérieur. Conall pourrait profiter de l'endroit, et de la compagnie de Sofia, sans être gêné.

— Avez-vous préparé vos bagages ? demanda-t-il tandis qu'ils flânaient sur le chemin, faisant référence au voyage qu'ils effectueraient le lendemain matin pour se rendre dans le Somerset.

— Oui.

Un petit rire s'échappa des lèvres de La Marchesa.

— Les Tresham vont perdre tous leurs compagnons en une seule journée, je le crains. Ferris et Anne partiront eux aussi dans la matinée, ainsi qu'Helena. Elle ne supporte pas de rester trop longtemps éloignée de ses fils. Mais Frederick prévoit de s'attarder quelques jours de plus.

Ils en étaient donc là : aux banalités qu'échangeaient des connaissances qui n'étaient plus des étrangers mais pas encore des amis. Ils parlaient de leurs relations communes afin d'éviter de parler d'eux-mêmes. Ils pourraient bavarder ainsi toute la nuit sans jamais rien dire d'important.

— Et que laissez-vous derrière vous ? Contrairement au reste des invités, vous ne rentrez pas chez vous demain. Vous serez entraînée loin de la ville pour vos affaires, lui rappela Conall dans une tentative de rediriger la conversation.

Cette nuit, à la lueur de la lune et des lanternes de papier, il rêvait de tisser avec elle un lien plus concret qu'une simple connaissance. Il voulait plus que partager ses impressions sur Helena et les Brixton.

Elle s'arrêta, pensive :

— Mes projets. Je donne quelques leçons dans un orphelinat, des choses basiques, comme la lecture et le calcul.

Mais cela n'avait rien d'insignifiant à ses yeux, se dit Conall en remarquant le léger sourire qui étirait les lèvres de Sofia tandis qu'elle en parlait. Cette occupation lui avait donné un but. Cet aveu trahissait son cœur généreux, et Conall repensa au jardin secret de sa beauté. La Marchesa était en train de devenir un véritable idéal, pour lui. Il essaya à nouveau d'apprendre quelque chose d'unique à son sujet.

— L'Italie doit vous manquer, *marchesa*.

Mais sa question n'eut pas l'effet escompté. Elle tourna vers lui un regard dur accompagné d'un sourire poli.

— Non, milord, l'Italie ne me manque pas du tout. En vérité, je préfère ne pas y penser.

Elle le mettait au défi de poser une autre question. Et il en avait une, si intuitive qu'elle se formait déjà dans son esprit : *et votre mari ? Lui doit certainement vous manquer ?* Conall écrasa cette idée avant de céder à la tentation. Cette nuit était propice aux illusions, pas aux vérités. Ils auraient bien assez de temps pour aborder les questions fâcheuses, une fois dans le Somerset. Elle n'était pas la seule à faire preuve de prudence.

Conall battit en retraite et ramena la conversation sur des sentiers moins risqués :

— Je n'ai pas eu la chance de visiter l'Italie, je suis

donc bien incapable d'établir des points de comparaison. Mais on m'a dit que le temps y est plus doux et agréable qu'ici, et qu'ils servent de délicieux mets locaux.

— Nous vivions au Piémont, au nord-ouest, une région bordée de lacs près des Alpes. Cela n'avait donc rien à voir avec Rome ou Florence. J'ose dire que le climat vous surprendrait.

Conall comprit sa manœuvre ; elle lui donnait un os à ronger en dévoilant une part minuscule et sans conséquence de son passé. C'était sa façon à elle de le remercier de ne pas se montrer curieux, et de lui faire comprendre qu'elle n'en dirait pas plus.

— Souhaitez-vous rentrer ? lui proposa Conall tandis qu'ils faisaient demi-tour après avoir atteint le bout des jardins.

S'ils étaient absents trop longtemps, Helena finirait par croire que ses machinations d'entremetteuse avaient fonctionné.

— Oui, je suppose que c'est plus sage.

Mais il perçut sa réticence dans le son de sa voix.

— Nous ferions mieux de ne pas encourager Helena, ajouta-t-elle avec un sourire, lumineuse et radieuse sans le moindre effort.

Conall rit :

— Vous lisez dans mes pensées !

Les jardins se remplissaient de couples, une première vague de danseurs essoufflés cherchant un peu de fraîcheur… comme celle qui émanait du regard des femmes qui croisaient Sofia. Certains hommes saluèrent Conall d'un hochement de tête ou s'arrêtèrent pour échanger quelques mots, mais il pouvait lire les suppositions dans leurs yeux. Elles étaient toutes identiques : Conall espérait-il obtenir les faveurs de La Marchesa, comme Wenderly avant lui ? Sofia le savait aussi, il en était certain. Il la sentait tendue à ses côtés, elle ne riait plus et son éclat s'était terni.

— Nous pourrions nous promener sur la terrasse ? lui suggéra Conall, percevant sa réticence à retourner dans une salle où les commérages devaient aller bon train.

— Je ne devrais pas vous accaparer.

Elle commença à retirer sa main de son bras, mais il la retint. Il ne la laisserait pas fuir comme elle l'avait fait au mariage.

— Je n'ai aucune affaire pressante.

— D'autres vous attendent, protesta-t-elle en lançant un regard appuyé à une paire de jouvencelles qu'ils croisèrent, comme pour mieux souligner son propos. Les yeux des demoiselles s'étrécirent dès qu'elles aperçurent Sofia.

Conall haussa les épaules :

— Les débutantes comme elles n'ont aucun attrait.

Il n'avait aucunement l'intention de passer sa soirée en compagnie de jeunes filles écervelées alors qu'une femme charmante avait tant besoin de son soutien. Pour la première fois, il entrevoyait sa fragilité. Peut-être Frederick avait-il raison ? Peut-être était-elle seule malgré tous ses efforts pour prouver le contraire. Il la conduisit dans un recoin isolé de la véranda, où il espérait bénéficier d'un peu d'intimité, loin des regards indiscrets.

— Ne faites pas attention à elles, elles n'en valent pas la peine. Ce ne sont que de petites sottes qui n'ont rien d'autre à faire pour passer le temps.

— Je le sais.

Elle parvint à esquisser un sourire.

— Je n'ai jamais été assez bien pour ce genre de fille, ni à l'époque ni aujourd'hui. J'ai toujours préféré les ignorer, même à l'école.

C'était une déclaration courageuse, qui avait dû beaucoup lui coûter.

— À l'école ? N'alliez-vous pas dans celle d'Helena ?

— Si, mais les autres filles me considéraient comme une moins que rien. Mon père était un gentilhomme ; un statut bien loin des comtes et des ducs.

Elle rejeta la tête en arrière, comme pour lancer un défi à ses souvenirs. Les diamants à ses oreilles scintillèrent.

— Vous voyez, je n'ai jamais fait mon entrée dans la société. J'ai épousé Il Marchese dès ma sortie de l'école. Je me suis rendue directement de l'académie de Finlay à la chapelle, puis au bateau pour l'Italie. Un jour, je n'étais qu'une simple étudiante et, le lendemain matin, je me réveillais sous l'identité de La Marchesa di Cremona. J'ai échangé mes tabliers d'écolière contre des malles remplies de belles robes.

Elle ne semblait ni joyeuse ni triomphante à l'idée d'avoir obtenu sa revanche sur les harpies qui s'étaient moquées d'elle. Au contraire, le regret et l'ironie teintaient sa voix.

— La transition n'a pas dû être facile, remarqua prudemment Conall.

Il pouvait aisément imaginer l'oppressant sentiment de solitude que ressentait une jeune fille bien éduquée, qui n'était jamais sortie de son cocon familial, à se retrouver brutalement envoyée dans un pays inconnu dont elle ne parlait pas la langue. Loin de ses parents, de ses amis, son seul soutien et son unique moyen de communiquer étaient son mari, un homme qu'elle ne connaissait même pas.

Sofia haussa élégamment les épaules et se détourna :

— Je suis chez moi, à présent.

Conall s'apprêtait à lui demander où se trouvait son foyer ; elle devait bien avoir des proches quelque part. Mais le vent porta jusqu'à eux des paroles provenant des jardins. Deux débutantes chuchotaient dans le noir, loin des regards vigilants de leurs chaperons.

— Aucune famille décente n'accepte de la recevoir, à part Lady Brixton, mais c'est presque une duchesse alors on la laisse faire ce qu'elle veut.

— Moi, je pense que c'est plus que ça, répondit l'autre langue de vipère. Je parie que Lady Brixton lui doit un service et que cette sorcière la fait chanter.

Les filles se mirent à ricaner.

— Elle a beau être indésirable, ça ne l'empêche pas d'attirer l'attention de tous les gentilshommes. D'abord Wenderly et sa fortune, et ce soir elle nous a volé le séduisant Lord Taunton, reprit la première d'une voix plaintive.

— Ces gens-là n'ont aucun scrupule, ce sont des Italiens, répondit l'autre avec dérision.

— Elle est anglaise, répliqua la première.

— Plus vraiment. Ma mère m'a dit qu'elle avait vécu là-bas dix ans.

— J'ai hâte qu'elle y retourne. Elle a déjà un mari et un titre. Ce n'est pas juste qu'elle vienne nuire à nos chances.

— Elle ne peut pas y retourner.

La fille baissa la voix, signe qu'elle s'apprêtait à divulguer une information vraiment choquante.

— Ma mère dit qu'elle est divorcée.

Divorcée. Le mot sembla faire vibrer la nuit, tel un spectre s'immisçant entre eux. Le scandale était enfin révélé. Le voile de l'illusion déchiré. Sa faute exposée.

Conall vit Sofia pâlir de honte au clair de lune, mortifiée.

— Nous devrions rentrer et trouver Helena, dit-il d'un ton calme, même s'il rêvait de bondir par-dessus la balustrade pour attraper ces deux diablesses qui méritaient une belle remontrance.

Sofia secoua la tête et répondit doucement :

— Non, ne dérangeons pas Helena. Je crois qu'il vaut mieux que je rentre chez moi.

— Bien sûr. Je vais faire atteler ma voiture et demander qu'elle nous attende devant, proposa Conall.

— Ce n'est pas nécessaire, je peux rentrer par mes propres moyens.

— Non.

Conall l'arrêta en posant une main sur son bras :

— Je vais m'assurer que vous rentriez sans encombre, fin de la discussion.

Le trajet jusqu'à Margaretta Terrace se fit en silence. Qu'auraient-ils pu bien se dire ? Son secret était éventé. Sofia était mortifiée, pas seulement par les paroles maladroites de ces jeunes filles, mais par sa propre sottise. Elle avait été si prompte à croire en cette illusion qu'elle s'était créée, à prétendre faire partie de ce monde pour une nuit ! Et quelle merveilleuse sensation que de vivre cette illusion ! De se sentir la plus belle du bal dans sa robe bleue, de danser avec un homme qui la traitait comme une princesse. Mais son instinct ne l'avait pas trompée. Elle n'aurait pas dû venir.

Elle n'avait pas réalisé à quel point ce genre de contact, de lien humain, lui manquait. Il n'avait rien exigé de plus que quelques instants en sa compagnie. Elle avait réussi à oublier, l'espace d'une soirée, ses projets d'affaires et son passé, jusqu'à ce que deux jeunes filles viennent les lui jeter en pleine figure. On ne lui accorderait jamais le droit d'oublier. La société s'en assurerait. Mais au fond, même sans ces débutantes et leurs propos cruels, le mal était déjà fait. Elle avait perçu les regards noirs des autres couples se promenant dans les jardins, et Lord Taunton les avait remarqués aussi. C'était la deuxième fois que les scandales l'éclaboussaient en sa présence.

Mais, ce soir, il jouait les gentilshommes, la laissant se complaire dans le silence. Il s'était assis en face d'elle dans sa tenue de bal sombre et immaculée, aussi séduisant que le disait la rumeur. Il représentait tout ce qu'elle ne pourrait jamais avoir, même si elle l'avait voulu. Et elle ne le voulait pas ! se rappela-t-elle.

Le carrosse fit halte dans la rue étroite devant chez elle. Conall descendit d'un bond et se figea. Quelque chose dans son attitude l'alerta.

— Qu'y a-t-il ?

Elle s'apprêtait à sortir pour le rejoindre quand il leva la main.

— Restez dans la voiture, Miss Sofia, lui intima-t-il en lui faisant signe de reculer tandis qu'il s'avançait vers le danger. Il y a quelque chose de louche.

Les nuages s'écartèrent, et un rayon de lune cascada sur les environs, confirmant les soupçons de Conall. La vitre d'une des fenêtres était brisée, et l'astre nocturne se refléta sur les éclats de verre jonchant le sol.

— Non !

Sofia se jeta au bas de la voiture et courut vers sa porte. Conall la saisit par la taille, mais elle lutta pour se dégager.

— C'est ma maison ! s'exclama-t-elle.

La panique la gagnait. Il n'y avait pas qu'une seule fenêtre de cassée, et l'huis qu'elle avait soigneusement verrouillé avant de rejoindre Helena était entrouvert.

— Si vous refusez de demeurer dans la voiture, alors restez derrière moi, lui ordonna Conall. Ceux qui ont fait ça sont peut-être encore à l'intérieur.

Avec précaution, il remonta la petite allée jusqu'au perron et poussa la porte. Sofia lâcha une exclamation effrayée.

C'était un spectacle de désolation : les meubles avaient

été bousculés, fracassés, des morceaux de verre, de miroirs et de porcelaine couvraient le sol tel un tapis scintillant, les tiroirs des consoles et des buffets avaient été sortis, retournés, leurs contenus éparpillés à travers le salon…

Elle aurait dû rentrer chez elle plus tôt. Un million de reproches envers sa propre bêtise l'assaillirent : tout était sa faute. Elle avait pratiquement invité les pillards à se servir ! Chelsea n'était pas vraiment un quartier dangereux, mais ce n'était pas Mayfair non plus. Les voleurs avaient sans doute surveillé la maison et, constatant son départ, profité de l'occasion pour s'y introduire.

Conall s'avança, ses bottes crissèrent sur les bris de verre. Il arracha un pied de chaise et le brandit telle une massue. Méthodiquement, il fouilla chaque pièce, ses larges épaules emplissant l'embrasure des portes, son arme de fortune prête à rendre justice. Lorsqu'ils atteignirent l'escalier, Sofia le regarda monter. Ses mains tremblaient tandis qu'elle essayait d'allumer les restes d'une lampe. Mais, une fois illuminée, la scène n'en fut que plus sombre.

Sa tasse de thé préférée avait été réduite en miettes, la belle statue de chien en porcelaine qu'elle avait exposée avec soin avait été fracassée contre un mur, le coussin de son fauteuil favori près de la fenêtre, où elle adorait s'asseoir pour repriser, avait été éventré et le rembourrage éparpillé sur le tapis. Même les pages de ses livres avaient été arrachées. Rien n'avait été épargné.

Conall redescendit les escaliers avec une expression sinistre.

— C'est pareil là-haut.

Il poussa un long soupir.

— Que vous a-t-on pris ? lui demanda-t-il, inquiet.

— Rien.

Sofia sentit sa main trembler lorsque son cerveau

comprit enfin ce que sa conscience avait déjà deviné. Ce n'était pas un simple cambriolage : c'était de la violence gratuite. Les voleurs prenaient des objets. Ils ne se risquaient pas à entrer par effraction pour en ressortir sans rien emporter. La pièce se mit à tourner autour d'elle. La lampe lui échappa des doigts.

Conall la récupéra avant qu'elle ne la lâche, prompt et efficace. Il prit les choses en main… Ou peut-être les garda-t-il ? En réalité, il avait pris les choses en main dès l'instant où ces filles avaient médit d'elle, dans les jardins des Cowden. Cette fois encore, il l'aida à traverser les terribles minutes qui suivirent. Il trouva une chaise survivante, qu'il redressa pour lui permettre de s'asseoir et alluma un feu avec le bois des meubles détruits. Puis il fouilla la cuisine pour y dénicher une bouilloire et sa bouteille d'eau-de-vie médicinale, qu'il mit à chauffer. En l'absence de tasse, il versa le breuvage dans une petite casserole et la lui tendit.

— Buvez, vous vous sentirez mieux, je vous le promets. Du lait aurait été préférable, mais au moins cela vous ragaillardira.

Il s'accroupit à ses côtés et saisit ses mains tremblantes au creux de ses paumes chaudes et fermes afin de stabiliser le récipient.

— Je n'étais pas chez moi. Le lait aurait tourné. C'est ma faute. Je suis partie trop longtemps.

Elle avait quitté son foyer et tout avait sombré. Conall lui reprit la casserole.

— Non, Sofia, ce n'est pas l'œuvre de cambrioleurs. Vous le savez.

Ah, il en était donc arrivé aux mêmes conclusions.

— Celui qui a fait ça cherchait quelque chose, ou quelqu'un, et lorsqu'il a fait chou blanc, il s'est assuré de laisser une trace de son passage.

Pour cela, il avait détruit sa vie, une vie modeste, certes, mais précieuse, qu'elle avait soigneusement rebâtie, pas à pas, une tasse après l'autre, pendant trois ans. Elle ne connaissait qu'un homme capable de tirer du plaisir d'un acte aussi barbare. Sofia se remit à trembler. Le monde entier ne contenait pas assez d'eau-de-vie pour la réconforter, à présent. Giancarlo la traquait. Activement. Elle n'avait pas répondu à ses lettres et, maintenant, il perdait patience. Combien de temps lui restait-il ? Était-il déjà à Londres ? Ou était-ce l'œuvre de ses hommes de main ? De son domestique personnel, l'ignoble Andelmo ? La simple évocation de son nom lui tira un frisson d'effroi. Combien de fois cette brute massive avait-elle assisté, ou même participé, à ses humiliations ? Si Il Marchese l'avait envoyé, les choses étaient sérieuses.

Conall retira son manteau et le déposa sur ses épaules.

— Je vais vous ramener chez les Cowden. Demain, nous réglerons cette affaire et récupérerons ce qui peut l'être. Ensuite, nous retrouverons celui qui a fait ça.

Ses yeux gris si confiants soutinrent son regard, ses grandes mains frottant ses bras de haut en bas pour lui insuffler un peu de chaleur et la rassurer. Cet homme qui connaissait son secret et qui ne lui devait rien.

— Les coupables seront punis pour ça.

Le cerveau de Sofia se remit à fonctionner. Ils ne devaient pas rester ici. Et ils ne devaient surtout jamais revenir.

— Non. Il n'y a plus rien à sauver et nous avons un train pour le Somerset demain.

La panique s'emparait à nouveau d'elle, et il devenait impératif à ses yeux de fuir le plus loin possible. Giancarlo, ou son homme de main, espérait sans doute qu'elle reviendrait faire le tri dans cette pagaille. Peut-être s'étaient-ils déjà trop attardés. Et si la maison était sous surveillance ? Depuis combien de temps étaient-ils ici ? Vingt minutes ? Elle jeta un regard terrifié vers la porte ouverte, s'attendant presque à ce que Giancarlo la franchisse, un pistolet à la main. Il tuerait Taunton pour le sport. Elle l'avait déjà vu à l'œuvre sur un pauvre garçon qui avait eu la mauvaise idée de l'admirer trop longtemps pendant un pique-nique. Il en était ressorti avec un genou qui ne se plierait plus jamais normalement, et elle avait écopé de trente coups de cravache sur les reins pour l'avoir « aguiché ».

Sofia se hissa sur ses pieds d'un bond maladroit, vacillant sous l'effet du choc et de la peur. Conall l'attrapa, et elle dut lutter pour ne pas s'abandonner complètement dans ses bras. Elle mourrait d'envie de déposer son terrible fardeau sur ses épaules fortes et volontaires.

— Ramenez-moi simplement chez les Cowden, je vous en prie.

Elle ne put masquer l'urgence de sa requête. Ils devaient sortir d'ici. Elle pleurerait la perte de son sanctuaire plus tard. Pour l'instant, la seule chose qui importait était de regagner un endroit sûr. Ensuite, ils monteraient à bord du train et laisseraient Londres derrière eux.

Chapitre 6

À 9 h 55 tapantes, le lendemain matin, la locomotive du Flying Dutchman s'extirpa lentement de la gare de Paddington, et s'élança pour un voyage de quatre heures et demie en direction de son terminus : Exeter St. Davids. Il ferait escale, entre autres, à Taunton, siège familial des Everard. Alors que le convoi atteignait sa vitesse de croisière, Conall referma la porte coulissante de leur compartiment privé, les isolant des exclamations enjouées des autres voyageurs, enthousiastes à l'idée de rejoindre les thermes et la côte du Sud-Est.

— Je comprends mieux pourquoi on le surnomme le « Holiday Express[1] », plaisanta-t-il dans une tentative d'instiller un peu de la candeur extérieure dans l'atmosphère pesante de leur compartiment.

— C'est la folie, là dehors. Je n'ose imaginer à quelles pratiques occultes vous avez eu recours pour nous obtenir une suite privée à la dernière minute !

Mais, après tout, les vacanciers n'avaient pas retrouvé leur maison saccagée et leurs plus sombres secrets exposés au grand public de la pire des manières.

— Ce n'était pas si difficile. Un sourire et un peu de gentillesse ont suffi.

1 « Les vacances Express ». (NdT)

Sofia, qui avait tenté de s'installer confortablement, leva les yeux.

— Vous semblez heureux de rentrer chez vous, nota-t-elle avec un enthousiasme exagéré que démentaient les ombres voilant son regard.

Conall comprit sa manœuvre : elle préférait prétendre que rien ne s'était produit la nuit dernière, que les mots prononcés par ces jeunes filles n'avaient jamais existé. Mais, cette fois, un sourire ne suffirait pas. Il ne se laisserait pas distraire.

— Vous ne souhaitez donc pas parler des événements d'hier soir ? s'enquit brusquement Conall.

De temps en temps, il valait mieux prendre le taureau par les cornes. Il avait quatre heures devant lui pour découvrir ses secrets. La veille, le mot « divorce » avait retenti dans la nuit comme un coup de tonnerre à ses oreilles. Pour un homme qui se flattait d'avoir des critères de sélection très stricts quant à son futur choix d'épouse, la découverte avait définitivement enseveli ses fantaisies naissantes. Une partie de lui refusait d'accepter que la merveilleuse créature assise en face de lui soit inaccessible. Il existait une telle liberté à vivre dans l'ignorance, loin des scandales rattachés à son nom ! La vérité posait des limites, des barrières à ne pas franchir.

— Pourquoi le voudrais-je ? Cela n'a aucun rapport avec Mr Barnham et le projet d'affaires qui vous concerne.

Sa réponse était polie mais froide. Elle ne cillait pas, mais son masque n'était plus infaillible.

— J'imagine que Cowden vous a parlé de mon pseudonyme ? ajouta-t-elle. Je lui ai demandé de s'en servir si nécessaire. Il vous protégera de toute association avec moi, le cas échéant.

— C'est pour cette raison que vous n'avez pas besoin de me cacher votre divorce. Cela n'a aucun rapport avec nos affaires, j'en conviens, mais je suis peut-être l'unique personne avec qui vous pouvez en parler, si vous le souhaitez.

Il vit qu'elle digérait l'information, les mains croisées sur ses genoux. Aujourd'hui, elle portait une tenue de voyage d'un bleu pâle avec des touches de lavande qui faisaient ressortir ses yeux… Des yeux noircis par une nuit sans sommeil. Mais, même avec ses cernes, elle était ravissante. Elle avait retrouvé des couleurs et tentait vaillamment d'oublier la terreur qu'avait suscitée la destruction de sa maison. L'intrusion l'avait profondément choquée, bien plus qu'elle ne voulait l'admettre. Mais il avait été là au moment de cette sordide découverte, il avait vu ses mains trembler autour de la casserole d'eau-de-vie. Il pouvait percevoir sa fragilité à travers l'attitude composée qu'elle lui présentait ce matin-là.

— Les secrets ne sont puissants que s'ils restent secrets. Des choses que l'on doit cacher à tout prix.

— Mon divorce n'est pas un secret, comme vous l'avez clairement constaté hier soir. Même la plus jeune des débutantes était au courant. C'est un scandale. Si vous tenez tant à le savoir, Il Marchese di Cremona et moi avons divorcé il y a trois ans. Depuis lors, ce statut s'accroche à moi avec la ténacité d'un chien de chasse, comme une étiquette collée sur mon front.

— J'en suis navré, répondit-il prudemment pour rompre le silence qui s'installait entre eux, craignant toutefois de ne pas avoir choisi les bons mots.

Que pouvait-on dire à une personne divorcée ? C'était la mort de la vie sociale. Pour une femme, c'était comme être réduite à une demi-vie. Le divorce la coupait de son mari, et donc de son droit à paraître en société. Personne ne la recevrait et, même si c'était le cas, à quoi cela aurait-il servi ? Elle ne pourrait sans doute jamais se remarier, que ce soit d'un point de vue légal ou à cause du regard des gens. Certaines lois empêchaient une épouse divorcée de convoler une deuxième fois.

— Moi, je ne le suis pas, répondit-elle d'un ton cassant. Mon union n'était pas heureuse et j'étais prête à payer le prix fort pour la défaire. Mon ancien mari est en Italie, et moi, je suis ici. J'ai la liberté de faire ce qu'il me plaît, tant que ma présence n'offense pas la société. C'est un échange équitable.

— La liberté au prix de l'isolement ? demanda Conall.

Socialement parlant, bien peu d'hommes pourraient prendre pour épouse une femme avec de tels stigmates. Une liaison serait son unique recours pour avoir une relation intime. Au final, le divorce forçait une femme à vivre comme une nonne ou comme une prostituée aux yeux de la société, papillonnant d'amant en amant, ou s'établissant comme la maîtresse d'un gentilhomme. Pas étonnant qu'elle soit si seule. Qui d'autre que les Wenderly de ce monde prendrait la peine de la connaître ? Personne n'oserait défier les conventions.

Elle lui sourit froidement.

— Comptez-vous me faire subir quatre heures d'interrogatoire ?

Son sourire ne parvint pas à dissimuler la morsure de sa question.

— Je ne pensais pas devoir passer un entretien, renchérit-elle.

C'était un rappel à l'ordre : c'était *lui* qui l'avait sollicitée. *Lui* qui avait besoin d'elle. Il s'était mis en quête de l'unique investisseur qui n'avait pas voté contre son projet.

— Vous avez raison, votre approbation est tout ce qu'il me faut, répondit Conall en lui rendant son sourire.

Lui aussi pouvait s'en servir comme d'une arme, s'ils

en étaient réduits à ça. Il avait beau être un gentilhomme dans une situation financière désespérée, il n'avait pas l'intention de reculer.

— Je souhaitais seulement en apprendre davantage sur la personne avec qui je voyage et qui pourrait devenir ma partenaire d'affaires. Je ne vois pas en quoi cela constitue un interrogatoire, *marchesa*.

— Cela constitue surtout une perte de votre temps et du mien. Mon divorce ne définit pas qui je suis, le réprimanda-t-elle sévèrement, sans prendre la peine d'adoucir la violence de sa repartie.

Elle sortit un livre de sa sacoche de voyage.

— Ma vie personnelle ne vous regarde en rien. Je ne suis qu'un investisseur comme un autre.

— Dans ce cas, vous êtes le plus intrigant qu'il m'ait été donné de rencontrer, et je ne parle même pas de robes de bal bleues ni de maisons saccagées, précisa Conall.

Il ne pouvait s'empêcher de la provoquer… Peut-être qu'à force de perches tendues elle finirait par lui en révéler un peu plus sur son passé. Il se mit à énumérer sur ses doigts les points surprenants de sa personne.

— Une femme qui utilise un nom d'homme pour faire des affaires, une femme qui…

— Une femme ? C'est donc là tout ce que vous voyez ? le coupa-t-elle. Cowden avait pourtant laissé entendre que je pourrais attendre mieux de votre part. Il m'a dit que votre sœur était une militante farouche pour le droit des femmes. Je *suis* une femme. Une femme divorcée. Les gens énumèrent-ils vos qualités en commençant toutes leurs phrases par « un homme célibataire » ? Un homme célibataire avec le projet d'élever des alpagas et d'acheter un foulon ? Un homme célibataire de la noblesse anglaise ? ajouta-t-elle. Ce qui fait de moi quelqu'un d'unique ou d'intrigant ne devrait rien avoir à faire avec mon genre ou mon statut marital.

Conall acquiesça, lui concédant cette manche.

— J'en conviens. Toutefois, vous ne pouvez nier qu'il plane un certain mystère autour de vous. D'aucuns pourraient même dire que vous le cultivez, avec vos voiles et votre propension à l'isolement.

— Je ne cultive rien du tout, milord.

Apparemment, cela englobait sa relation avec lui. Même si, la nuit précédente, il avait perçu autre chose en dansant avec elle. Il existait entre eux une alchimie indéniable.

Elle ouvrit son livre d'un mouvement exagéré, signe implicite que la conversation était terminée. Mais Conall ne la laisserait pas le congédier si facilement.

— Vous ne cultivez rien ? Pas même les offres de carte blanche de la part des pairs les plus fortunés de la haute ?

Il avait certes besoin d'argent, mais il n'était pas encore prêt à l'accepter de n'importe qui. Et puis, qui voudrait s'associer à un homme qui se laissait mener par le bout du nez ?

Elle referma son livre dans un claquement et le foudroya d'un regard d'un bleu électrique.

— Certainement pas. Pourquoi une femme devrait-elle toujours appartenir à un homme pour gagner sa place dans le monde, Lord Taunton ?

Le peu de familiarité si durement acquise qu'il était parvenu à établir entre eux s'était évaporé. Il était redevenu Lord Taunton, un titre avec lequel il n'était pas à l'aise. Conall se laissa aller contre le dossier du siège et croisa les mains derrière la tête, étudiant l'étonnant paradoxe de La Marchesa di Cremona.

— J'ai l'impression d'entendre parler ma sœur. Êtes-vous toujours aussi ergoteuse, ou seulement après les mariages, les bals et les effractions ?

Il regretta aussitôt ses paroles, principalement parce qu'elles étaient sans doute vraies. Il comprenait mieux à présent combien le mariage avait dû être difficile pour elle. Il lui avait forcément rappelé des images de sa propre union malheureuse.

Elle ouvrit à nouveau son livre et répliqua fermement :

— J'espère que vous avez apporté de la lecture, Lord Taunton. Elle vous aidera à passer le temps.

Elle usait de toute sa repartie pour le tenir à distance, aujourd'hui. Conall piocha dans son sac un traité sur la laine des alpagas et le brandit fièrement.

— J'ai tout ce qu'il me faut ici même. *La tonte des alpagas*.

D'ordinaire, ce genre d'ouvrage sur les alpagas le fascinait. D'ordinaire, le cliquetis des roues sur les rails le plongeait dans une agréable torpeur. D'ordinaire, les voyages en train l'apaisaient. Un compartiment silencieux et du temps, seul avec ses idées. Mais, aujourd'hui, rien de tout cela ne suffit à calmer son esprit en ébullition. Ses pensées ne cessaient de revenir vers elle, La Marchesa di Cremona, Sofia sans nom de famille. Il s'interrogeait sur son mariage. Quel genre d'homme était son époux pour qu'elle juge le divorce préférable à une vie avec lui ?

Conall tourna une page de sa brochure et lui jeta un regard en coin. Elle était intelligente, maligne, resplendissante… mais elle serait sans doute un redoutable défi pour le mauvais genre de mari. Elle n'était certainement pas le style d'épouse qu'on attendrait de lui. Était-ce qui s'était produit ? Un nouveau désastre né d'un mariage de titre et de fortune, sans égard pour les tempéraments de chacun ?

Il fronça les sourcils et se força à ramener son attention

sur sa lecture. Il devait arrêter ça. Il ne pouvait laisser sa curiosité se développer en obsession. Cela ne pourrait que nuire à leurs affaires et risquait de biaiser son objectivité. Il devenait aussi malveillant que Hargreaves, toujours le nez dans les ragots. En quoi son statut marital pouvait-il bien lui importer ? Comme ils l'avaient tous deux affirmé, leur relation était strictement professionnelle. Pourtant, son regard ne cessait de glisser jusqu'au coin de sa brochure pour admirer son visage : la courbe de sa mâchoire, le retroussement taquin de son nez, la minuscule fossette sur sa joue gauche.

Son esprit dériva à nouveau vers des pensées de toutes sortes et il se dit que, s'il avait la chance d'avoir une telle épouse, il ne la laisserait pas filer. Si elle était à lui, il trouverait le moyen de l'apprivoiser. Non, ce n'était pas le bon mot. Elle ne voudrait pas être apprivoisée. Elle voudrait se sentir intégrée. Il reformula sa pensée. Si elle était à lui, il trouverait le moyen pour qu'elle se sente intégrée. C'était beaucoup mieux. L'intégration était un point de départ raisonnable.

Son sixième sens lui murmura qu'elle voudrait plus que cela. Elle voudrait être une partenaire. Elle voudrait être son égale. La plupart des mariages n'étaient pas conçus pour ça. Seigneur, leur système juridique n'était même pas fait pour ça ! Mais le mariage de ses parents l'avait été. Autrefois, il avait eu l'espoir de trouver bien plus que la froide beauté d'une Olivia de Pugh. Peut-être le pouvait-il encore. Peut-être existait-il quelque part une femme qui aspirait à être davantage qu'une décoration au bras de son mari, qui voudrait bâtir quelque chose avec lui en partant de rien ? Il n'avait plus qu'à la trouver. L'année prochaine, peut-être, ou la suivante, lorsque son élevage d'alpagas serait devenu rentable.

Le train marqua une première escale à Didcot, à une

heure de Londres. Une de moins avant de rentrer chez lui. Malgré les circonstances, l'image de son foyer le fit sourire. Il avait envoyé une lettre plus tôt dans la semaine, demandant à sa famille de se préparer. Ils étaient sans doute en train de courir en tous sens pour mettre les dernières pièces en place, prêts à jouer la plus grande mascarade de leur vie. Ils avaient sorti la belle porcelaine de Chine qu'ils avaient récupérée d'un cousin éloigné à grand renfort de flatteries ; celle de la famille avait été vendue des mois plus tôt. Ils avaient mis en avant les meubles chics dans les salons et la bibliothèque, les pièces que La Marchesa verrait. Ils avaient préparé son lit dans la maison douairière avec leurs derniers draps irlandais de qualité qu'ils conservaient précieusement dans un coffre en cèdre. Ils feraient cuisiner des plats dignes d'une fête pour que leur invitée ne devine jamais à quel point ils avaient besoin d'argent.

Le désespoir n'éveillait pas la confiance d'un investisseur. Toutefois, une part de lui se sentait coupable d'orchestrer une telle tromperie, en particulier pour impressionner une femme dont la maison venait d'être détruite. Cependant, son côté pragmatique lui rappelait que les affaires étaient les affaires. Il lui avait proposé la veille de retarder leur départ, mais elle avait refusé. Cela devrait suffire à sa conscience ; si leurs projets allaient de l'avant, il le devait lui aussi. Le temps n'attendait personne.

Conall se leva et s'excusa auprès de Sofia ; il souhaitait faire un tour dans la voiture-bar. Sans doute aurait-il moins de difficulté à lire et à oublier cette nouvelle obsession une fois entouré de gentilshommes, de brandy et de cigares. Il n'était même pas certain que La Marchesa l'avait entendu sortir, tant elle paraissait absorbée par son roman. De toute évidence, elle n'était pas la victime involontaire de pensées déviantes à son sujet.

Sa froide politesse était une nouveauté pour lui. Conall n'avait généralement aucune difficulté à retenir l'attention d'une femme ; un talent inné qui avait ses avantages et ses inconvénients. Après tout, il n'avait guère besoin (et ne voulait pas) de la considération de toutes les dames. Mais il désirait la sienne... Une pensée dérangeante en elle-même. Qu'en ferait-il si elle la lui accordait ? Peut-être n'était-ce qu'une envie déplacée de relever ce défi ? Cela faisait longtemps qu'on ne l'avait pas provoqué de la sorte, et il n'était pas homme à accepter la défaite sans rien faire. Il sourit : il préférait accepter la victoire sans rien faire.

Son départ était une victoire bien creuse. Il n'y avait pas de quoi en être fier. Elle n'avait fait que le pousser à quitter le wagon en se montrant difficile. Mais cela avait fonctionné. Il avait posé ses questions, comme elle l'avait anticipé. Tout homme avec de l'argent en jeu en aurait fait de même. Et elle avait esquivé ses remarques en passant à l'offensive, transformé chacune de ses affirmations en dispute. Elle n'aurait jamais pu obtenir un tel résultat en se montrant polie. Si elle lui avait donné un doigt, il lui aurait certainement pris le bras, comme le disait le proverbe.

Sofia reposa son roman et regarda les villages glisser derrière la fenêtre au milieu des collines et des vallées. Elle n'avait plus besoin de faire semblant de lire à présent.

Il ne l'avait pas rejetée. Bien au contraire, il avait essayé de la connaître. Il s'était montré généreux à cet égard, trop généreux. Mais peut-être n'était-ce qu'un moyen de gagner sa confiance ? Elle ne pouvait se permettre de la lui accorder. L'objectivité dans les affaires était cruciale pour prendre les meilleures décisions. Si elle s'autorisait à l'apprécier, cela pourrait compromettre son jugement et les desservir tous deux.

Et ce n'était pas seulement son physique avantageux qui menaçait sa probité professionnelle. Elle était bien trop lasse pour se laisser abuser par une belle allure. Non, c'était… lui : ses manières sincères qui vous mettaient à l'aise en sa compagnie, comme s'il vous connaissait depuis longtemps, et le tracas dans ses yeux gris. Il s'était vraiment inquiété pour elle pendant le mariage. Il avait tenté de la protéger grâce à son rang social, tout comme il s'était montré prêt à la défendre physiquement la veille au soir. Elle ne pourrait aisément oublier la vitesse avec laquelle il avait levé une arme, fouillant sa maison saccagée à la recherche de l'intrus. Ni sa tendresse lorsqu'il avait allumé un feu et réchauffé de l'eau-de-vie. Son efficacité l'avait laissée bouche bée. Depuis quand les vicomtes étaient-ils capables de réaliser des tâches domestiques ?

Il était attiré par elle. Elle savait reconnaître les signes, désormais, et il l'était depuis l'instant où il était entré dans le salon des Cowden. Elle le lisait dans la flamme qui embrasait ses yeux gris, dans la façon dont son regard s'attardait sur son visage. Pourtant, elle était prête à parier tout ce qu'elle possédait qu'il était un gentilhomme d'une tout autre ligue que Wenderly. Wenderly l'avait admirée aussi et s'était aussitôt dit qu'une telle beauté devait forcément avoir un prix. Il n'y avait aucun respect dans les yeux de Wenderly. Elle n'était qu'un objet pour lui. Elle connaissait bien ce genre d'hommes. Ils pullulaient dans le cercle privé de son mari.

Combien vous prenez pour une nuit avec elle ? Elle

doit être incomparable une fois nue. Je la dessinerai pour vous.

Il n'y avait rien de lubrique dans les yeux de Taunton. Il l'admirait, appréciait sa beauté, mais ne la convoitait pas, il ne l'examinait pas comme on évaluait du bétail et il n'avait pas cherché à l'acheter. Cependant, le regard qu'il avait tenté de dissimuler derrière sa brochure laissait deviner qu'il contemplait l'idée de la faire sienne. Mais le gentilhomme en lui avait combattu son instinct et il s'était retiré.

C'était peut-être mieux ainsi. Taunton était un homme bon et, en dépit de tout le respect qu'il lui accordait, elle n'était pas une femme bien. D'après les standards de la société anglaise, elle n'était qu'une proscrite, une drôlesse de petite vertu. Elle n'avait ni mari ni enfant. Elle était la pire sorte : une divorcée, une femme qui avait échoué à mener à bien les deux seules missions que la société lui avait confiées.

Le train prenait son temps pour atteindre sa destination ; il marqua l'arrêt dans les gares de Bath et de Bristol en fin de matinée. La porte du compartiment s'ouvrit lorsque le conducteur annonça leur arrivée à Taunton. Conall Everard était de retour, sa présence emplissant la petite pièce. Il attrapa les valises au-dessus d'elle dans les filets prévus à cet effet. Une légère odeur de tabac et de brandy s'accrochait à sa veste.

— Je vous dois des excuses pour tout à l'heure, déclara-t-il solennellement après avoir descendu les bagages. J'ai fourré mon nez là où il n'avait rien à y faire et je vous ai mise mal à l'aise avec mes questions et mes insinuations.

— Je ne me laisse pas facilement intimider.

Sofia se leva et lissa sa robe. En vérité, elle se sentait plus embarrassée par ses excuses que par leur dispute.

Quand un homme avait-il jamais fait amende honorable auprès d'elle ?

— Dans tous les cas, cela n'absout en rien mon comportement. Peut-être pourrions-nous reprendre à zéro ?

Il lui sourit, et les pattes-d'oie réapparurent aux coins de ses yeux. Le train choisit cet instant pour activer les freins. Sofia perdit l'équilibre sous le choc et bascula vers l'avant, tout droit dans les bras de Taunton qui, aussi rapide et efficace qu'à l'accoutumée, la rattrapa. Elle s'écrasa le visage contre son torse.

— Aïe !

Elle frotta son nez. Par tous les saints, cet homme était fait de plaques d'acier !

— Vous allez bien ?

Il l'incita à se rasseoir et examina son arête nasale en inclinant légèrement son menton.

— Il n'y a pas de sang, et vous ne vous êtes rien cassé, lui assura-t-il. Souhaitez-vous que j'aille vous chercher une compresse froide ?

Elle secoua la tête.

— Non, donnez-moi juste un instant. Nous sommes bientôt arrivés de toute façon, je ne voudrais pas vous prendre en otage.

Elle rit, se sentant légèrement ridicule face à cet homme séduisant qui étudiait ses narines.

— Bienvenue chez vous.

Taunton sourit, faisant naître une vague de chaleur inhabituelle au creux de son ventre.

— J'en déduis que vous acceptez mes excuses.

Il l'aida à traverser l'étroit couloir du wagon et héla un porteur pour qu'il se charge de leurs valises. Une fois à la porte, il la déposa au bas des marches sous un soleil printanier presque aussi éclatant que son sourire.

— Bienvenue à Taunton, *marchesa* !

— Miss Northcott, l'avait-elle corrigé avant de pouvoir s'en empêcher. Je m'appelle Sofia Northcott.

Elle n'utilisait plus ce nom depuis des années. C'était le nom de sa jeunesse, avant son mariage, avant de devenir La Marchesa. C'était *son* nom. Le vicomte lui adressa un sourire radieux.

— Très bien. Dans ce cas : bienvenue à Taunton, Sofia Northcott !

Il l'entraîna derrière lui.

— Par ici. Votre voiture vous attend.

Et peut-être plus, pensa Sofia. Elle mit sa main en visière pour se protéger de l'éclat du jour et retint son souffle. La flèche d'une église médiévale surplombait le bout d'une rue proprette, pleine de boutiques à la charpente en bois dans le style classique des Tudor. Cette ville n'aurait pu être qu'une de cette myriade d'autres qui peuplaient l'Angleterre, mais Sofia s'en éprit immédiatement. C'était ici qu'elle ferait fortune. Peut-être avait-elle enfin trouvé le lieu où elle retrouverait le reste de sa liberté.

Chapitre 7

Le trajet en calèche jusqu'à Everard Hall fut animé et agréable. Les discussions allaient bon train sur les différents points d'intérêt de la région. Les échanges à couteaux tirés de la matinée avaient laissé place à de plaisantes conversations. Sofia ne tarissait pas de questions, tout ce qu'elle voyait éveillait sa curiosité, et Taunton était ravi de l'assouvir. Ils se trouvaient dans le berceau de son enfance, et il tirait une grande fierté d'en souligner tous les plus beaux aspects. Le village était doté d'un hôpital, précisa-t-il avec orgueil. Il pointa du doigt l'église médiévale qu'elle avait aperçue depuis la gare, ainsi que plusieurs autres chapelles plus récentes. Ils croisèrent de nombreuses écoles également, à son plus grand délice, mais pas une seule pour les filles, hélas ! Pas encore. Mais elle chassa cette idée : elle ne devait pas mettre la charrue avant les bœufs ! Il lui fallait rassembler des ressources et évaluer s'il existait un endroit en Angleterre hors de portée de Giancarlo. La simple présence de cette menace sur le sol britannique la forçait à oublier son rêve pour le moment. Elle ne pourrait jamais faire bâtir des écoles et des villes ouvrières s'il lui fallait regarder par-dessus son épaule à chaque instant, de peur que son passé ne la rattrape.

Lorsqu'ils quittèrent le village pour la campagne, l'agitation de Taunton s'accrut.

— Grâce à la Tone, nous disposons de moulins à eau depuis le XIIIe siècle, expliqua-t-il en indiquant d'un signe de tête le ruban étincelant de la rivière. Elle est également idéale pour la pêche. Je vous y emmènerai, un jour.

Sa fierté était contagieuse, et Sofia se surprit à boire chacune de ses paroles.

— Au XVe siècle, nous exportions déjà notre laine jusqu'en France, mais je pense que la laine d'alpaga pourrait trouver preneur plus loin encore. L'Italie et les Flandres seraient des marchés de choix, comme toutes les grandes capitales du textile du continent. Contrairement à la laine de mouton, l'alpaga pourrait devenir un article de luxe. Cela pourrait également générer des emplois, ce dont nous manquons cruellement à Taunton, ces temps-ci. Tout le monde ne peut plus s'établir comme fermier ou métayer, désormais, ce n'est plus assez rentable. Nos traditions séculaires sont vouées à disparaître et nous en sommes tous affectés.

Sofia était déjà en train de réfléchir à des façons d'améliorer et d'étendre sa stratégie commerciale. L'enthousiasme de Conall était terriblement communicatif. Quel dommage que le Club de Prométhée ne lui ait pas demandé de présenter son projet ! Ils auraient fourré des chèques dans ses poches avant même qu'il n'ait franchi la porte. Mais c'était précisément pour cette raison que le club n'acceptait que des offres écrites. Elle ferait mieux de s'en souvenir également. Les attaches émotionnelles n'étaient pas garantes de profits juteux. La logique l'était. Mais elle devait bien avouer que son discours n'en manquait pas non plus. En vérité, elle était impressionnée. Toute l'infrastructure était en place : il y avait une rivière, des moulins et une liaison ferroviaire avec Bristol, ville portuaire. Ils pourraient aisément transporter leurs marchandises jusqu'à la mer, et ensuite n'importe où dans le monde. Quant à la laine, c'était un marché qui avait fait ses preuves. Taunton et toute la région du Somerset avaient prospéré pendant des siècles grâce à son exploitation.

Le vicomte quitta la route principale pour en emprunter une plus étroite.

— Nous y sommes presque. Dans environ un mille, nous apercevrons la maison.

Elle sentit toute la nostalgie de sa remarque ; il était impatient de rentrer. Il semblait même enchanté. Elle lui enviait ce sentiment d'appartenance. Depuis la nuit précédente, elle était littéralement déracinée. Elle n'avait plus de toit, et l'impression de sécurité de ces trois dernières années s'était évaporée. Une personne normale se serait empressée de regagner son foyer, mais cette option était exclue pour elle. Rentrer « chez elle » équivalait à se jeter entre les griffes de Giancarlo. Sa propre famille l'avait vendue en toute connaissance de cause, la contraignant à une union qu'elle ne comprenait pas. Mais Conall, lui, possédait tout cela… une maison, une famille.

Une pensée lui traversa soudain l'esprit, lui arrachant un frisson de panique.

— Votre famille réside-t-elle au domaine en ce moment ? demanda-t-elle.

Il n'avait tout de même pas l'intention de lui présenter des gens décents ? Pas après les événements dont il avait été témoin !

Taunton acquiesça :

— Absolument. Ma mère, ma sœur, Cecilia, et notre benjamin, Alfred. Mais nous l'appelons Freddie. Vous serez chaperonnée comme il se doit.

Sofia baissa les yeux vers ses mains, la honte qu'elle

eu tant de mal à réprimer revenait la hanter. Cela faisait si longtemps que personne ne s'était soucié de sa réputation, la plupart des gens la croyaient perdue.

Sofia prit son courage à deux mains :

— Ce n'est pas pour ma réputation que je m'inquiète.

Elle s'interrompit, espérant que le sous-entendu serait suffisamment clair. Comme il ne répondait pas, elle fit une nouvelle tentative :

— Je ne suis pas certaine que votre mère et votre sœur trouveront ma compagnie convenable ni qu'elles approuveront votre choix d'invitée.

Elle croisa son regard, et il ralentit les chevaux.

— Et pourquoi cela, Miss Sofia Northcott ? Elles ne sortent pas beaucoup en société et n'ont sans doute jamais eu vent de l'offre que vous a faite Wenderly. Tout ce qu'elles savent, c'est que vous êtes une amie de Lady Brixton.

— Je parlais de mon divorce.

Il l'avait obligée à le dire à voix haute. Il sourit :

— Je croyais que votre divorce ne vous définissait pas ?

Il adressa un claquement de langue à ses chevaux.

— Vous pouvez être tranquille. Vous serez logée dans la maison douairière, même si je trouve cela fort peu pratique, car vous devrez venir à pied prendre vos repas avec nous et consulter mes recherches.

Elle le coupa d'un sourire :

— La maison douairière sera parfaite, mais je n'ai pas besoin d'un palace rien que pour moi, vous savez. Une chambre de cocher au-dessus des écuries ferait tout aussi bien l'affaire.

Elle tenait à l'informer qu'elle n'abuserait pas de son hospitalité. Moins elle passerait de temps sur son domaine, moins sa réputation risquerait de nuire à sa famille.

Le vicomte pouffa à sa mention d'une chambre de cocher :

— Hors de question que je vous héberge au-dessus des écuries. Qui sait jusqu'à quand vous resterez ? Vous pourriez très bien tomber amoureuse du Somerset et ne plus jamais vouloir repartir !

Il lui lança un clin d'œil argenté. Sofia rit, consciente qu'il lui faudrait s'en aller, peu importait même la nature de l'offre financière qu'elle mettrait sur la table. Avec un peu de chance, elle pourrait revenir de temps en temps visiter le foulon, mais elle serait contrainte de participer aux opérations à distance. Tôt ou tard, Taunton finirait par comprendre qu'il ne pouvait se permettre de garder un mouton noir dans son troupeau. Il serait soulagé qu'elle utilise un pseudonyme.

Ils passèrent un virage, et la demeure fit enfin son apparition, telle la quintessence de l'architecture britannique, avec sa façade géorgienne, son portique carré et une aile de chaque côté, flanquée de tours d'un autre âge. C'était un resplendissant assortiment de styles, regorgeant d'histoire, qui lui arracha une exclamation ébahie. Elle en eut presque les larmes aux yeux. Comment expliquer que la vue de cette maison l'émeuve jusqu'aux tréfonds de son âme ? Qu'en trois années sur le sol anglais, elle n'ait pas une seule fois quitté Chelsea, sauf pour quelques courses derrière un voile ou pour un thé avec Helena ? Elle n'avait jamais eu de raison de sortir de Chelsea. Elle gérait ses affaires par correspondance, par le biais d'un clerc qui croyait travailler pour Mr Barnham. Aucune famille n'acceptait de la recevoir, et personne à Londres n'avait jamais exprimé le souhait de lui rendre visite. On ne lui envoyait aucune invitation. Et, aujourd'hui, elle ne pouvait même plus rentrer à Chelsea.

— C'est exquis, parvint-elle à articuler tandis qu'ils

s'arrêtaient sous le grand portique. C'est vraiment charmant.

Taunton rit et l'aida à descendre en attrapant fermement ses hanches, un rappel de son naturel affable.

— C'est une très belle ruine, même si son charme a tendance à fuir en hiver. Mais c'est un bon foyer.

C'était surtout *son* foyer et, en dépit de ses protestations, elle percevait toute la fierté qu'il éprouvait pour cette maison.

De plus près, cependant, elle put constater les défauts auxquels il faisait allusion. Certaines briques étaient fissurées et la lourde porte en bois marquée par les années avait perdu son éclat d'antan. Mais, à ses yeux, ces imperfections ne faisaient qu'ajouter à son charme. Et le sentiment fut identique à l'intérieur. Contrairement au sol de marbre immaculé du hall d'entrée de la maison des Cowden, avec ses chandeliers de cristal et ses rampes cirées, il émanait ici une atmosphère vibrante et chaleureuse. Les rambardes en chêne épais longeaient l'escalier carré couvert d'un chemin à l'aspect usé et confortable. De toute évidence, ce lieu ne manquait pas d'élégance. Un lambris aux motifs entrelacés d'une délicate complexité recouvrait les murs du hall et un vase en cristal taillé, débordant de glaïeuls à longues tiges qui mêlaient des nuances de blancs et de roses, ornait la console. Everard Hall était une demeure faite pour la vie.

— Souhaitez-vous entrer ? Ma mère doit se trouver dans les jardins.

C'était, hélas, inévitable. Elle aurait préféré se rendre directement à la maison douairière et se cacher pour décortiquer les recherches de Taunton, mais le vicomte avait posé une main légère dans le creux de son dos et l'entraînait à travers les couloirs tout en parlant aimablement des aménagements intérieurs et de sa famille.

Il la traitait avec les égards dus aux hôtes de marque, et non comme une simple partenaire d'affaires… ou pire encore. À l'extérieur, le reste des Everard s'aligna sur son attitude. Sa mère et sa sœur l'accueillirent avec la même chaleur, et elle put se détendre en leur compagnie, enfin capable de laisser l'une de ses inquiétudes de côté.

Aucun regard critique dans sa direction, aucune froideur ou politesse réservée. Ils avaient pris le thé dans une ambiance conviviale sur des chaises en osier au milieu de la roseraie. Sa mère et sa sœur étaient deux femmes adorables, des versions féminines du vicomte avec leurs cheveux sombres et leurs yeux gris. Taunton l'avait emmenée faire un tour des vastes jardins, déclarant qu'ils étaient le plus bel atout du domaine. Elle fit la connaissance de Freddie au dîner, qui parvint à lui soutirer la promesse de jouer avec lui au backgammon dans la soirée. Une parole qu'elle honora avec plaisir en le battant à plate couture, ce qui valut à Freddie de nombreuses taquineries de la part de sa fratrie. Ce ne fut que plus tard, lorsqu'elle constata qu'elle se trouvait entourée de visages souriants, qu'elle réalisa à quel point elle avait apprécié cette soirée. La nervosité la gagna. Cela faisait si longtemps qu'elle n'avait pas eu l'occasion de profiter d'un bon moment. Pas même pendant ces trois ans de liberté. Elle passait le plus clair de son temps à se cacher, à se forger un masque et à tisser des mensonges, tout ça dans le simple but de protéger cette liberté. Lorsqu'elle sortait, elle restait constamment sur le qui-vive. Mais pas ce soir ; ce soir, elle avait fait partie d'un groupe.

Sofia se leva et lissa sa robe :

— Je vais prendre congé. La journée a été longue.

Elle avait également été merveilleuse, une fois la querelle matinale oubliée. Cela lui paraissait déjà si lointain.

— Milord, auriez-vous la délicatesse de me montrer le chemin qui mène à la maison douairière ? Je pourrai ainsi m'installer.

Le vicomte lui offrit son bras, le regard joyeux.

— Je vais faire bien mieux que cela. Je vais vous y conduire moi-même.

— Votre famille est charmante, dit-elle une fois qu'ils furent sortis.

C'était une délicieuse soirée de printemps ; le soleil était à peine couché et de petites lampes éclairaient le chemin. Le concert de coassements des ouaouarons montait d'un étang voisin.

— Vous les avez charmés en retour, répondit-il en riant. Vous qui craigniez qu'ils ne vous aiment pas ! Toutefois..., ajouta-t-il avec le plus grand sérieux. Nous devons établir une règle de base avant que tout ceci n'aille plus loin. Plus de « milord » ! À Everard Hall, je ne suis que Conall. Mon titre est pour Londres, pas pour mon foyer.

Il lui glissa un regard taquin :

— Vous me comprenez, j'en suis certain... Miss Sofia Northcott.

Ils rirent ensemble, et elle fut à nouveau frappée par la facilité avec laquelle ils conversaient. Il était affable sans être niais, intelligent sans être guindé, comme il l'avait prouvé aujourd'hui par sa description de l'industrie de la laine. C'était une association potentiellement enivrante. Une femme pouvait valser avec un gentilhomme agréable, mais elle épouserait l'homme capable de gérer son domaine. Il y avait bien plus de sécurité dans l'intelligence que dans l'humour... mais cet homme possédait les deux.

Si elle envisageait de se marier à nouveau un jour, elle chercherait un homme comme lui. Mais ce n'était pas le sujet du moment. De toute façon, qui voudrait l'épouser ? Aucun homme de qualité ne prendrait pour femme une proscrite à la réputation ternie.

— Demain, je vous montrerai les sources sur lesquelles j'ai appuyé mes recherches, proposa-t-il lorsqu'ils atteignirent la maison douairière.

Une lampe à la lumière chaleureuse brûlait à l'intérieur, baignant la nuit de sa douce lueur dorée, et un valet de pied ouvrit la porte à leur arrivée.

— Bienvenue chez vous, Madame. Vos affaires ont été rangées et votre lit est prêt. Annie, votre femme de chambre, s'en est assurée.

On n'aurait pu imaginer fin de soirée plus parfaite. Elle se tourna vers son escorte et fit une tentative, surprise que cela lui vienne si naturellement :

— Conall, merci pour cette journée.

Mais ces mots semblaient insuffisants. Comment exprimer le bonheur qu'elle avait ressenti à faire à nouveau partie d'une famille, ne serait-ce que pour quelque temps ?

Il prit congé, et elle gagna l'étage où tout était exactement comme annoncé : les draps ouverts sous le ciel de lit en chêne sculpté, sa chemise de nuit en coton disposée près de l'oreiller, ses brosses à cheveux alignées sur la coiffeuse et une jeune femme de chambre sur le seuil, prête à l'aider. Des plaisirs simples, bien sûr, pour une *marchesa* qui avait eu une armée de domestiques à son service et qui avait vécu dans des suites assez luxueuses pour rivaliser avec Versailles. Mais le coût qu'on lui avait extorqué pour cette vie dorée s'était avéré exorbitant. L'éclat de l'or n'avait pas suffi à la retenir.

Sofia congédia la femme de chambre et s'assit près de la

fenêtre, savourant les doux bruissements qui emplissaient l'air nocturne. Aujourd'hui, elle avait goûté à des choses bien plus précieuses : à la compagnie de gens honnêtes et sincères, aux rires d'une famille aimante, au temps passé sans craindre d'être jugée. Mais, hélas, tout cela ne durerait pas. Cette journée n'était qu'un fantasme. Elle ne devait pas l'oublier. Elle était venue ici dans un but précis : évaluer les risques d'investir des fonds dans l'importation des alpagas. En dépit de l'accueil chaleureux que lui avait réservé la famille de Conall Everard, Sofia n'avait rien d'un hôte de marque. Ils ne la connaissaient pas. S'ils avaient su les scandales sordides de son passé, ils ne l'auraient sans doute pas traitée de la même façon. Cela ne faisait d'ailleurs aucun doute ; elle avait vécu une expérience similaire à Londres. Sa propre famille avait coupé les ponts avec elle. Elle était revenue depuis trois ans, et pas une seule fois ils n'avaient cherché à la contacter. Après leur premier refus de la recevoir, elle n'avait pas pris la peine de leur donner son adresse à Chelsea.

Et pourtant… Conall, lui, n'avait pas semblé contrarié par son histoire. Il l'avait accueillie dans sa demeure, lui avait présenté sa famille, avait fait montre de tous les égards qu'un gentilhomme réservait à une lady. Elle avait passé une journée parfaite.

Sa conscience s'éveilla soudain, la parant d'une armure de scepticisme, lui susurrant que rien n'était jamais parfait.

Personne ne l'était, pas même Conall Everard. Lorsque quelque chose avait l'air trop beau pour être vrai, alors c'était sans doute le cas. Pourquoi s'était-il donné tant de mal ? Pourquoi lui avoir fait vivre une journée idyllique ? Pourquoi était-il si enclin à ignorer ses défauts ? L'argent était probablement une partie de la réponse. Il avait besoin d'un investisseur et de son compte en banque.

Sofia enroula une mèche de cheveux autour de son index. Le meilleur moyen de résoudre une énigme était de poser des questions. Que se passerait-il s'il n'obtenait pas cet argent ? Son projet serait-il simplement mis de côté pour un temps ? Quelles conséquences cela aurait-il pour lui ? Les aristocrates cédaient souvent à leurs lubies sur un coup de tête. Cependant, ses connaissances étendues sur les alpagas laissaient suggérer que ce projet était plus qu'une simple fantaisie pour Conall. Elle avait déjà remarqué sa profonde implication lorsqu'ils avaient discuté chez les Cowden. Mais à quel point avait-il besoin que cette affaire fonctionne ? Que se passerait-il en cas d'échec ? Se contenterait-il de passer à la prochaine idée qui séduirait son intelligence ?

Sofia referma la fenêtre. Son instinct lui disait que non. Il avait désespérément besoin que ce projet soit une réussite. Elle baissa les paupières et poussa un soupir las. Elle voyait à présent ce qu'elle n'avait pas observé plus tôt, peut-être parce qu'elle n'en avait pas eu envie. Les illusions étaient de terribles tentatrices. Conall Everard avait suffisamment besoin de son argent pour lui organiser une journée de rêve, avec sa présentation de l'histoire de Taunton, le thé avec sa mère, un tour des jardins et une soirée mémorable. Et il s'était montré très persuasif : il avait souvent croisé son regard au dîner, lui offrant un sourire lorsque personne ne l'observait. Ses doigts qui l'effleuraient par-ci, une main dans le creux de son dos par-là…

Et il n'avait pas seulement mis son charisme en avant. Il y avait d'autres choses, comme l'environnement. Avait-il deviné qu'une journée comme celle-ci pourrait l'affecter si puissamment ? Elle espérait que non. Elle préférait croire que Conall n'avait rien orchestré et se plaisait à penser qu'elle n'était pas aussi simple à lire ou à manipuler. Toutefois, deux points étaient clairs lorsqu'elle se plongea dans ses luxueux draps irlandais : la première était que Conall Everard cherchait à obtenir son approbation par tous les moyens à sa disposition, de ses sourires à son linge de maison en passant par ses vases en cristal. La seconde était qu'il se servait de la même méthode pour cacher quelque chose.

Elle avait presque failli manquer ce détail, au milieu de la profusion de divertissements et de cadeaux qu'il lui avait mis devant les yeux. Mais ce soir, avec le recul, elle voyait enfin le tableau avec clarté. Cette journée avait été trop parfaite, Conall trop affable et sa famille trop prompte à l'accepter. Ils ne lui avaient posé aucune des questions habituelles. Elle savait à quoi ressemblaient les secrets. Elle en possédait beaucoup et les dissimulait de la même façon, des choses qui dépassaient la honte de son divorce. Des secrets qu'elle cacherait et protégerait à tout prix. Ils étaient une menace pour sa liberté, son talon d'Achille.

Tout le monde avait une faiblesse. Il ne lui restait plus qu'à découvrir celle de Conall… Que ne voulait-il pas qu'elle voie ?

Chapitre 8

Conall faisait les cent pas devant l'oriel de la bibliothèque. Il contemplait les dernières gouttes de pluie qui s'éloignaient pour ne pas la dévisager, elle, avec ses cheveux d'un or pâle, relevés en torsade, et ses quelques mèches libres qui encadraient si harmonieusement son visage. Il ne connaissait pas beaucoup de femmes capables de s'enfermer pendant des heures pour compulser des rapports sur les alpagas et des notes griffonnées dans les marges. Et certainement pas avec le même enthousiasme que sa sœur, Cecilia, témoignait à dévorer les derniers tracts féministes de Londres.

Conall ne se souvenait pas avoir jamais réagi d'une façon si absolue à la proximité d'une femme. Olivia n'avait suscité aucune émotion aussi vive, et il n'aurait jamais imaginé continuer de ressentir une telle électricité autour de Sofia Northcott après tant de journées passées en sa compagnie ; deux semaines en tout et pour tout, s'il comptait leur séjour à Londres. Il s'était persuadé qu'une fois l'attrait de la nouveauté dissipé il se lasserait de sa présence. La familiarité n'était-elle pas censée nourrir le mépris ? Dans son cas, elle avait lamentablement échoué. C'était même tout le contraire !

Leur coudoiement n'avait fait qu'exacerber ce qu'il ressentait lorsqu'elle se trouvait près de lui. Il avait l'impression que son centre de gravité changeait chaque fois qu'elle entrait dans la pièce. Sa présence électrisait l'espace, lui donnait de l'énergie. Même sa famille l'avait remarqué. Leurs soirées étaient plus amusantes quand Sofia se trouvait parmi eux. Elle jouait au backgammon avec Freddie, chantait et tournait les pages pendant que Cecilia était au piano, les quelques fois où elles n'étaient pas en plein débat sur les droits des femmes. Elle brodait en compagnie de sa mère. Il n'avait jamais vu qui que ce soit s'intégrer aussi aisément au cercle familial des Everard. Bien entendu, tel avait été leur objectif. Ils avaient tout fait pour qu'elle s'intègre. Pourtant, cela n'avait pas l'air d'un artifice aux yeux de Conall. Il devrait se montrer prudent s'il ne voulait pas se laisser happer par sa propre illusion.

Quant à lui, il passait ses journées en sa compagnie dans son bureau et l'observait tandis qu'elle parcourait ses recherches sur les alpagas, en faisant semblant de s'occuper des affaires de son domaine. Il avait pris du retard sur ses correspondances, mais avait mémorisé son visage dans ses moindres détails : l'inclinaison délicate de sa joue, son joli nez retroussé, dont l'arête était couverte de subtiles taches de rousseur, la courbe rose du pavillon de son oreille, la nuance cendrée sur le noir de ses cils…

Il avait eu tout le loisir de l'admirer tant elle avait passé de temps sur ces papiers depuis leur arrivée. Elle le rejoignait dans la maison principale dès le matin, après le petit déjeuner et ne repartait que le soir. Le premier jour, il s'était comporté en gentilhomme et lui avait laissé l'espace et l'intimité dont elle avait besoin pour décortiquer ses sources et ses conclusions. Mais il n'était pas parvenu à garder ses distances.

Il attribuait cela au suspens. Que voyait-elle dans ses

rapports ? Avait-il manqué un détail, une information ? Avait-elle découvert une pierre d'achoppement, quelque chose qui pourrait affecter sa décision de financer le moulin ? Il tenait à être près d'elle, au cas où elle aurait des questions. Mais elle lui en avait posé très peu, et il espérait y voir un signe encourageant. Il n'avait plus de temps pour les doutes. Les alpagas étaient ici, paissant dans ses prés avant la tonte d'été, qui n'aurait aucun sens sans un foulon. Et en arriver aussi loin lui avait coûté tout ce qu'il possédait.

L'horloge tournait, le menant vers la conclusion amère de leur association. Sofia avait travaillé à une allure folle pour assimiler toutes les informations. Il aurait dû souhaiter qu'elle se hâte. Plus tôt elle investirait, plus vite il pourrait à nouveau respirer librement. Sofia quitterait Everard Hall avant d'avoir découvert leur supercherie, et le scandale de son divorce ne nuirait pas aux chances de Cecilia à la prochaine saison. Il aurait dû vouloir toutes ces choses, mais il détestait penser à quel prix il les obtiendrait. Une fois leur marché conclu, elle partirait. Cette simple idée lui laissait un trou béant dans la poitrine. Les soirées seraient bien moins joyeuses sans elle.

Un bruissement de papier et un frou-frou de tissu le tirèrent de ses pensées ; c'était le genre de son qui marquait une finalité. Elle avait terminé ses recherches. Conall se tourna vers elle avec un sourire, espérant avoir l'air détendu et confiant :

— Eh bien ? Est-ce que tout est en ordre ou y a-t-il quoi que ce soit d'autre que je puisse vous fournir ?

Elle rit, se leva et s'étira.

— Je ne crois pas être capable de lire une page de plus !

Elle coinça une mèche folle derrière son oreille.

— Je pense avoir pris connaissance de tout ce qu'il y avait à savoir. Vous avez été très minutieux.

Son regard passa au-dessus de lui, vers les fenêtres.

— Ce qu'il me faut à présence, c'est un bon bol d'air frais. Je crois que la pluie s'est arrêtée suffisamment longtemps pour nous autoriser à sortir. Pourquoi ne pas me montrer les alpagas ?

Conall avait fait préparer le cabriolet devant l'entrée avant qu'elle n'ait eu le temps d'enfiler ses gants et son bonnet. Il avait décidé de prendre son intérêt pour ses bêtes comme un signe positif. Elle ne lui demanderait certainement pas de les voir si elle les considérait comme un mauvais investissement.

— J'ai suffisamment de terrain pour accueillir soixante-quinze alpagas, expliqua-t-il tandis qu'il les conduisait vers les pâtures. C'est-à-dire près d'un demi-hectare pour cinq têtes de bétail. Et je dispose de prés supplémentaires si ce projet est un succès.

— Soixante-quinze ? demanda-t-elle, visiblement surprise. N'est-ce pas un peu ambitieux ?

Conall haussa les épaules, tâchant de paraître serein face à son air alarmé.

— Pas vraiment. Un alpaga peut être tondu tous les deux ans, j'en ai donc tiré la conclusion qu'un troupeau devrait passer à la tonte en suivant une rotation. Nous devons obtenir suffisamment de laine chaque année, sans cela, la production d'articles à base d'alpaga ne pourrait pas être constante. Nous aurions une année surchargée et une année creuse.

Il fronça les sourcils, réfléchissant à la logistique.

— Cela resterait faisable, j'imagine. Le foulon pourrait alterner avec la laine produite les autres années.

— Mais les profits ne seraient pas aussi importants, conclut-elle pour lui. Avec soixante-quinze alpagas, vous pourriez en générer dès la première année.

Conall acquiesça, soulagé qu'elle perçoive les mérites

de sa stratégie. Mais cela ne changeait rien au problème de fond ; il lui demandait d'investir une large somme dans le but de prendre un gros risque : bâtir un foulon dédié à la laine d'alpaga. Ils atteignirent les prés, et Conall arrêta le cabriolet.

— Le domaine dispose de cinq terrains supplémentaires que nous avons récupérés après le départ de locataires qui… ont trouvé l'herbe plus verte ailleurs, dirons-nous. Ils nous permettront d'établir la rotation du troupeau. Il y a quantité d'herbe pour qu'ils puissent se nourrir et nous compléterons avec du foin et du grain.

Le rêve était si proche, il pouvait presque le toucher. Un refus maintenant serait dévastateur sur tous les plans. Il avait tout parié sur ce projet.

Était-ce ce que son père avait ressenti ? De l'euphorie à l'idée qu'un investissement fonctionne, mêlé à une angoisse qui vous dévorait les entrailles ? Toutes ses tentatives étaient-elles tombées à l'eau, noyant chaque jour davantage le domaine familial dans les dettes ? Était-ce ainsi que cela avait commencé ? Un risque qu'il était certain de transformer en profit, mais qui n'avait finalement pas payé ? Au lieu de cela, il s'était trouvé contraint de chercher un nouvel investissement, puis un autre…

Conall serra le poing pour contenir la panique qui menaçait de l'engloutir, comme chaque fois qu'il pensait à son défunt père. Il n'était pas lui. Il avait fait ses devoirs, étudié tous les aspects du projet. C'était un pari gagnant. Il espérait que Sofia ne pouvait pas lire en lui, qu'elle n'avait pas vu à travers l'écran de fumée soigneusement créé pour lui faire croire qu'ils étaient dans une situation financière pérenne. Ils avaient mis les petits plats dans les grands pour montrer Everard Hall sous son meilleur jour. Cela suffirait-il ?

Sofia lui adressa un sourire, ses beaux yeux bleus pensifs. Elle semblait en pleine réflexion, pesant le pour et le contre, évaluant les coûts et profits de tout ce qu'elle avait lu et vu.

— Aidez-moi à descendre, je vous prie, et parlez-moi des alpagas pendant que nous marchons. Ne peuvent-ils être exploités que pour leur laine ?

— Vous vous demandez si nous pourrions compléter nos revenus ?

Conall fit le tour du cabriolet et la souleva aisément pour la déposer au sol, appréciant la légèreté de son corps entre ses mains, la douce fragrance de basilic et de thym de son savon, odorante et sophistiquée, mais pas entêtante comme les lourds parfums floraux prisés par les femmes de la haute. Cette senteur-là n'appartenait qu'à elle.

— Ils produisent du lait, semblable à celui de la chamelle.

Conall lui offrit son bras, et ils se mirent en marche à travers les étendues d'herbe mouillée.

— J'ai un ami, Sutton Keynes, avec qui je corresponds. Il possède une petite laiterie de chamelles, car c'est un aliment riche et prisé pour les jeunes pur-sang. Le lait d'alpaga est un produit similaire que nous pourrions vendre aux éleveurs de chevaux de course. Une fois le troupeau bien établi, nous pourrions vendre les alpagas eux-mêmes, bien sûr. Nous pouvons assurer leur reproduction et vendre nos bêtes à d'autres acheteurs intéressés.

Il s'arrêta et jeta un regard en coin en sa direction. Il se servait du « nous » volontairement, espérant qu'elle se prendrait au jeu. C'était souvent une bonne stratégie de persuasion. Mais fonctionnait-elle avec Sofia ?

— Et, bien sûr, ajouta-t-il, nous pourrions toujours mettre en place un groupement dédié aux alpagas. J'avais imaginé user de l'influence du Club de Prométhée dans cet objectif, une fois le projet sur les rails. Lorsque la société constatera à quel point cette affaire est rentable, nous pourrons monter notre propre groupe d'investisseurs. Partager les coûts et les profits présente des avantages pour toutes les personnes impliquées, et s'avère souvent bien plus efficace que de laisser un projet reposer sur une seule paire d'épaules.

— Vous êtes un visionnaire. Cela me plaît.

Elle lui offrit un nouveau sourire qui lui réchauffa le cœur. Il prenait un véritable plaisir à ces instants : à discuter avec elle, à parler affaires. Elle faisait en sorte qu'un homme se sente à l'aise en sa présence, qu'il ait l'impression de pouvoir être lui-même, sans se contraindre à donner l'image désuète du parfait gentilhomme. Était-ce ces manières simples et familières qui avaient attiré Wenderly, ou n'avait-il vu en elle qu'une belle femme ?

Un puissant braiment interrompit leur conversation tandis qu'ils approchaient de la barrière.

— Je crois que nous sommes repérés, annonça Conall.

Il hocha fièrement la tête en désignant le troupeau, placidement disséminé sur le vaste pâturage et broutant paisiblement.

— Quel drôle de son ! s'exclama Sofia, amusée. Ils bêlent ou hennissent ?

— Leur cri ressemble beaucoup à celui des chameaux. Mais ils sont bien plus mignons, répondit Conall avec un large sourire. Les soixante-quinze spécimens ont fait le voyage sans encombre.

Le transport, en particulier par bateau, s'avérait souvent difficile pour les animaux. À leur arrivée, ses alpagas étaient terriblement maigres, mais quelques semaines de surplus de grain dans les auges avaient suffi à les remettre d'aplomb.

— Ils sont adorables.

Sofia les étudiait, inclinant la tête comme pour mieux prendre la mesure de leurs longs cous.

— Je n'avais jamais rien vu de pareil.

— Que diriez-vous d'en rencontrer un de plus près ?

Conall l'entraîna vers la clôture et lui versa un peu de grain dans le creux de la paume.

— Formez une coupe avec vos mains, comme ceci, lui montra-t-il en tendant les siennes vers les animaux.

Elle l'imita et éclata de rire lorsque les alpagas les plus audacieux s'approchèrent pour fourrer leurs nez soyeux au creux de ses doigts afin de grignoter la nourriture.

— On dirait un mélange de cheval, de chameau et de mouton… Et peut-être un peu de girafe aussi, avec ces longs cous.

— C'est tout à fait ça. Les anciens Incas les utilisaient comme bêtes de somme dans les montagnes. Ils ont le pied sûr, comme nos chèvres écossaises. Mais leur espèce est cousine de celle du chameau. Ce sont tous deux des camélidés.

Il rit avant d'ajouter :

— Et vous n'avez pas tort au sujet de la girafe : le chameau, la girafe et l'alpaga ont tous les trois un ancêtre commun, le guanaco, un mammifère de l'ordre des artiodactyles.

Son enthousiasme était tel qu'il se laissait aller à étaler sa science. Était-ce à cause de la présence apaisante des alpagas ou de celle de Sofia ? De la façon qu'elle avait de l'écouter, de rire, comme si marcher dans les herbages et parler de ces animaux constituait l'expérience la plus agréable de sa vie ?

Elle lui coula une œillade taquine :

— C'est cela que vous lisez dans vos brochures ? Des traités sur les artiodactyles ?

— Eh bien, ma foi, oui ! Les cochons font aussi partie des artiodactyles, l'ordre ne regroupe donc pas que des créatures exotiques, l'informa-t-il en caricaturant l'attitude condescendante d'un érudit pour l'amuser. Souhaitez-vous savoir ce que j'ai appris d'autre ?

Il se faufila entre les deux rails de la clôture et attrapa un alpaga par son licol pour le ramener vers Sofia et lui permettre de le caresser. Il fit glisser sa main sur la laine de l'animal.

— Touchez son pelage, ici. La couche extérieure est rêche, c'est le poil de jarre, qui constitue une protection naturelle. Maintenant, touchez ici…

Il enfonça ses doigts dans l'épais manteau.

— Ce que nous exploitons, c'est la couche intérieure, qu'on appelle le poil de bourre. C'est en quelque sorte son duvet. Vous sentez comme il est doux ?

— Oh ! C'est merveilleux !

Sofia poussa un soupir de contentement, puis fronça soudain les sourcils, l'air inquiet :

— Ça ne leur fait pas mal, n'est-ce pas ? D'être tondus et de perdre leur poil ?

— Aucunement, lui assura-t-il. Au contraire, c'est bon pour leur santé. S'ils gardaient leurs épais manteaux en été, ils ne pourraient supporter la chaleur. C'est pourquoi l'Angleterre est un endroit parfait pour eux. Le climat ne reste pas chaud trop longtemps. Nous procéderons à la tonte d'un tiers du troupeau cette année. Le mois de juin sera le meilleur moment, ainsi ils auront récupéré suffisamment d'épaisseur d'ici le retour de l'hiver.

Conall eut l'impression d'atterrir brutalement. Il y aurait un « nous » : Freddie, leurs locataires et lui. Sofia, elle, serait partie, quelle que soit la tournure de leur association.

La jeune femme caressa la toison de l'alpaga qui l'observait patiemment.

— Rappelez-moi quelle somme vous souhaitez ?

Elle avait murmuré sa question, comme si la poser trop bruyamment risquait d'augmenter le niveau d'implication. Conall lui répondit d'une voix à peine plus élevée.

— Quinze mille livres.

Sofia émit un long sifflement que la société aurait considéré comme fort peu gracieux venant d'une femme.

— En valent-ils la peine ?

— La laine apporte la vie, répliqua Conall sans la moindre hésitation. Elle générera des emplois et des revenus stables qui ne dépendront pas du caprice de la météo ou d'une bonne récolte. Son exploitation invitera l'industrie et le progrès jusqu'à Taunton, pas seulement des usines et des foulons, mais des routes et des moyens de transport, toutes ces infrastructures dont nous aurons besoin pour véhiculer nos produits.

— Taunton a déjà des moulins, fit-elle remarquer doucement.

Mais il s'attendait à cet argument. Il sourit et ouvrit un sac qu'il avait jeté par-dessus son épaule. Il en tira une couverture.

— Madame, je vous présente l'échantillon numéro un.

Il la déplia et l'étala sur le sol.

— Non ! Ne faites pas ça, protesta aussitôt Sofia. L'herbe est encore humide à cause de la pluie, elle va être trempée.

Il lui lança un sourire joueur et poursuivit comme si de rien n'était.

— Asseyez-vous, je vous en prie.

Sofia observa le carré de tissu avec scepticisme, peu encline à mouiller sa robe. Pour l'encourager, Conall s'installa et tapota l'espace vide à côté de lui.

— Vous serez au sec, je vous le promets. Faites-moi confiance, Sofia.

Lui faire confiance. Elle le souhaitait tant. Cela faisait si longtemps qu'elle n'avait accordé sa confiance à personne. Comme il serait agréable de se reposer sur quelqu'un, juste cette fois, de croire à toutes ses paroles, de se persuader qu'il ne lui cachait rien, qu'il ne cherchait pas seulement à lui prendre son argent. Et peut-être le pouvait-elle. Depuis son arrivée, pas une fois il ne l'avait importunée. Il n'avait pas prononcé la moindre remarque désobligeante, ne l'avait pas traitée avec le mépris qu'elle s'était habituée à recevoir de la part des autres hommes lorsqu'ils apprenaient son divorce.

Sofia rassembla son jupon et se prépara à s'asseoir. Elle avait décidé de donner sa chance à Conall. Si elle avait tort, elle ne souffrirait que d'une robe humide. Elle avait survécu à bien pire. Conall se rendait-il compte de tout ce qui se jouait, au-delà d'une simple question d'argent ? Un proverbe qu'elle avait entendu enfant lui revint en mémoire : *celui qui est honnête avec peu, l'est avec beaucoup. Celui qui est malhonnête avec peu, l'est avec beaucoup.* C'était un test sans vraie conséquence mais, pour elle, c'était l'instant qui définirait, à ses yeux, la qualité morale de Conall. Sofia s'assit, craignant de déceler enfin la faille qu'elle redoutait depuis le début, de découvrir que, tout ce temps, Conall Everard n'avait été qu'un vicomte séduisant et charmeur beaucoup trop optimiste, sans le moindre sens des affaires.

Sa jupe resta sèche ! Elle ne s'était pas rendu compte qu'elle avait retenu sa respiration jusqu'à l'instant où elle lui échappa. Elle fronça les sourcils et parcourut la douce surface de la couverture du bout des doigts, perplexe.

— Comment est-ce possible ? La laine absorbe l'eau,

elle devrait être mouillée, s'exclama-t-elle en dépit de la preuve qu'elle avait sous les yeux.

Conall sourit d'un air mystérieux.

— La laine d'alpaga est imperméable. Tenez.

Il tira de son sac deux échantillons de pelage.

— Ceci est de la laine d'alpaga. La fibre est creuse, vous voyez ? À présent, regardez la laine de mouton.

Il lui tendit le deuxième échantillon.

— Il y a des poches d'air. Ce n'est pas entièrement creux. De ce fait, la fibre des poils de l'alpaga retient beaucoup mieux la chaleur, ce qui lui permet de repousser l'eau.

Il retourna un coin de la couverture pour exposer l'autre face.

— Ce côté-ci est mouillé. Mais pas le nôtre. Les fibres d'alpaga nous protègent de l'humidité.

Sofia toucha la laine mouillée, perdue dans ses pensées tant elle entrevoyait de possibilités : les alpinistes, les voyageurs et les explorateurs du monde s'arracheraient ce produit. Toutes les familles voudraient une couverture pour leur occasionnel pique-nique, étant donné la nature plus que changeante du climat britannique. La Royal Geographical Society s'y intéresserait pour ses expéditions, et pourrait peut-être même en tirer un certain prestige. Les fabricants de carrosses pourraient inclure une couverture à chaque vente. Peut-être pourraient-ils concevoir un blason à coudre sur les produits, pour indiquer un degré de qualité. *Ils*. Les pronoms commençaient à lui jouer des tours. Il n'y aurait pas de « ils ».

— Est-elle plus isolante également ?

— Absolument. Encore une fois, grâce aux fibres creuses, répondit Conall.

Elle appréciait enfin la pleine mesure du génie de ce projet : les possibilités, l'innovation, son propre rêve, unis dans une seule et brillante aventure. Il était temps de saisir le taureau par les cornes.

— Très bien, dans ce cas, j'ai pris ma décision. J'ai une proposition à vous faire.

Elle sentit le corps de Conall se tendre à côté d'elle, tandis qu'il attendait son verdict.

— Je ne veux pas vous accorder un prêt. Je veux vous proposer un partenariat.

Chapitre 9

À sa grande surprise, Conall accueillit son offre d'un air pensif.

— Quels sont les termes de ce partenariat ?

— J'achèterai le foulon. Vous serez chargé de la supervision quotidienne, mais je prendrai les décisions concernant sa gestion. Nous n'embaucherons pas d'enfants et n'imposerons pas d'horaires excessifs. Le dimanche sera un jour chômé, ainsi que la moitié du samedi. Nous offrirons des salaires décents et ouvrirons une école pour les enfants de nos employés.

Elle insista sur chacune de ses conditions, fixant Conall droit dans les yeux pour vérifier qu'aucune d'elles ne le faisait ciller, que sa générosité n'était pas simplement le fruit de son imagination.

Elle n'avait jamais rencontré un homme comme lui jusqu'alors, un aristocrate visionnaire et altruiste. Son discours sur le besoin de générer des emplois, de créer quelque chose d'utile pour le comté, l'avait émue. *Lorsque quelque chose a l'air trop beau pour être vrai, alors c'est sans doute le cas.* Mais peut-être pas cette fois.

Elle avait persisté au cours de ces dernières semaines : elle avait épluché ses recherches en quête de la moindre faille, de *sa* faiblesse. Il devait bien en avoir une. Tout le monde en avait. Elle avait travaillé avec suffisamment d'hommes pour le savoir, et pourtant, impossible de mettre le doigt sur la sienne.

Conall avait des questions :

— Qu'en est-il des profits, alors, si vous en dépensez la totalité en salaires et en infrastructures ? La laine ne se vend pas au-delà d'un certain prix.

— La laine de mouton ne se vend pas au-delà d'un certain prix, le corrigea-t-elle aisément, animée par le débat. La laine d'alpaga est un produit de luxe, comme vous l'avez précisé. Par ailleurs, elle aura l'attrait de la nouveauté. Si nous la présentons intelligemment, nous pourrons en demander le prix que nous voudrons.

— Nous ? Où serez-vous, dans tout cela ? Avez-vous l'intention de rester indéfiniment ?

Qu'entendait-elle dans sa voix ? De l'inquiétude à l'idée que leur association de longue durée ternisse sa réputation ? Ou quelque chose d'autre ? De la curiosité à l'idée qu'elle puisse s'attarder dans les parages ? Il l'appréciait vraiment. Elle en était certaine.

Tous les signes étaient là, jusqu'à sa façon de la couver du regard pendant qu'ils travaillaient. Mais sa conscience était trop habituée au pessimisme pour la laisser se faire des idées. *Évidemment, il ne sait pas ce que tu fuis. S'il était au courant, il ne t'apprécierait pas autant. Il ne le pourrait pas. Les vicomtes ne sont pas faits pour vivre avec des proscrites de la société.* Mais celui-ci avait besoin d'argent, et elle, de protection. Il l'avait aidée une fois déjà, peut-être accepterait-il de recommencer. Il semblait être un défenseur né. En échange de son investissement financier, il pourrait sauvegarder son rêve. Il superviserait le foulon et son développement selon les plans qu'elle lui proposerait. Il pourrait être sur le terrain à sa place. Telle était son offre : protéger son rêve de bâtir un monde plus sûr, loin de Giancarlo.

Mais, pour le réaliser, il fallait que Taunton soit son champion en son absence.

C'était aussi simple que cela. Cela n'avait rien à voir avec elle… et lui. La conscience toujours trop présente de Sofia mit aussitôt un terme à la direction que prenaient ses pensées. Elle ne se remarierait pas. Elle ne laisserait plus jamais un homme détenir ce genre de pouvoir sur elle. Et épouser un homme pour échapper aux griffes d'un autre n'avait aucun sens. Elle s'était battue trop longtemps pour gagner sa liberté. Et puis Conall ne lui pardonnerait jamais ce scandale, elle ternirait la réputation de sa famille en restant. C'était beaucoup trop demander, même à un honnête homme. Aussi répondit-elle :

— Je viendrai vérifier de temps en temps que tout fonctionne comme il se doit, mais j'ai d'autres intérêts que je dois également superviser.

Elle observa sa réaction, mais ne put déterminer si son visage exprimait du soulagement ou du regret. Au lieu de s'en inquiéter, elle décida de profiter pleinement de cette splendide journée. Le soleil chauffait sa peau et la couverture était sèche. Il n'existait pas d'endroit plus agréable au monde que cette pâture, en cet instant précis. Elle bascula en arrière et s'appuya sur ses mains, admirant l'homme à côté d'elle.

— Comment se fait-il que vous en sachiez autant sur les alpagas ? Cela ne peut pas venir uniquement de la lecture de vos brochures.

— Est-ce un interrogatoire, Miss Northcott ? plaisanta-t-il, acceptant la nouvelle tournure de la conversation.

— Disons plutôt de la curiosité, répliqua-t-elle en riant.

Elle mourrait d'envie d'en apprendre plus sur lui, de le connaître d'une façon qui n'avait rien à voir avec les affaires… D'une façon qu'elle pensait ne plus jamais vouloir. Peut-être était-ce une bonne chose de se rendre compte qu'elle n'était pas complètement morte à l'intérieur, que Giancarlo n'avait pas détruit cette partie d'elle. Même si c'était terriblement inconvenant. Elle s'était habituée à être toujours parfaitement objective, mais c'était un exercice impossible quand on essayait d'imaginer son interlocuteur sans ses vêtements.

— Eh bien, dans ce cas, je vais tenter de l'assouvir, répondit-il gaiement, se prêtant au jeu. J'ai fait mon Grand Tour dans les Amériques. Pendant que mes amis visitaient les musées d'Europe, je faisais de la randonnée dans les Appalaches, je voguais à travers les Caraïbes et j'escaladais les Andes, en Amérique du Sud.

— Pourquoi partir aussi loin ?

Sofia cueillit un brin d'herbe, brusquement consciente de leur proximité sur ce petit carré de laine. Conall Everard n'avait cessé de la surprendre depuis l'instant où il était entré dans le salon de la duchesse de Cowden, et toutes ces révélations n'avaient fait que renforcer son magnétisme.

— Mon père jugeait cela préférable. Il m'a dit un jour que le vieux monde était en train de mourir. Il répétait : « Combien de temps crois-tu que l'aristocratie survivra face à la technologie et au progrès, si nous ne nous adaptons pas ? » Il m'a toujours encouragé à voir plus loin. Il était persuadé que nous ne pouvions pas nous permettre de vivre dans le passé.

Il gloussa, puis lui adressa un regard sérieux.

— Je suis resté trois années outremer, sans doute les meilleures de ma vie, à ce jour.

— Vous avez donc eu une jeunesse très différente de la mienne, répondit Sofia, songeuse.

Cela expliquait pourquoi il ne se souvenait pas d'elle… ou plus spécifiquement de son scandale.

— Pendant que l'on me tirait des bancs d'école pour

me précipiter dans une union hâtive, vous faisiez vos valises pour l'Amérique. Encore une différence entre le statut des hommes et celui des femmes en Angleterre. À dix-huit ans, une femme est mûre pour le mariage. Si elle n'a pas trouvé d'époux à vingt et un ans, on la met au placard avec les autres vieilles filles.

Conall rit :

— Cecilia et vous pensez la même chose.

Elle lui adressa un regard faussement pudique et poursuivit son débat :

— Peut-être parce que c'est vrai. À dix-huit ans, un homme continue son éducation en partant faire son Grand Tour, il est toujours en transition pour passer du statut d'enfant à celui d'adulte. Un statut, par ailleurs, que la société n'attend pas de lui avant ses trente ans. À cet âge, une femme est considérée comme mûre, et sa progéniture a souvent déjà grandi.

— Vous n'avez pas tort, et votre situation n'est pas juste, concéda gracieusement Conall, avant de lui demander solennellement, les yeux dans les yeux : votre mariage fut-il si terrible ?

Elle baissa le regard. Ils n'avaient abordé aucun sujet personnel jusque-là ; son mariage, la destruction de sa maison… Plus un mot depuis leur voyage en train. Mais le désir de faire quelques pas sur cette pente glissante semblait les tarauder tous deux, malgré leurs efforts pour ne pas y penser. Quel mal pouvait-il y avoir à en parler, maintenant que leur accord était pratiquement conclu ? Dans quelques jours, elle serait partie ; elle s'évanouirait dans la campagne anglaise, là où Giancarlo ne la retrouverait jamais ; là où personne ne la trouverait jamais. L'un n'irait pas sans l'autre. Pour échapper à Giancarlo, il lui faudrait renoncer à ses rares amis, de peur qu'il ne la découvre pas leur biais.

— Oui, dit-elle au bout d'un moment. Je n'y aurai pas mis fin sur un coup de tête. Aucune femme ne prendrait cette décision si elle conservait le plus petit soupçon d'espoir pour son union.

Le mot « divorce » semblait flotter dans l'air, et Sofia le chassa d'un geste de la main.

— Je n'en doute aucunement, répondit Conall doucement, attendant qu'elle poursuive.

Elle arracha un autre brin d'herbe.

— Il n'y avait rien pour moi dans ce mariage. Pas d'enfant, pas d'affection. Rien de vrai. Il me trompait, et c'était pourtant le moindre de ses défauts.

Les dernières années, ses infidélités l'avaient même soulagée, car elles concentraient son attention ailleurs que sur elle.

En dépit de tout bon sens, elle laissa son regard dériver vers le visage de Conall, glisser vers sa bouche, sur la fine ligne sensuelle et noble de ses lèvres, la régularité de ses dents, son sourire légèrement en coin. Que pouvait-on ressentir à embrasser un homme bon ? Ils étaient si proches qu'elle pouvait presque l'effleurer, le bout de leurs doigts à quelques pouces les uns des autres sur la couverture. Elle n'avait qu'à se pencher pour goûter à ses lèvres, à tout son être… à sa bonté, à son honnêteté, à son authenticité. Et peut-être le pouvait-elle ? Tant que cela venait d'elle, tant que ce baiser était *son* choix. C'était l'élément essentiel dont son ex-mari l'avait privée tout ce temps : la liberté de décider, de consentir à ce qu'il lui faisait…

Sofia se pencha en avant.

Les lèvres de Conall étaient là, prêtes pour elle, chaudes et accueillantes. Elle s'était promis de simplement les effleurer, mais elle ne put résister à la tentation de répondre à son invitation, de céder à la puissance de son baiser pendant un court instant. Il sentait l'amidon et le soleil, les parfums d'un homme propre et printanier.

— À quoi dois-je ce baiser ?

Conall avait murmuré sa question tout contre sa bouche. Il ne semblait nullement pressé de s'écarter. Sa main reposait sur sa nuque, ses doigts jouaient avec ses cheveux, comme pour la garder près de lui, sans pour autant prendre le contrôle de l'interlude.

— Je voulais m'excuser, soupira-t-elle. J'avais tort à votre sujet. Vous auriez pu me séduire, tenter d'obtenir mon approbation en badinant avec moi, un homme avec moins de scrupules n'aurait pas hésité.

Elle l'embrassa à nouveau, lentement, intensément, souhaitant que l'instant dure toujours.

— Et celui-ci ?

Elle le sentit sourire contre ses lèvres.

— C'est un « merci ». Merci de ne pas avoir menti. Merci d'avoir dit la vérité sur cet investissement, murmura-t-elle, alors que son corps en réclamait davantage.

Ce baiser n'avait été qu'un amuse-bouche et à présent tout son être priait pour un festin. Conall la laissa l'embrasser une troisième fois, comme s'il avait compris que cet instant devait venir d'elle. Mais la réponse lui appartenait, et l'assurance de celle qu'il lui donna surpassa celle de leurs précédents baisers. Jusque-là doux et tendre, il se fit plus ardent. Jusque-là timide et hésitant, il laissa parler leur audacieuse certitude. Elle décrypta son message. Cet homme connaissait les plaisirs d'un baiser et désirait les partager avec elle. Pendant un moment, elle le laissa faire. Elle prit la décision de lui donner le contrôle et de voir où il les emmènerait.

Il l'attira à lui avec sa langue, la guidant de quelques caresses sur la nuque, toujours plus loin, transformant leur baiser en un voluptueux duel. Elle répondit à son appel, se laissa emporter par la vague brûlante qui montait entre eux, tel le tourbillon paresseux d'une rivière en été.

Du bout des doigts, elle trouva son visage, effleura la ligne de sa mâchoire. Les après-midi étaient faits pour cela : de longs et langoureux baisers d'exploration. À présent, elle savait quelles sensations le vicomte lui procurait, et elle devait s'en contenter. Elle recula lentement, réticente à briser l'instant, mais consciente que le laisser durer risquait de les mener là où elle ne souhaitait pas s'engager. Cet interlude ne devrait pas se reproduire. Rien de bon ne pourrait en ressortir.

— Veuillez m'excuser, je n'aurais pas dû, dit-elle. Il est parfois facile d'oublier qu'il existe aussi des hommes honnêtes en ce monde. Que tout ce qui nous entoure n'est pas gâté à l'intérieur.

Elle sourit de ses lèvres tremblantes et observa son visage une dernière fois. Il était temps de mettre un terme à cette folie. Elle se leva et épousseta sa robe.

— Merci de m'avoir donné satisfaction. Vous n'avez pas à vous inquiéter : cet épisode n'entravera pas nos affaires. Je rédigerai les lettres nécessaires dès ce soir.

Conall attrapa gentiment son bras tandis qu'ils se dirigeaient vers le cabriolet.

— Mais, d'abord, nous allons fêter cette occasion.

Il lui adressa un sourire radieux :

— Vous ne m'avez jamais demandé si j'acceptais vos conditions. Étiez-vous si sûre de vous ?

— Dois-je en conclure que c'est oui ?

Elle lui rendit son sourire, en plus rayonnant. Du moins espérait-elle y être parvenue.

— En effet, répondit-il. Je vous aurais bien suggéré de sceller notre accord d'un baiser, mais vous m'avez coupé l'herbe sous le pied !

Ce soir, ils fêteraient le début de leur projet. Ensuite,

elle serait libre de partir. Lui aurait son foulon, et elle un champion pour bâtir et protéger son rêve. Et ils seraient tous deux à l'abri de ses propres fantasmes féminins. Quel dommage que cette solution ne lui apporte pas davantage de satisfaction… Au fond, elle devait bien admettre qu'elle n'était pas impatiente de s'en aller, et ce pour des raisons qui n'avaient rien à voir avec les affaires, mais tout à voir avec leurs baisers…

Aujourd'hui, elle avait investi quinze mille livres, presque toutes ses économies, pour ces mêmes raisons. Peut-être pour les deux : le travail et le plaisir. C'était une petite fortune. Une femme pouvait vivre confortablement avec cette somme pendant des années. Ou alors, elle pouvait décider de bâtir l'avenir. C'était son choix : construire un futur pour elle et pour les autres. Elle risquait gros en faisant confiance à cet homme. Mais, même s'il échouait, elle aurait toujours le foulon, une partie de son rêve demeurerait intacte. C'était un pari, certes, mais il présentait tout de même des garanties.

Sofia leva sa main en visière pour se prémunir de l'éclat du soleil sur la route du retour. Elle aperçut la maison du sommet de la colline. À cette distance, Everard Hall aurait pu être l'incarnation de la sécurité. La demeure semblait impénétrable, comme si rien de mauvais n'aurait pu la toucher. Et peut-être était-ce vrai, songea Sofia. Elle avait épluché tous les documents sur les alpagas, à la recherche d'un indice qui démontrerait que tout n'était pas aussi idyllique qu'il y paraissait, mais n'avait rien trouvé d'alarmant. Ce projet d'investissement n'était pas une escroquerie. Conall Everard et Everard Hall étaient tout ce qu'ils promettaient d'être.

Cette simple idée était terriblement séduisante et elle avait tellement envie d'y croire. Et si cet endroit était réellement impénétrable, un lieu où son ancien mari ne la retrouverait jamais ? Et si elle était en sécurité ici ? Non, c'était idiot et dangereux. Conall ne supporterait jamais que quiconque, pas même elle, ne mette Everard Hall en péril. S'il apprenait qu'elle était pourchassée, s'il connaissait l'ampleur de la dépravation de son mari, il n'autoriserait personne à attirer un tel démon jusqu'ici. Il la prierait de quitter les lieux sur-le-champ. C'était l'une des raisons de sa hâte. Elle voulait partir avant de briser l'illusion, avant que Conall ne s'emporte parce que sa simple présence ici avait mis sa famille et son foyer en danger.

Il n'existait aucun sanctuaire pour elle. Quelle ironie ! Son rêve fournirait un asile à d'autres, mais elle ne trouverait jamais la paix. Sa seule protection, aussi faible soit-elle, résidait dans le pseudonyme de Barnham et dans sa capacité à pouvoir fuir à tout moment. Elle ne pouvait pas rester dans le Somerset, c'était évident. Elle ne pourrait d'ailleurs rester nulle part longtemps, tant qu'Il Marchese la traquerait. Un bout de papier déclarant officiellement la rupture de leur mariage ne l'arrêterait pas. Son époux se contenterait de mettre la main sur elle dès qu'il la trouverait.

Chapitre 10

Giancarlo avait pris son temps avant de sortir de son lit, et de ses draps chauds de la présence de deux jeunes femmes particulièrement talentueuses. Il était donc dans de bien meilleures dispositions que d'ordinaire lorsqu'il fit finalement mander son secrétaire, plus tard dans la journée. Quel était l'intérêt de porter le titre de *marchese* s'il n'obtenait pas immédiatement satisfaction ?

Il se laissa absorber par la contemplation de la *piazza*, un café brûlant et bien serré dans la main, tandis que son secrétaire lui lisait son rapport. À chaque ligne, son sentiment de contentement s'évaporait un peu plus. Le domestique reposa la lettre et attendit qu'il absorbe les dernières informations. En résumé : après deux semaines de recherche, Sofia demeurait introuvable. Son homme avait perdu sa trace. De toute évidence, elle n'était pas rentrée chez elle après que sa maison avait été saccagée et elle n'avait pas porté plainte auprès des autorités de Londres. Ces deux manquements entraînaient de nombreuses questions : était-elle au courant pour son foyer ? Se trouvait-elle vraiment à Londres ? Avait-elle bien reçu ses précédentes lettres ? Était-elle seulement au courant qu'il la pourchassait ?

De toutes ses interrogations, cette dernière le dérangeait

le plus. Il se tortilla inconfortablement sur sa chaise. L'unique plaisir qu'il avait tiré de toute cette histoire de traque était la conviction qu'elle devait trembler de peur. À présent, même cela n'était plus certain. Peut-être était-elle actuellement en train de vaquer allègrement à sa nouvelle vie, quelque part en Angleterre, inconsciente des tracas qu'elle lui causait. Il pensa à la cravache cloutée dissimulée dans son dressing. L'objet avait la fascinante capacité de lui gagner toute l'attention d'une femme. Lorsqu'elle serait de retour, il lui enseignerait ce qu'il en coûtait de l'ignorer.

— Elle ne peut pas avoir disparu.

Il fixa un regard aiguisé sur son secrétaire avant d'ajouter :

— Y avait-il un agenda avec ses rendez-vous dans la maison ? La carte de visite d'une amie ? Des notes ? Du courrier ? N'importe quoi qui pourrait nous indiquer où elle passe son temps, ou avec qui ?

— Je l'ignore, Marchese, répondit l'homme, une profonde appréhension dans la voix.

Bien. Au moins une personne ici avait suffisamment de jugeote pour craindre son autorité.

— La lettre ne contient aucune information.

Une lettre, pas un télégramme comme la fois précédente. Ces derniers étaient bien plus rapides. Giancarlo sentit la colère monter : ces nouvelles n'étaient pas fraîches !

— De quand date ce courrier ? s'exclama-t-il d'un ton brusque en s'emparant du papier.

Il parcourut le rapport. Cela faisait deux semaines et demie que cette missive inutile avait été rédigée. Il resserra les doigts sur l'anse de sa tasse d'expresso jusqu'à en faire blanchir ses jointures. Ce n'était qu'un fiasco de plus sur cette longue liste d'échecs !

— *Che palle !* jura bruyamment Giancarlo.

En quoi traquer une femme seule et proscrite, qui n'avait aucun allié pour l'aider, pouvait-il être difficile ? Il l'avait pistée jusque-là, hors de question de perdre de sa trace maintenant, alors qu'il quémandait les faveurs du roi ! Il n'avait pas particulièrement aimé l'ancien souverain, mais le vieil homme s'était montré bien plus progressiste que son fils en matière d'arrangement conjugal. Le nouveau monarque n'approuvait le divorce sous aucun prétexte. Bien des choses avaient changé ces trois dernières années.

Il soupira et lança un regard déçu à la pile de courrier restant.

— Des nouvelles de sa famille ?

Les chances étaient minces, même s'il leur avait écrit tout de suite après l'annonce du décret de Victor Emmanuel. Les parents de Sofia s'étaient montrés plutôt malléables lorsqu'il les avait approchés, treize ans plus tôt, avec suffisamment d'argent pour les éblouir. Il avait choisi sa proie avec soin : un gentilhomme, propriétaire terrien, et sa famille, qui vivaient bien au-dessus de leurs moyens et luttaient pour se maintenir à flot. Il avait espéré qu'ils se montreraient coopératifs cette fois encore. Le père de Sofia dépensait son argent à une vitesse alarmante. L'homme serait certainement ravi de se remplir à nouveau les poches, suffisamment pour le convaincre de restituer sa fille à son époux légitime, si Sofia se trouvait chez eux.

Mais ce n'était là qu'une supposition : Sofia était-elle rentrée dans le Yorkshire ? Ou avait-elle finalement compris à quoi s'en tenir avec sa famille et préféré couper les ponts ? Il espérait qu'elle avait choisi cette deuxième option. Moins il y aurait d'intermédiaires, moins il serait contraint d'offrir des pots-de-vin. Car, même si son père acceptait de la lui rendre, ce vieil avare ferait tourner l'affaire à son avantage. Giancarlo n'aurait pas d'autre solution que de payer une deuxième fois pour ce qu'il avait déjà acheté il y a longtemps, à un prix plus que généreux : une femme qui ne lui avait attiré que des problèmes.

Giancarlo se leva et fourra ses deux grosses mains dans les profondes poches de sa robe de chambre en satin. La solution à tous ses ennuis était à la fois évidente et frustrante. Il avait espéré ne pas devoir en arriver là.

— Convoquez mon valet et occupez-vous des arrangements nécessaires. Je vais devoir régler cela moi-même.

Il se rendrait en Angleterre et, lorsqu'il trouverait Sofia, il lui ferait payer tout ça, avec les intérêts. Ses lèvres s'étirèrent en un sourire glacial ; il se sentait légèrement mieux. Il avait toujours préféré prendre son plaisir immédiatement, mais le faire durer avait aussi ses bons côtés… À condition de savoir en profiter.

Sofia prolongeait son séjour. Elle lança un regard coupable sur le siège du cabriolet à côté d'elle, admirant Conall qui maniait les rênes, une douce brise aux saveurs d'été s'engouffrant dans sa chevelure. Il semblait heureux ce matin-là, mais elle savait qu'elle ne pourrait plus s'attarder longtemps. Une semaine s'était écoulée depuis le dîner qu'ils avaient organisé pour annoncer et fêter l'achat du foulon. Elle aurait pu lui fournir les contrats depuis des jours ; elle les avait déjà rédigés. Elle n'avait simplement pas réussi à dire à Conall qu'ils étaient prêts.

Cela faisait maintenant neuf jours qu'il avait accepté son offre de partenariat ; il ne leur restait plus qu'à signer les documents. Elle ne cessait d'inventer des excuses : une visite au foulon, une rencontre de plus avec le propriétaire… Tout cela dans l'espoir de s'offrir un jour de répit supplémentaire.

Aujourd'hui, elle était à court de raisons valables. Les contrats et autres papiers, rédigés, corrigés et signés, reposaient en toute sécurité dans un tiroir de la maison douairière, tandis qu'elle partait pêcher avec Conall. Retarder davantage la conclusion de leur transaction n'était plus plausible ni même juste. Elle lui cachait déjà suffisamment de secrets… Les dissimulations et le temps n'étaient d'ailleurs pas les seuls à jouer contre elle. En dépit de sa façade joyeuse, Conall devenait nerveux, lui aussi. Elle percevait la déception qui affectait de manière discrète certains de ses traits, comme l'expression sombre de ses yeux ou sa façon de serrer les lèvres. Chaque jour qui passait sans officialiser leur accord par écrit le touchait davantage. Elle n'avait pas souhaité lui causer tant d'angoisse, mais elle ne voulait pas s'en aller. *Rien qu'un jour de plus.* C'était tout ce qu'elle désirait : un jour de plus avec sa famille, sur son magnifique domaine… avec lui. Pourquoi s'en priver ? Cela faisait plus d'un mois qu'elle n'avait pas eu de nouvelles de Giancarlo. Elle commençait à se sentir en sécurité. Mais, alors même qu'elle s'autorisait cette pensée, sa bonne vieille conscience la rappela à l'ordre. Croire à une telle chimère la mettait en danger. Dès qu'elle cesserait de regarder par-dessus son épaule, elle prendrait un coup de poignard dans le dos. Elle devait se montrer plus intelligente. Elle avait signé les contrats le matin même et les avait fait déposer à Everard Hall, pendant que Conall et elle étaient de sortie. Ainsi le vicomte aurait le plaisir de les trouver à son retour. Elle s'était promis que cette journée serait la dernière.

Le cabriolet buta sur une ornière, et elle dut agripper

le rail du siège pour se stabiliser, riant lorsqu'elle leva l'autre main pour ne pas perdre son bonnet.

— Nous y sommes presque, gloussa Conall en pointant du doigt le long ruban scintillant de la rivière.

Sofia sourit. Presque là et pourtant si loin. Qu'attendait-elle de cet homme ? Il ne l'avait plus embrassée depuis leur interlude dans les pâtures des alpagas. Il l'avait cependant ardemment désiré, elle l'avait vu dans son regard tandis qu'ils se promenaient dans les jardins, un soir, après sa rituelle partie de backgammon avec Freddie. Mais il s'était retenu. Peut-être par respect pour elle, peut-être parce qu'il avait deviné une portion des horreurs de son mariage, ou peut-être parce que cela ne leur aurait rien apporté, ni à l'un ni à l'autre, outre quelques minutes de plaisir éphémère. Elle quitterait bientôt le Somerset ; rien de sérieux ne pourrait se produire entre eux.

Peut-être que la véritable question était : que voulait-elle ? Était-elle vraiment prête à renouer avec un semblant d'intimité ? Son expérience de la vie conjugale ne lui avait pas fait voir les liens charnels sous leur meilleur jour, c'était peu de le dire... Giancarlo s'était montré cruel envers elle, aussi bien mentalement que physiquement. Mais elle commençait à comprendre, grâce à l'exemple d'Helena et à la politesse bienveillante et innée de Conall, que ce qu'elle avait pris pour de l'intimité dans son propre mariage n'en était qu'une image erronée. Elle ne connaissait rien aux relations sensuelles respectueuses entre hommes et femmes. Voulait-elle le découvrir ? Souhaitait-elle accorder de nouveau sa confiance à un homme ? Son esprit critique ne put s'empêcher d'évaluer les risques. Si l'opportunité se présentait, peut-être devrait-elle tenter l'aventure, surtout si elle pouvait en garder le contrôle, comme pour leurs baisers. Si l'expérience s'avérait décevante, elle partirait de toute façon.

Mais si cela lui plaisait ? l'interrogea sa conscience, lui rappelant qu'il était peu probable que Conall ne réponde pas à ses attentes. Eh bien, il lui faudrait toujours s'en aller, mais au moins elle saurait.

Conall accepterait-il de se prêter à une telle expérience ? Il n'était pas le genre d'homme à entamer une aventure hors mariage dans la résidence familiale, à quelques portes closes de sa mère et de sa fratrie. Mais, aujourd'hui, tout était différent. Ils seraient seuls pour la journée, loin des regards et ne dépendraient d'aucun code en dehors du leur… Sofia ne put retenir un soupir ni un sourire. Elle s'était toujours demandé ce qu'elle ressentirait si elle recevait un jour les attentions d'un homme bon. À présent, elle savait : ses attentions étaient à la fois généreuses *et* frustrantes.

Le long et placide filet d'argent de la Tone courait vers le sud-ouest à la sortie de Taunton. Ces six milles en particulier étaient, d'après Conall, le meilleur segment des vingt et un milles de son cours pour pêcher.

— On y trouve des carpes, des tanches, des ombres et parfois un saumon ou deux.

Conall lui offrit un sourire rayonnant tandis qu'il arrêtait le cabriolet à la fraîcheur d'un arbre.

— Nous devrions pouvoir monter notre camp juste là.

À la fois énergique et décontracté, il rassembla les affaires qu'ils avaient amassées au fond de la voiture avec une alacrité trahissant son expérience.

— Vous faites cela souvent, on dirait, plaisanta Sofia en ramassant le panier. Laissez-moi porter quelque chose, je tiens à me rendre utile.

Ils firent preuve d'efficacité, car en quelques minutes le camp fut dressé, un feu allumé pour griller leurs futures prises pour le déjeuner, et des couvertures étalées sur le sol à côté du panier de pique-nique et de deux seaux vides.

— Vous êtes prête ?

Conall lui tendit une canne qu'elle attrapa avec précaution. Il l'observa un moment et comprit soudainement :

— Vous n'avez jamais pêché ? demanda-t-il, incrédule.

— Non…, répondit-elle d'un ton hésitant, honteuse de l'admettre.

Peut-être aurait-elle dû le prévenir avant de quitter la maison mais, si cette journée devait être la dernière en sa compagnie, elle tenait à en profiter pleinement.

Sofia lui rendit la canne à pêche :

— Mais je peux vous regarder faire. Ce sera tout aussi amusant.

En particulier pour elle. Elle pourrait l'admirer à sa guise et ainsi garder en mémoire des centaines d'images idylliques de lui. Il avait clairement prévu de passer une journée à pêcher, et elle ne tenait pas à doucher son enthousiasme. Il semblait heureux comme un enfant. C'était une facette différente, mais tout aussi séduisante, du vicomte.

— Non, répliqua-t-il simplement.

Il inclina la tête, l'observant d'un air songeur :

— Regarder est loin d'être aussi amusant.

Il lui lança à nouveau la canne.

— Je vais vous enseigner la pêche, reprit-il. Qu'en dites-vous ?

Il n'attendit pas sa réponse ; peut-être la connaissait-il suffisamment à présent pour savoir qu'elle ne reculait devant aucun défi. Il se pencha et attrapa l'un des seaux.

— Leçon numéro une : accrocher un appât sur l'hameçon.

Il lui tendit un petit bout de poisson.

— Les morceaux de chevesne sont l'idéal pour cette rivière.

Il s'occupa de leurs deux appâts, et elle l'observa

consciencieusement, admirant la dextérité de ses mains à placer les hameçons et à organiser les lignes. Son premier souvenir de lui, conclut-elle, serait une image de ses mains. Elles étaient magnifiques, longues et charpentées, l'association parfaite de la compétence et de l'élégance.

Une fois les appâts accrochés, il se tourna vers elle :

— Maintenant, il est temps de se mettre à l'eau. Vous feriez mieux de retirer vos chaussures et vos bas, mademoiselle, dit-il en lui adressant un clin d'œil avant de reporter son attention sur la rivière. Oh ! et nouez votre jupon. Nous sommes toujours au printemps et le niveau de l'eau est plus haut qu'en été.

Tout en parlant, Conall avait retiré ses bottes et retroussé son pantalon, révélant deux mollets musclés et hâlés.

— Voilà un comportement fort peu orthodoxe, milord, le taquina Sofia.

Elle s'assit sur une souche et l'imita, ne pouvant s'empêcher de couler un regard avide en direction des jambes nues de Conall. Des pensées osées envahirent son esprit : le reste de son corps était-il aussi basané et sculpté ? Sans doute, à en juger par ses performances de danseur au bal des Cowden. Mais ce n'était pas tout. Elle détourna les yeux, le rouge aux joues, en se rappelant leurs baisers. Elle avait senti son torse, dur comme du granite, lorsqu'elle s'était serrée contre lui.

Sofia rassembla son jupon sur le côté et le noua, doublement soulagée de ne pas porter une robe avec des crinolines. Conall lui tendit la main, le sourire aux lèvres :

— Prête pour la pêche ?

— Absolument !

Elle prit son bras et le laissa la mener jusqu'à l'eau. Elle était très froide, mais cela ne parut pas perturber Conall, et son exemple l'enhardit. Elle ne reculerait pas devant ce défi amical. Et avoir les pieds gelés en valut la peine : Conall se plaça derrière elle, l'enveloppa de ses bras et couvrit de ses mains compétentes et élégantes les siennes sur la canne. Sa chaleur l'envahit.

— Nous allons commencer par un simple lancer par-dessus la tête, annonça-t-il en prenant sa paume gauche pour la placer sous le manche de la canne.

Puis il l'attira contre elle et positionna sa main droite plus haut. La canne se plia.

— Elle se penche à cause de l'appât. Le chevesne est un poids. À présent, nous lançons.

D'un mouvement fluide, il fit passer la ligne par-dessus leurs épaules et la projeta dans la rivière. L'appât sombra doucement.

— Bien. L'astuce d'un bon lancer est de placer la ligne là où se trouvent les poissons. Ce n'est pas difficile dans une petite rivière comme la Tone mais, sur un cours d'eau plus grand, vous ne pouvez pas toujours aller très loin, il faut donc laisser la ligne travailler pour vous.

Son baryton coulait dans son oreille aussi harmonieusement que le clapotis de l'eau, causant un véritable chaos parmi ses sens. Seigneur ! Elle n'aurait jamais imaginé que pêcher puisse être si aguichant.

— Et maintenant ?

Elle avait parlé d'une voix rauque, trahissant son émoi face à ce délicieux instant. Il était partout autour d'elle : son odeur, ses paroles, son corps l'enveloppaient. Était-il vraiment possible de se sentir aussi bien en compagnie d'un homme ? Aussi à l'aise et en confiance ? Elle n'avait pas à faire d'effort pour lui plaire, pas besoin de le séduire… Il lui suffisait d'être elle-même. Pas de jeu de pouvoir. Pourtant, cela aurait peut-être été plus simple. Un jeu avait des règles, des résultats, des vainqueurs et des perdants. Ici, sans repère, elle nageait en eaux inconnues.

— Maintenant, nous attendons.

Il y avait un soupçon de rire et une note de malice dans sa voix. Ses mains se refermèrent sur les siennes.

— Un pêcheur patiente parfois toute une journée pour ferrer le bon poisson.

Quelle idée séduisante… Elle aurait volontiers passé la journée au creux de ses bras. Tout était si nouveau pour elle ; elle n'avait jamais été aussi proche d'un homme en dehors des pistes de danse et de la chambre de son mari.

Cette dernière pensée réveilla la froide poigne de la peur. Mais, cette fois-ci, elle la combattit. Elle ne laisserait pas ces affreux souvenirs s'insinuer dans son esprit et gâcher cette merveilleuse journée. Tous les hommes n'étaient pas comme son époux. L'intimité physique ne servait pas seulement à dénigrer. Conall ne l'avait jamais harcelée.

— Que faites-vous, d'ordinaire, pendant que vous patientez ?

Elle ne sentait plus ses pieds ; peut-être étaient-ils engourdis, à moins qu'ils ne se soient acclimatés.

— Hum… Je réfléchis. Je mets de l'ordre dans mes idées. C'est très tranquille, ici, personne ne vient me déranger, je peux méditer sans être interrompu ni penser à autre chose. De nombreux pêcheurs deviennent philosophes.

Il gloussa avant d'ajouter :

— Croyez-vous pouvoir continuer seule ?

Elle fut tentée de répondre « non » pour le garder auprès d'elle, mais ne voulait pas mentir. Elle était parfaitement capable de rester debout au milieu de la rivière. Il s'éloigna de quelques pas, puis brandit sa propre canne avec le plaisir inconditionnel qui naît de l'expertise. Il jeta sa ligne d'un mouvement fluide qui aurait cloué le bec à toute personne prétendant que la pêche était à la portée de tous. Elle-même était la preuve que n'importe qui pouvait rester debout dans l'eau, mais Conall était plus que cela : gracieux, athlétique, avec des mouvements mesurés. Il lança encore et encore, comme pris dans une danse entre l'homme et sa ligne. Il était entièrement à son sport, comme les cavaliers du Palio qu'elle avait vus un jour, à Sienne, ne faisant qu'un avec leur monture, sourds aux hurlements de la foule, comme si seuls comptaient le rythme de leur cavalcade et le souffle de leur cheval. Et grands dieux… l'observer se mouvoir ainsi éveillait en elle une faim qu'elle ne se connaissait pas. Elle se demandait ce que ressentirait la femme qui recevrait une dévotion aussi totale de sa part. Les questions qu'elle s'était posées plus tôt dans le cabriolet revinrent la taquiner. Oserait-elle tenter l'expérience ? Oserait-elle ne faire qu'un avec lui comme il ne faisait qu'un avec la rivière ? À quoi pensait-il en cet instant ? Quelles préoccupations accaparaient son esprit ?

C'est alors qu'elle sentit une tension sur sa ligne.

— J'ai quelque chose ! s'exclama Sofia.

— Restez calme, il faut le ramener en douceur, lui recommanda Conall depuis sa position. Tournez le moulinet pour remonter la ligne et nous allons découvrir ce que vous avez attrapé.

Sofia obéit et vit apparaître une carpe argentée aux éclats iridescents qui luttait avec force d'éclaboussures pour chaque pouce de terrain perdu. Sa respiration devenait difficile alors que son habitat aquatique disparaissait. Malgré un combat chaque seconde plus vain, pas une fois elle ne faiblit. Elle avait beau se débattre de toutes ses forces, elle ne parvenait pas à se libérer.

Elle ne pouvait pas faire ça. Sofia lâcha sa ligne et

tomba à genoux dans l'eau, les mains tendues pour saisir la carpe.

— Aidez-moi, aidez-moi ! gémit-elle.

Elle s'agitait futilement dans la rivière, repoussant fil et canne à pêche dans sa recherche du poisson. En une seconde, Conall la rejoignit, accroupi dans les remous, et fouilla avec elle.

— Que faites-vous, Sofia ?

— Je la libère ! Je dois la sauver.

La panique rendait sa voix plus aiguë. Elle refusait de prendre sa vie. Elle savait ce que l'on ressentait en étant ainsi forcé, quand on comprend que tous ses efforts ne mèneront à rien.

— Je l'ai, elle va bien.

Conall s'était exprimé avec le plus grand calme. De ses mains compétentes, il détacha délicatement l'hameçon de la bouche du poisson et le libéra. Puis il souleva Sofia et la sortit de la rivière pour la déposer sur les couvertures, près du petit feu. Elle se mit à trembler.

— Elle va bien mais, vous, vous êtes trempée.

Conall attrapa une serviette et en enveloppa les épaules de Sofia.

— Voilà, vous allez vous sentir mieux. Vous aurez plus chaud dans un moment.

— Je ne pouvais pas la tuer. La pêche n'est que ça, au fond, une tuerie. Tout ça parce qu'elle a mordu à l'hameçon qu'un autre a lancé pour la piéger. Elle ne pouvait pas savoir.

Sa voix n'était plus qu'un murmure tandis qu'elle luttait pour ne pas s'effondrer.

— Elle ignorait que l'anneau doré n'était qu'une illusion.

Conall passa un bras autour de ses épaules, et elle se nicha contre lui.

Elle n'aurait vraiment pas dû. Chaque fibre de son corps le savait, lui hurlait de ne pas se laisser à nouveau berner. Conall n'était qu'une illusion, lui aussi. L'anneau doré n'était qu'un leurre, il n'existait aucun havre de paix. Pas pour elle, en tout cas, et s'il s'approchait trop, il n'y en aurait plus pour lui non plus. Elle avait appâté Conall avec ses mensonges et ses apparences. Elle ne pouvait pas le faire sien, elle ne pouvait pas le garder pour elle. Elle n'avait droit qu'à quelques instants volés. Même si elle se battait pour l'avoir, le prix en retour dépassait ce qu'elle était prête à payer.

Elle frissonna contre lui. L'énormité de ce qu'elle avait fait ces six dernières semaines la rattrapait, la submergeait. Elle avait fait quelques pas dans la haute société, même brièvement. Elle avait dû faire face à la menace de son mari, qui cherchait à la récupérer, tout en affrontant ses propres désirs pour un autre homme. Des sentiments dont elle ne voulait pas et qu'elle n'avait pas anticipés. Tout se précipitait si vite, et de la pire des façons. Elle s'était fait la promesse solennelle de ne plus jamais appartenir à un homme. Peut-être un jour reviendrait-elle sur sa parole, mais ce ne pouvait être aujourd'hui. Pas alors qu'un homme la traquait pour la ramener en enfer manu militari, et qu'un autre la tentait au-delà de toute raison avec un avant-goût du paradis.

L'anneau doré n'était qu'un leurre. Si elle tombait, il n'y aurait pas de paradis pour elle, seulement l'enfer. Mais elle pouvait demeurer ainsi, dans les limbes, cette strate intermédiaire où elle n'était à la fois rien et quelque chose. Dans les limbes, elle pouvait échanger quelques baisers tant qu'ils ne menaient nulle part, tant qu'ils n'appelaient aucune promesse, aucune révélation. Elle fit un pacte avec ses démons. Elle pouvait prendre Conall pour les tenir à distance, à condition qu'elle finisse par le quitter. C'était la seule solution pour que tout fonctionne.

Sofia leva la tête, elle chercha son regard et le retint pendant un long moment avant de descendre pour fixer ses lèvres en une supplique silencieuse et vieille comme le monde : embrassez-moi.

Chapitre 11

Oui, c'était cela qu'elle voulait. Conall s'empara de sa bouche avec avidité, plongeant les doigts dans sa chevelure. Il lui offrit ses lèvres, ses caresses, ses baisers, le réconfort de sa proximité et elle s'abandonna à lui, corps et âme, au soulagement qui naît du contact avec un autre corps, aux sensations procurées par l'union de deux êtres. Et elle n'avait qu'un mot à dire pour qu'il lui en offre plus encore. Elle pouvait le sentir : il avait faim d'elle, tout son être aspirait à se repaître de la fusion de leurs êtres. La tension des muscles de Conall sous ses doigts trahissait sa retenue ; il attendait qu'elle décide du rythme de leur échange, qu'elle prenne le contrôle de ce nouvel interlude. Il ne se servirait pas de sa vulnérabilité pour assouvir ses propres appétits, elle le savait.

Il suçota sa lèvre inférieure, la mordilla. Elle ne put contenir un petit gémissement. Elle pressa sa poitrine contre la sienne, l'invitant à partager un baiser qui ne se limiterait pas à leurs langues, mais se propagerait à tous leurs membres, et il se hâta d'accepter. Elle le laissa l'allonger sur le plaid et la recouvrir de toute sa taille. En retour, elle le drapa de ses deux bras et enfonça avec volupté ses doigts dans son épaisse chevelure noisette. Elle pouvait sentir l'excitation de Conall durcir contre son bas-ventre et comprit qu'il n'en éprouvait aucune gêne. Si seulement elle avait pu préserver cet instant intact pour toujours… Ce moment parfait où elle n'était pas qu'un jouet entre les mains d'un homme, un échange respectueux recélant autant de plaisir pour elle que pour lui. Et, oh, comme elle rêvait d'avoir assez de cran pour lui en demander plus encore.

Sofia ondula les hanches sous les siennes, fit courir sa langue sur le lobe de son oreille et ne put retenir un gloussement lorsqu'elle l'entendit inspirer entre ses dents, puis émettre un grognement frustré. D'instinct, elle devina que Conall ne la décevrait pas, tout comme elle savait que lui en demander davantage les pousserait sur une pente glissante dont elle aurait du mal à s'extirper plus tard, et ce pour de nombreuses raisons. L'une d'elles, et non des moindres, était l'éventualité qu'elle n'en ait pas la volonté. Peut-être ne voudrait-elle pas s'en extirper. Toutes ses belles promesses, rompues à sa propre demande.

Conall glissa la paume de sa main sur son sein et en épousa la forme à travers le corset mouillé de sa robe. Il tira sur le tissu pour dégager le pourtour de son mamelon ; puis il baissa la tête et l'embrassa, le suçota, le mordilla jusqu'à la faire se cambrer sous lui, jusqu'à ce que l'ardeur de son désir chasse la froide moiteur de ses habits. Elle rêvait qu'il parcoure tout son corps de sa langue : sa poitrine, ses lèvres, son refuge intime et délicieusement humide qui semblait se trouver à l'épicentre des ondes fiévreuses qui l'envahissaient. Elle n'avait que quelques mots à dire pour rediriger ses attentions vers cette partie d'elle. Si elle l'osait, le plaisir pouvait être sien. Ici, au bord de la rivière, sous le ciel d'été, elle pourrait enfin découvrir ce qui lui avait tant fait défaut en dix ans de mariage.

Non, elle ne se servirait pas de lui ainsi. Sofia se força à mettre un terme au baiser et à leurs caresses. Il méritait bien mieux que cela. Il ne la connaissait pas. Il pensait la connaître, ce qui était bien différent. Les quelques images qu'elle lui avait laissé entrevoir n'étaient qu'un reflet déformé de la réalité. Elle refusait d'en exiger davantage de lui sans qu'il sache. Sans qu'il comprenne à quoi son choix l'exposait.

— Souhaitez-vous un peu de vin chaud ?

Conall avait bondi sur ses pieds, la voix rauque, mais elle devina les questions dans ses yeux : pourquoi avait-elle arrêté ? Pourquoi battre en retraite ?

— J'ai apporté du pain ainsi que du vin. Le chauffer ne prendra qu'un instant.

Il avait déjà attrapé le panier et en tirait une fiasque à la base en osier tressé.

— Un excellent rouge de France, ajouta-t-il avec un sourire, en brandissant la bouteille. Pour accompagner notre poisson.

Sofia fit la moue et resserra la couverture autour de ses épaules, le froid la gagnant à nouveau en l'absence de la chaleur réconfortante de Conall.

— J'ai gâché votre repas, dit-elle.

Elle le regarda verser l'alcool dans une casserole et l'équilibrer sur une grille au-dessus du feu.

— Pas le moins du monde. Nous avons du pain, du vin, un ciel bleu, du soleil et nous sommes en agréable compagnie. Que demander de plus ?

C'était la deuxième fois que Conall cuisinait pour elle. Il se pencha au-dessus des braises et goûta le vin rouge. Son pantalon retroussé dévoilait l'arcure musclée de son fessier et lui rappela que ses habits à lui étaient également détrempés.

Un frisson la parcourut, et Conall le vit :

— Vous devriez retirer ces habits mouillés. Si nous les installons près du feu, ils seront secs en un rien de temps.

Comme pour l'encourager, il passa sa chemise par-dessus sa tête et la suspendit à une branche basse, sans se rendre compte que Sofia venait d'ouvrir la bouche telle une carpe hors de l'eau. Il était majestueusement sculpté, tout de muscles et de sillons, la peau hâlée, tel un labyrinthe de bronze dans lequel elle se serait volontiers perdue. Pas le moindre pouce de son corps n'était blanc. Il se tourna vers le feu et reprit la casserole, lui présentant une somptueuse image de son dos, de ses omoplates qui roulaient sous sa peau à chacun de ses mouvements, de la longue ligne de sa colonne vertébrale qui filait, toujours plus bas, vers une taille fine et des fesses rebondies. Ces dernières seraient sans doute blanches, pensa Sofia avec un sourire intérieur, les rouages de son esprit lancés dans une folle course à l'imagination.

Il servit le vin chaud dans une tasse en métal et la lui tendit avec un froncement de sourcils.

— Vous êtes toujours habillée. Les vêtements mouillés sont le meilleur moyen d'attraper la mort. Ne vous entêtez pas simplement pour respecter les convenances, Sofia. Il n'y a personne sur plusieurs milles à la ronde et je ne vous prendrai pas de force.

Il n'aurait guère eu besoin de la forcer, chuchota une voix coquine dans sa tête. Elle aurait été parfaitement consentante. Quel bonheur cela devait être de faire l'amour avec cet homme, de le laisser définir les limites à ne pas franchir…

Non ! Le contrôle était la seule arme qu'il lui restait, son unique défense sur le dangereux chemin d'une nouvelle intimité. Mais cette idée même fut réduite à néant par des inquiétudes plus immédiates. Elle avait beau entretenir l'espoir de consommer sa relation avec

Conall, elle ne pouvait tout simplement pas se dévêtir devant lui. Ses secrets seraient exposés, entraîneraient des questions sur des événements de son passé qu'elle préférait oublier.

— Je ne tomberai pas malade, répondit-elle.

Elle accepta le vin et enveloppa la tasse de ses mains pour en absorber la chaleur, mais un éternuement vint démentir l'assurance de sa déclaration.

Conall lui reprit la tasse :

— Vous n'y échapperez pas si vous ne retirez pas vos vêtements trempés. Vous aurez contracté la fièvre avant la tombée de la nuit. Je vous promets de ne pas regarder.

Elle souffla avec agacement :

— Vous me faites passer pour une jouvencelle pudibonde.

Conall haussa un sourcil :

— Je commence à me demander si vous n'en êtes pas une.

Elle éternua à nouveau. Peut-être n'avait-il pas tort. Elle ne pouvait pas risquer d'attraper la fièvre et de se retrouver clouée au lit, affaiblie et vulnérable. Qu'arriverait-il si Giancarlo débarquait et qu'elle se trouvait dans l'incapacité physique de fuir ?

Sofia se leva et repéra un épais buisson derrière lequel elle pourrait glaner un peu d'intimité. Il lui suffisait de garder la couverture. Tout irait bien.

Conall étendit les habits mouillés de Sofia près du feu et se servit à son tour une tasse de vin chaud, conscient de se trouver au milieu de nulle part en compagnie d'une belle femme nue enroulée dans une couverture. Il aurait préféré un thé glacé pour refroidir ses ardeurs. Au naturel, Sofia était déjà une tentation irrésistible, même pour un saint dans ses bons jours. La voir ainsi, assise près du feu avec ses cheveux qui cascadaient sur ses épaules, était un véritable supplice. Elle était magnifique, vulnérable et elle le désirait, lui… De cela, il était certain. Il lui avait suffi de sentir sa réponse à leur baiser, tout à l'heure. Il s'était trouvé abasourdi par la force avec laquelle l'appétit charnel de Sofia faisait écho au sien.

Il trancha le pain et le fit griller au feu pour se donner quelque chose à faire et ainsi éviter de la regarder fixement. Il avait côtoyé de belles femmes par le passé. Elles pullulaient à Londres, et il était de rigueur[1] dans la capitale d'être vu en bonne compagnie. Surtout pendant la saison.

Mais aucune ne lui ressemblait. Aucune n'osait exprimer le fond de sa pensée, ou demander ce qu'elle voulait vraiment.

— Vous faites aussi des toasts, je suis très impressionnée. Vous êtes un véritable Robinson. Où avez-vous appris tout cela ?

Sofia glissa ses doigts dans ses cheveux pour tenter d'en défaire les nœuds, un geste innocent et pourtant terriblement sensuel.

— Mon père m'a tout enseigné, répondit Conall en retournant les tranches de pain. Il m'emmenait souvent pêcher et nous montions un camp comme celui-ci. Parfois, en été, nous y passions la nuit et dormions à la belle étoile. Il avait pour conviction qu'un homme doit être capable de subvenir à ses besoins, quel que soit son titre ou son statut social.

Pourtant il n'avait légué à sa famille que des dettes. En cherchant à tout prix à subvenir à ses besoins, il avait enchaîné les mauvais investissements.

1 En français dans le texte. (NdT)

Il offrit à Sofia le premier morceau.

— Un jour, je vous préparerai une tranche de pain avec du fromage fondu dessus.

— Pensez-vous que je pourrais rester si longtemps que cela ?

Elle rit et lui lança un regard faussement effarouché, mais il perçut la fragilité qu'elle tentait de dissimuler. Ils tournaient dangereusement autour du sujet de sa présence prolongée et de la signature des contrats, toujours en attente.

— Pourquoi pas ? répondit-il en la fixant sans ciller pour l'obliger à accepter le courant d'énergie qui vibrait entre eux.

C'était la troisième fois que ce courant faisait des étincelles. Ils n'avaient jamais parlé de leurs interludes précédents ni de la chaleur torride qui s'emparait d'eux quand ils étaient ensemble. Il serait délicat de continuer à l'ignorer ou de prétendre plus longtemps qu'il n'existait pas, lorsqu'il était aussi évident. S'ils poursuivaient sur cette trajectoire, ils finiraient par atteindre un point de non-retour où ils ne se contenteraient plus de quelques baisers et de caresses à travers des vêtements mouillés.

Sofia lui lança un regard taquin :

— Vous êtes une tentation, pour une femme, Conall Everard.

Elle l'avait dit sur le ton de la plaisanterie, mais Conall lui répondit avec sérieux :

— Suis-je une tentation pour vous ?

Quelques minutes plus tôt, il l'avait sincèrement cru, mais elle avait mis un terme à leur échange sans prévenir. Il se sentait perdu. Que se passerait-il s'ils cédaient à leurs envies ? Cela suffirait-il à satisfaire leur curiosité mutuelle ? Reprendraient-ils le cours de leurs vies comme si de rien n'était ? Ou cela révélerait-il quelque chose de plus profond ? Et qu'attendait-il d'une relation avec elle ? Une simple liaison ? Que pouvait-il bien lui offrir en dehors de cela ? Il connaissait les réponses à ces deux dernières questions : non et rien.

Elle finançait déjà son foulon, un rappel cuisant qu'il n'avait aucune fortune pour la combler, juste un titre qu'il devrait œuvrer à redorer. Même sans prendre ces détails pratiques en considération, il ne pouvait lui donner son cœur. C'était imprudent, en particulier si elle le désirait. Il courrait alors le risque d'être à nouveau blessé et trahi, elle pourrait lui mentir des années durant et lui la croire aveuglément, comme il avait cru son père. L'amour était, en lui-même, la plus grande illusion de toutes.

Conall se leva, conscient de devoir restaurer certaines barrières et de remettre de la distance entre eux. L'intimité avec Sofia semblait naître aussi aisément que des pâquerettes poussaient sur une pelouse. L'autre jour dans les herbages, aujourd'hui près de la rivière… Autant de preuves de la vitesse à laquelle la tension qui les unissait pouvait enfler et leur faire perdre la raison. Sa présence entêtante l'enivrait plus sûrement que n'importe quel whisky.

— Si vous vous sentez bien, je pense que je vais aller pêcher un instant. Mère s'attend à ce que je lui rapporte quelques prises pour le dîner de ce soir, argua-t-il.

— Je préférerais que vous restiez près de moi, répondit-elle avec audace. Je crois que je vous dois une explication pour ce matin, au sujet du poisson…

Elle referma la bouche, une partie de son courage la désertant.

— Vous ne me devez rien, rétorqua doucement Conall.

Mais la curiosité le démangeait. Les mots qu'elle avait prononcés tout à l'heure tournaient dans son esprit : « Tout ça parce qu'elle a mordu à l'hameçon qu'un autre a lancé pour la piéger. Elle ignorait que l'anneau doré n'était qu'une illusion. »

Elle ne parlait pas du poisson. Elle parlait de quelqu'un, cela, il l'avait immédiatement compris. Mais de qui ? D'elle-même ? De son mariage ?

— J'y tiens. Laissez-moi m'expliquer.

Elle marqua une pause et détourna les yeux un instant, brusquement nerveuse.

— Personne ne me laisse jamais raconter mon histoire ; souvent je m'interdis même d'y penser, mais peut-être que j'ai tort, au fond. Peut-être qu'après en avoir parlé je pourrai enfin aller de l'avant. Me feriez-vous cette faveur ? Bien entendu, je comprendrai si vous estimez que je vous en demande trop.

Conall se rassit sur la souche. Un jour, elle finirait par se rendre compte qu'il ne pouvait rien lui refuser.

— Dans ce cas, j'en serais honoré. Quoi que vous partagiez avec moi, vos secrets seront préservés.

Il perçut dans ses grands yeux bleus qu'elle ne le croyait pas mais appréciait son geste.

— Prenez garde aux promesses que vous faites, Conall. Vous ne savez pas quels sont mes secrets.

Elle se tut un long instant, puis rit d'un ton hésitant :

— Maintenant que j'ai une audience, j'ignore par où commencer.

— Vous souhaitiez me parler de votre divorce ? suggéra Conall.

Elle secoua la tête :

— Non, je souhaitais vous parler de mon mariage.

Elle captura son regard avant d'ajouter :

— Mon époux était un adepte du sadisme.

Conall en eut le souffle coupé. Il l'aurait volontiers prié de s'arrêter là, lui dire qu'il n'était pas nécessaire qu'elle en dévoile davantage. Mais il vit le défi dans ses yeux et n'en fit rien. Elle s'attendait à ce qu'il la supplie de ne pas aller plus loin, car cette phrase lui en apprenait bien assez. Mais il devait la laisser poursuivre. Londres ne lui avait jamais accordé ce droit. Les dames de la haute avaient évidemment refusé d'entendre toute l'histoire. Elles voulaient le scandale sans les détails, pour pouvoir la condamner plus facilement. Les détails engendraient de la compréhension, de la compassion, de l'empathie, voire de la sympathie, et cela ne pouvait convenir. Il lui fit signe de poursuivre.

— J'avais dix-huit ans lorsque je l'ai épousé. Mes parents avaient arrangé cette union directement avec Il Marchese quand j'étais encore à l'école. Il est venu me voir deux ou trois fois en hiver et au printemps, cette année-là. Ainsi, j'avais l'impression de le connaître. Il m'offrait des fleurs et de menus présents à chacune de ses visites. Il disait vouloir se faire pardonner de me priver de ma saison. Il tenait à m'épouser immédiatement.

Sofia avait les yeux dans le vague, perdus dans les méandres de son passé.

— À cette époque, cela ne me dérangeait pas. Il était séduisant, avec le charme d'un homme plus âgé qui courtise une jeune fille naïve. Toutes mes camarades d'école trouvaient cela terriblement romantique et mes parents étaient impatients de nous voir convoler. Mon père était un gentilhomme, aussi avait-il besoin que je fasse une union avantageuse. Ils avaient dépensé beaucoup d'argent pour me permettre d'étudier dans le même établissement que des filles destinées à épouser des héritiers de duchés.

Des demoiselles comme Helena Colbert-Tresham. Une école excessivement chère, s'il en était une.

— Vous ne pouviez pas savoir ce qu'il était vraiment,

tenta de modérer Conall, conscient que ses paroles étaient totalement inadéquates.

— Vous avez raison. J'étais jeune, malléable, soucieuse de plaire au Marchese, mais surtout à mes parents et à mon frère aîné. D'ailleurs, son titre italien était bien supérieur à tout ce que j'aurais pu obtenir en Angleterre.

Un soupçon naquit dans l'esprit de Conall :

— Comment vos parents l'ont-ils connu ?

La bourgeoisie anglaise ne coudoyait pas les marquis du continent.

— Mon père l'avait rencontré dans un tripot de Londres.

Elle baissa les yeux sur ses mains.

— Mon père avait la mauvaise habitude de vivre bien au-dessus de ses moyens, et Il Marchese s'est montré plus qu'enclin à éponger ses dettes, et plus encore, en échange de ma main.

— Ah.

Le soupçon crût jusqu'à se changer en une boule douloureuse dans son estomac.

— Votre père avait-il la moindre idée de la véritable nature de l'homme avec qui il traitait ?

Conall espérait que non. C'était la dernière grâce qu'il pouvait accorder à un certain Mr Northcott, qui avait vendu sa fille comme du bétail à un étranger dont il ne savait rien, dans le simple but de s'affranchir de ses exorbitantes dettes de jeu.

Les yeux de Sofia étincelèrent d'un éclat dur, tels deux saphirs :

— Non, il l'ignorait, répondit-elle. Ils pariaient et buvaient ensemble mais, en dépit de ses nombreux défauts, mon père était fidèle à ma mère.

Elle marqua une pause, et Conall ressentit un certain soulagement pour ce père dissolu. Mais les paroles suivantes que prononça la jeune femme brisèrent tout sentiment d'apaisement :

— Mais mon frère savait. Il Marchese et lui avaient passé plusieurs soirées de ribote dans une luxueuse maison close sur The Strand, où mon futur époux dépensait des sommes astronomiques en échange de… Disons, certains plaisirs.

Elle détourna les yeux, mal à l'aise.

— Une épouse est un arrangement bien plus économique. Elle doit faire ces choses-là gratuitement.

Conall sentit sa colère monter lorsque les pièces du puzzle commencèrent à s'imbriquer. Une jeune fille innocente, mariée à un étranger pour couvrir des dettes de jeu, quel qu'en soit le prix. Un prix que ses proches avaient décidé de lui faire payer à leur place, en toute connaissance de cause.

— Où se trouve votre famille à présent ?

Il referma son poing sur une pierre et la serra avec rage. Il était tenté de jeter le gant à cet odieux frère qui avait délibérément condamné sa sœur à une sordide vie de servitude sexuelle. Northcott. Connaissait-il quelqu'un répondant à ce nom ? Il le découvrirait et, lorsqu'il en aurait terminé avec le fils, il défierait le père en combat singulier pour avoir vendu son enfant dans le simple but d'entretenir son confort.

— À la maison, je suppose.

Il nota mentalement qu'elle n'avait pas mentionné l'emplacement de ladite maison.

— Je ne les ai pas vus depuis mon mariage et j'ai cessé de leur écrire, car ils ne répondaient à aucune de mes lettres.

Voilà qui confirmait ses pires craintes : sa famille n'avait rien fait pour la récupérer. Pour la sauver ! Ils l'avaient simplement laissée affronter son destin. Et Dieu seul savait ce qu'elle avait affronté ! La femme assise à ses côtés était forte. Elle avait survécu. Pendant dix ans.

Le respect de Conall pour Sofia atteignit de nouvelles sphères, tout comme son besoin de la protéger. Souvent, les gens forts étaient ceux qui nécessitaient le plus d'être défendus.

— La vie avec lui fut en véritable enfer, dit-elle doucement. J'ai combattu aussi durement que j'ai pu. J'ai même tenté de m'enfuir… Deux fois. Mais quoi que j'aie tenté, je ne pouvais pas m'échapper. Comme le poisson au bout de la ligne, j'étais piégée. J'avais consenti à ce mariage. J'avais choisi cette voie. Je m'étais laissé éblouir par sa fortune et son charme, par l'aventure d'une vie à l'étranger, le plaisir de voir l'Italie. Je suis la seule à blâmer pour mon malheur.

— C'est votre famille, la coupable, lança férocement Conall.

Il n'allait pas rester assis là à écouter cette femme s'admonester pour le crime des autres.

— Ils auraient dû songer à votre bonheur avant toute chose. Votre frère aurait dû vous protéger.

Seigneur ! Il aurait préféré mourir plutôt que de voir Cecilia épouser pareil détraqué.

— Votre père n'aurait pas dû vous troquer comme un vulgaire cheval de foire.

— On ne peut pas toujours compter sur les autres. Désormais, je sais parfaitement m'occuper de moi-même.

Elle eut un sourire triste avant d'ajouter :

— J'espère que vous comprenez mieux à présent, pour le poisson… Je n'ai pas pu me résoudre à lui retirer sa liberté. C'est un droit fondamental. Je refuse de l'ôter à quiconque, pas même à un animal.

Il comprenait cela, et bien plus. Sans le savoir, elle avait enfin donné à Conall les clés pour mieux la cerner.

Elle avait besoin de garder le contrôle : sur le foulon, sur leurs baisers. C'était sa façon de l'alerter qu'elle ne ferait plus jamais confiance à un homme, elle ne resterait jamais suffisamment longtemps pour accorder au sexe fort une quelconque emprise sur sa vie. Pas même lui.

Mais il souhaitait désespérément la faire changer d'avis. Derrière ses yeux durs comme des saphirs, il devinait sa véritable personnalité : la jeune fille pure qui n'avait jamais connu sa saison, qui n'avait jamais eu d'occasion de se faire belle et d'être admirée, de danser en étant couvée par tous les regards. Il n'avait que peu à lui offrir mais, cela, il pouvait volontiers le lui donner. Il pouvait l'admirer, la couver du regard. Il pouvait lui faire découvrir la véritable intimité, celle que l'on ne craignait pas, mais que l'on accueillait avec plaisir, celle que l'on n'avait pas besoin de contrôler.

Conall se leva :

— Venez.

Il l'aida à se mettre sur ses pieds en dépit de ses protestations.

— Je ne peux changer votre passé ou remplacer ce que vous avez perdu, mais je peux vous offrir une valse, le genre de danse que nous aurions pu vivre si nous nous étions rencontrés plus tôt, si vous aviez eu la saison que vous méritiez.

Il la conduisit jusqu'à la rive, leurs pieds nus se coulant avec douceur dans le sable.

— Nous avons déjà dansé ensemble, au bal des noces de Ferris, lui rappela-t-elle.

Il secoua la tête en souriant.

— Pas de cette façon. Pas alors que je viens de vous apercevoir pour la première fois et qu'il m'a fallu repousser une horde de prétendants pour avoir l'honneur de vous conduire sur la piste.

Elle rit à son histoire.

— Est-ce vraiment ce qui s'est produit ?

C'était un récit qui enflammait aisément l'imagination : il l'aurait rencontrée au cours d'un bal des débutantes, et elle aurait aussitôt captivé son regard. Comme leurs vies auraient été différentes, alors !

— J'aurais placé ma main juste là.

Il saisit sa hanche avec délicatesse, ravi de sentir sa taille menue entre ses doigts à travers la couverture.

— Et ma bouche ici.

Il se pencha pour murmurer à son oreille :

— Et lorsque la musique aurait commencé, je vous aurais entraînée dans une valse.

Il esquissa les premiers pas, et elle résista en riant :

— Mais que faites-vous, Conall ?

— Lâchez prise et dansez avec moi, Sofia, comme au bal de Ferris, lui chuchota-t-il d'un ton taquin.

Elle céda. Il sentit son corps s'attendrir contre le sien et le suivre. Le courant froid de la rivière glissait sur leurs pieds et entre leurs orteils. Il la fit soudainement tourner, et elle éclata d'un rire scintillant.

— Nous allons bousculer les couples voisins, très cher, plaisanta-t-elle.

Il la fit tourner à nouveau pour la ramener tout contre lui. Puis le rythme ralentit et ils se murent en silence, chacun intensément conscient de la présence de l'autre, leurs yeux s'attardaient, puis se fuyaient pour mieux se retrouver.

— À quoi pensez-vous ? l'interrogea-t-elle.

— Je me disais que c'est certainement la valse la plus parfaite qui soit.

Il la dévora d'un regard enflammé : sa silhouette enveloppée dans une couverture, ses boucles trempées cascadant sur ses épaules, la joie timide qui brillait dans ses grands yeux bleus tandis qu'elle luttait contre elle-même pour enfin lui accorder sa confiance… pour s'abandonner à cet instant.

Le combat qui faisait rage en son for intérieur éveilla l'instinct protecteur de Conall. Cette femme avait l'habitude de se défendre seule, mais il pouvait devenir son champion. Aujourd'hui, elle était sienne. Aujourd'hui, aucun des maux de ce monde ne pourrait l'atteindre.

Chapitre 12

Conall se pencha et embrassa Sofia délicatement, les lèvres ouvertes telle une invitation au voyage, car il percevait toujours sa réticence. Elle n'hésitait pas par crainte ; Sofia n'avait peur de rien. Non, la prudence et le pragmatisme seuls la retenaient. Le laisserait-elle continuer ? Jusqu'ici, elle avait pris l'initiative de leurs baisers. Mais pas cette fois. Un baiser ne pouvait pas, et ne devait pas, leur suffire. *Acceptez, je vous en prie.* Ces mots tambourinaient dans sa poitrine au rythme de son cœur. *Acceptez mon invitation. Acceptez-moi. Laissez-moi vous montrer la différence entre ce que vous avez connu et ce qui pourrait être.*

D'une main, il épousa la courbe de sa joue et redoubla d'ardeur, plus exigeant cette fois, requérant une réponse… qu'elle lui accorda. Il la sentit s'ouvrir à lui ; le corps de Sofia se détendit contre le sien, la tension hésitante qui ne la quittait jamais disparut enfin.

Elle murmura son consentement contre la rudesse de sa barbe naissante.

— Conall, acceptez-vous d'être mon amant ? Ici ? Maintenant ?

Il répondit dans un chuchotement, conscient du courage qu'elle avait dû rassembler pour prononcer ces mots :

— Oui.

Il savait également ce que sa requête signifiait et comment elle les définirait tous deux. Il serait son exorcisme et elle, son aventure. Il viendrait à elle, se donnerait à elle cette unique fois. Ensemble, ils danseraient sur le fil de leurs peurs respectives. Ils se pencheraient pour regarder l'abysse dans leurs yeux.

Il découvrirait enfin ce qui aurait pu se produire s'il avait cru pouvoir encore confier à quelqu'un son cœur et son âme. Puis il s'éloignerait. Ils n'échangeraient aucune promesse, aucune attente, au-delà de cet interlude au bord de la rivière. Elle repartirait le lendemain ou le jour suivant et ils ne se reverraient jamais. Seul existerait l'instant présent.

Il prit sa main et la mena jusqu'aux couvertures étalées près du feu de camp.

— Puis-je vous débarrasser de votre robe ?

Il jouait les chevaliers servants, mais elle refusa de se départir de sa toge de fortune. *Ah*, pensa Conall. En dépit de sa requête si audacieuse, elle leur imposerait certaines limites. Son courage avait atteint ses frontières. Mieux valait les établir dès le début.

— Mais, vous, n'hésitez pas à vous mettre à l'aise, le taquina-t-elle.

Une étincelle de malice scintilla dans ses yeux bleus, un sourire légèrement aguicheur flottant sur ses lèvres.

— Me priez-vous de me déshabiller, milady ? plaisanta Conall.

Après tout, pourquoi pas ? Il s'était déjà débarrassé de sa chemise et de ses bottes depuis un moment.

— J'imagine que des chausses mouillées ne sont pas le comble du confort, répliqua-t-elle sur le même ton.

Elles n'étaient pas non plus nécessaires pour satisfaire sa requête, pensa-t-il, mais il préféra garder cette remarque pour lui et s'empressa de défaire les attaches.

Elle avait peut-être atteint les frontières de son courage, mais elle n'en était pas pour autant privée. Il lui en restait de belles quantités !

Tant mieux. Il ne tenait pas à ce que leur liaison se conclue dans la hâte et l'embarras, après quelques échanges timides sous des couvertures. La moitié du plaisir naissait du contact peau à peau, et Conall le trouvait plus intense encore en pleine nature. Ils pourraient goûter à cette extase ensemble, aujourd'hui, mais il ne la presserait pas pour en obtenir davantage.

Conall fit glisser son pantalon trempé pour libérer ses hanches, un geste dépourvu de sa grâce habituelle, mais il était déterminé à se montrer devant elle, nu, honnête et sans complexe.

Adam avant la chute. Ces quatre mots se répétèrent dans son esprit tandis qu'elle l'admirait. Il aurait déjà eu l'air spectaculaire dans une chambre à coucher, mais ici, au milieu de la nature qu'il connaissait si bien, il était extraordinaire. Et pas seulement son membre viril et saillant qui attirait l'œil comme le centre de sa personne, mais tout le reste également. Des courbes musclées de ses bras à celles de ses cuisses, en passant par l'élégante sculpture de son torse, il aurait pu servir de modèle aux tout premiers anatomistes qui avaient cherché à définir le corps humain. Chaque partie de sa morphologie était fascinante de perfection : entière, en bonne santé et bien dessinée.

À force d'« intimité » avec son mari, elle avait découvert que Giancarlo s'offrait les services d'excellents tailleurs. Sans atour vestimentaire pour l'aider, sa carrure n'avait plus rien à voir avec celle de Conall. Il n'était sans doute pas du meilleur ton de penser au passé dans un moment pareil, mais comment aurait-elle pu s'en empêcher ? Après tout, l'objectif de ce nouvel interlude n'était-il pas de vaincre le passé ? Pour y parvenir, elle devait l'accepter.

Conall s'approcha et s'agenouilla sur les couvertures à côté d'elle. Sofia sentit cette chaleur étrange envahir à nouveau son bas-ventre, lui rappelant que défaire une époque maintenant révolue n'était pas l'unique but de ce qu'elle s'apprêtait à vivre. Il y avait bien plus en jeu que cela. Dans le cas contraire, elle aurait sans doute pris un amant bien plus tôt. Mais ce dernier n'aurait jamais pu donner naissance à des sentiments aussi profonds que ceux qu'elle éprouvait pour Conall. Bientôt, il lui faudrait admettre que ce qu'elle adorait chez lui dépassait de loin la simple attraction physique.

Elle tendit la main vers lui et l'attira contre elle afin qu'ils s'allongent côte à côte.

— Je voudrais vous toucher.

Elle glissa sa paume sur son torse, laissa ses doigts courir sur l'étendue musculeuse, sur les deux petites pointes roses qui saillaient fièrement de sa poitrine.

— Vous vous maintenez en forme, je vois.

— La vie à la campagne est excellente pour cela. La ville a tendance à mollir un homme.

Elle rit doucement et repoussa une mèche de cheveux qui était tombée sur son visage. Il fixa son regard sur elle, et l'intensité de leur interaction bascula subitement.

— Je peux vous donner du plaisir, Sofia. Me l'autorisez-vous ? M'autorisez-vous à couvrir votre corps de baisers, à glisser ma langue le long de vos cuisses… À embrasser votre intimité avec la douceur que vous méritez ?

Elle faillit fondre en larmes en réalisant ce qu'il faisait : il lui donnait le contrôle de leurs ébats. D'un simple mot, elle prit le pouvoir :

— Oui.

Elle n'avait cessé de se trouver à court de paroles depuis qu'il l'avait tirée de la rivière. La laisser sans voix semblait être un autre de ses talents cachés, quelque part entre « cuisiner sur un feu de camp » et « protéger les demoiselles en détresse ».

Conall se plaça près de la plante de ses pieds ; des deux mains, il caressa doucement ses deux jambes nues, remontant lentement. Chacun de ses gestes lui prouvait qu'il avait compris les règles du jeu : il devait s'abstenir de toucher le haut de son corps et ne posa d'ailleurs aucune question. Ses mains étaient délicieusement brûlantes d'avoir fait cuire le vin sur le feu et réchauffaient la peau de Sofia, encore fraîche de son séjour dans la rivière. Il plia l'une de ses jambes et couvrit de baisers ardents l'intérieur de son genou, puis il recommença sur l'autre. Ses lèvres entamèrent leur longue descente le long de la peau si sensible de son entrecuisse jusqu'à atteindre les pétales humides et fiévreux de son intimité.

Une première caresse de son pouce à cet endroit lui tira un soupir. Avec force et délicatesse, il la maintint contre lui jusqu'à trouver ce qu'il cherchait : un minuscule bouton de rose dissimulé dans son jardin secret. Il l'effleura du bout des doigts, son regard ancré dans le sien, comme quêtant quelque chose. Son assentiment, peut-être ? Un signe qu'il lui faisait du bien ?

Elle le rassura sur ces deux points d'un sourire tendre et le vit disparaître derrière la blancheur de son ventre, au creux de ses cuisses. Sa bouche vint remplacer sa main, sa langue prit le relais de ses doigts, et le ravissement se changea en ivresse. Il renouvela ses intentions, encore et encore, et le sentiment de volupté s'intensifia, plus profond, plus prononcé, jusqu'à ce qu'elle se cambre en gémissant, son dos et sa nuque quittant le sol, son visage tendu vers le soleil et la cime des arbres. Elle avait le souffle court à présent, ses cris se mêlaient à ses exclamations silencieuses, son esprit ne pouvait plus désormais rationaliser ce qu'elle ressentait. Elle se laissa emporter par ce tourbillon de sensations animales et primitives. Il lui en fallait plus encore ! Ce fut la seule pensée lucide qui parvint à se frayer un chemin jusqu'à la surface bouillonnante de sa conscience. Sa bouche ne suffisait pas. Sa main ne suffisait pas. L'expérience ne pouvait s'arrêter là.

Elle émit un gémissement étranglé, glissa ses doigts dans ses cheveux pour l'attirer plus haut, vers elle, sur elle. En elle. Sans qu'elle sache comment, il la comprit. Il se redressa et s'allongea sur elle, ses hanches vinrent se nicher dans le berceau de ses jambes écartées, son sexe se placer contre son entrée, telle une clé trouvant sa serrure.

— Maintenant, Conall, je vous en supplie.

Seule la force du désespoir lui permit de former cette phrase cohérente. Elle avait le sentiment de s'être élevée au-dessus du passé, au-dessus de l'avenir, jusqu'à une bulle fragile et délicieuse où n'existait que l'instant, où rien d'autre ne comptait. Conall la pénétra, l'emplit de sa présence, se déploya au creux de son être, puis se retira lentement jusqu'à ce qu'elle le retienne, se referme autour de lui dans leurs profondeurs entremêlées, ses cuisses piégeant ses hanches dans un besoin terrible de rester unie avec lui.

Du bout des lèvres, il effleura son front, lui murmura de douces paroles de réconfort. Il ne la quitterait pas. Il plongea à nouveau en elle et elle l'attendait, son corps s'arqua, ses hanches vinrent à sa rencontre, trouvant le rythme. Elle se mit à bouger en harmonie, dans un mouvement nouveau et pourtant naturel. Loin de demeurer passive, elle prit une part active à leurs ébats, captant les nuances subtiles du corps de Conall : la tension de ses bras tandis qu'il se tenait au-dessus d'elle, la contraction de ses fesses à chacun de ses assauts, le chaos de sa respiration qui faisait écho au sien.

Le plaisir ne cessait d'enfler, elle avait l'impression d'être sur le point de voler en éclats. Un grognement incohérent et une tension accrue des muscles de Conall lui indiquèrent qu'il était lui aussi sur le point d'être balayé par sa propre euphorie. Sofia poussa un cri, se cabrant sous lui, son corps avide d'être libéré, et pourtant réticent de devoir délaisser un plaisir familier pour une extase inconnue. Conall la posséda une fois de plus, deux fois encore, puis elle n'eut d'autre choix que de basculer et de s'abandonner au mystère de l'orgasme. Elle eut l'impression d'éclater, comme si tout son être s'envolait et se mêlait à l'univers.

Puis brutalement, dans une ultime exclamation, la vague de l'extase l'emporta et l'écrasa sur les récifs de la jouissance, tandis que Conall cédait à son tour dans un grondement guttural. Il l'embrassa avec tendresse puis roula sur le côté. Sofia sentit sa chaleur intime la quitter alors même qu'il la serrait contre lui. Son torse musclé et luisant de sueur montait et descendait à un rythme saccadé, preuve des efforts qu'ils avaient déployés pour la satisfaire. Elle.

Tout ce plaisir, cette délicieuse allégresse, rien que pour elle. Cette simple pensée ne fit que redoubler le sentiment de contentement et de plénitude qui était doucement en train de l'envahir. Avait-elle jamais été ainsi honorée ? Et ce n'était pas juste l'extase de l'acte qui la touchait ainsi, mais aussi la vision de cet homme exposé et vulnérable face à elle. Il commençait à retrouver son souffle. Elle se tourna pour l'embrasser.

— Merci, murmura-t-elle.

Mais les paupières de Conall étaient déjà closes. Sofia poussa un profond soupir de sérénité et leva les yeux vers les frondaisons, le ciel bleu la saluant entre les feuilles frémissantes des arbres.

Elle se sentait puissante et savante, comme un ancien druide. Désormais, elle connaissait l'un des plus grands secrets de la vie ; le plaisir qui pouvait naître de l'union d'une femme et d'un homme. Mais cette connaissance avait un prix. Cet interlude ne devrait pas se reproduire. À présent, il lui faudrait respecter le pacte qu'elle avait passé avec ses démons. Elle avait croqué le fruit de l'arbre interdit et il lui fallait quitter le jardin d'Éden. Il ne lui restait plus qu'à donner ses contrats à Conall et à le libérer avant qu'il ne réalise le danger qu'elle avait fait peser sur sa famille. De sombres pensées commençaient à effilocher le tissu scintillant de bonheur et de plénitude qu'elle avait tramé avec Conall. Si Giancarlo la retrouvait et découvrait qu'elle avait pris un amant, il serait furieux. Un homme affichait fièrement ses infidélités tel un tableau de chasse, mais celles d'une femme étaient condamnables, peu importait qu'elles aient eu lieu après un divorce légal.

Elle se nicha au creux des bras protecteurs de Conall pour repousser les ténèbres qui menaçaient sa quiétude. Après tout, elle allait un peu vite en besogne. Et si Giancarlo avait renoncé ? Elle ne le saurait peut-être jamais. Il lui faudrait se contenter de l'assurance, chaque soir, qu'elle avait gagné un jour de liberté supplémentaire. À cause de cette incertitude permanente, elle devait partir du principe que son mari n'avait pas abandonné la traque. Ce n'était pas la façon la plus simple de vivre mais, depuis qu'elle avait reçu sa première lettre, six mois plus tôt, c'était la seule qui lui permettait de continuer sans capituler face à son passé.

Conall bougea contre elle, s'éveillant de sa courte sieste, et elle repoussa toutes ces terribles pensées. Elles pourraient attendre demain. Où irait-elle ? Comment se réinventerait-elle ? Il y aurait le temps pour ces questions plus tard. Les yeux gris de Conall s'ouvrirent et captèrent immédiatement les siens. Elle traça du bout de l'index la délicate ligne de son torse. En cet instant, il lui suffisait d'être avec lui, de créer un maximum de souvenirs en prévision des années de liberté solitaire qui l'attendaient.

Elle l'embrassa, longuement, langoureusement, roula pour se retrouver à califourchon sur lui, ses cheveux cascadant sur ses pectoraux lorsqu'elle se pencha vers lui, et murmura :

— Conall, j'ai envie de vous.

Chapitre 13

Il comprit ce qu'elle attendait de lui dès l'instant où il ouvrit les yeux, bien avant qu'elle ne l'enfourche telle Lady Godiva sur son étalon. En dépit de tout bon sens, il accéda à sa requête silencieuse. Elle cherchait à se créer un tableau idyllique, une peinture à admirer lors des jours sombres que lui réserverait l'avenir. Un peu comme lui. La solitude était souvent garante de sécurité, mais au prix d'une existence vide. C'était un adieu. Déjà le soleil fuyait, la journée touchait à son terme, la chaleur de l'après-midi cédait sa place à la fraîcheur de la soirée. Sur l'herbe, les ombres s'étiraient.

Il n'était pas surpris. Son départ faisait partie de leur accord implicite depuis le début. Elle prendrait sa décision, signerait les documents et s'en irait. Lorsque tout ceci avait commencé, ils n'étaient rien de plus que de potentiels partenaires d'affaires. Rien de plus qu'un moyen pour parvenir à une fin. Il aurait dû éprouver de la gratitude envers ce cadeau de la vie : il avait partagé bien plus de temps avec elle qu'il n'en avait le droit.

Elle se laissa glisser le long de son membre saillant, l'accueillant en elle avec un doux soupir d'extase. Conall ne put retenir un grognement. Avait-il jamais existé pareille félicité ? Que pouvait-il y avoir de plus merveilleux au monde que de s'allonger sous les cieux avec elle ; Sofia Northcott, une femme sans pedigree ni fortune, à l'opposé de tout ce qu'il aurait dû souhaiter chez une épouse ? Et pourtant, il ne voulait qu'elle. Il la désirait, aimait son intelligence et sa joie de vivre, cette énergie qui emplissait une pièce chaque fois qu'elle faisait son entrée… Les regards dont elle le couvait, pas seulement lorsqu'il lui procurait du plaisir, mais à table ou à son bureau.

À ses yeux, il n'était pas qu'un titre, mais un homme avec des idées, de l'ingéniosité, un homme qui aimait sa famille. Elle le voyait tel qu'il était, d'une façon que les Olivia de Pugh de ce monde ne comprendraient jamais. Comment l'auraient-elles pu ? Elles avaient été élevées ainsi, pour le paraître et le superficiel. Sofia était authentique et unique. Les tragédies qu'elle avait surmontées lui avaient ôté les œillères de la société britannique. Elle était libre de voir et d'apprécier un homme à sa juste valeur, sans artifice.

Sofia fit onduler ses hanches, lascive, et il saisit les fermes rondeurs de ses fesses, se joignant au rythme de sa danse lancinante. Elle prenait son temps, peu pressée d'en finir, et cela lui convenait. Ils savaient tous deux ce qui les attendait au bout du chemin : des complications, une séparation… Car les tragédies de son existence, celles-là mêmes qui lui permettaient d'apprécier l'homme qu'il était et de croquer la vie à pleines dents, l'entraîneraient hors de sa portée. Une fois le terminus atteint, ils ne pourraient en repartir que chacun de son côté. C'était sans doute mieux ainsi. Il n'aurait pas à courir le risque de la décevoir, ou l'inverse. Ils se quitteraient avec leurs fantasmes intacts.

Sofia se pencha en avant et taquina du bout de la langue le bourgeon de son pectoral, le mordillant avec délicatesse, et Conall sentit tous ses muscles se tendre lorsque le plaisir s'écrasa sur lui avec la force d'une avalanche. Elle rit, un son voluptueux, plein d'assurance et de joie. Il garderait à jamais en mémoire le souvenir de Sofia telle qu'elle lui apparaissait à cet instant précis : la cascade de soie de ses longs cheveux d'or ruisselant dans son dos, son visage tourné vers ciel comme une offrande, le bonheur ancestral d'une femme unie à un homme peint sur ses traits délicats, tandis que la vague de l'orgasme les emportait tous deux. À cet instant, Conall comprit : quoi qu'il puisse arriver, elle avait retrouvé une part d'elle-même aujourd'hui, et lui en avait perdu une.

Il la serra contre son corps aussi longtemps qu'il le put, comme si ce simple geste pouvait retenir le soleil dans le ciel une minute de plus, puis encore une, puis encore une. Tant qu'il ferait jour, il pourrait s'accrocher à l'illusion que cette femme qui le connaissait si bien l'aimait pour ce qu'il était.

Mais ce n'est pas le cas. Tu lui as caché des choses importantes. De vilains secrets.

Les murmures l'assaillirent au crépuscule. Le rêve commençait à faiblir.

Tu lui as menti. Elle ne sait pas à quel point tu avais besoin de son argent. Peut-être pense-t-elle que tu es riche, peut-être voit-elle toujours ton titre et la fortune qui devrait l'accompagner. Mets-la à l'épreuve, avoue-lui toute la vérité, dis-lui qu'Everard Hall n'est qu'un écran de fumée que tu as créé pour lui dissimuler votre misère, et vois comment elle réagit.

Mais il resta muet. Peut-être était-il lâche. Peut-être ne possédait-il pas ce genre de courage, pas s'il devait lui coûter ces quelques instants si précieux, au goût de paradis, et tout cela pour quoi ? Elle le quitterait de toute façon. Pourquoi anéantir tout ce qu'ils avaient vécu quand cela semblait si important pour elle ?

Parce qu'elle s'est montrée honnête envers toi, lui répondit sa conscience. *Elle t'a parlé de son époux, de son mariage. Ces révélations lui ont beaucoup coûté. Et tu la récompenses pour sa sincérité en lui servant de pitoyables mensonges.*

Mais, au final, tout lui dire ne changerait rien. Lorsque les ombres s'étirèrent jusqu'à se mêler au déclin du jour, et que le sablier de leurs fantasmes eut fini de s'écouler, Conall dit simplement :

— Venez, je vais vous ramener à la maison.

Sur le chemin du retour, un triste silence pesait sur le joli petit cabriolet. Sofia était-elle aussi occupée que lui à faire le tri dans ses pensées ? Everard Hall, avec sa façade qui scintillait dans la lueur du couchant, surgit de l'obscurité naissante bien trop vite. Pour la toute première fois de sa vie, la vue de son foyer ne fut d'aucun réconfort à Conall. Au contraire, une boule douloureuse se forma au creux son estomac. Il arrêta la voiture au sommet de la petite colline et admira cette tombée du jour printanière. Et s'il trouvait les contrats en rentrant ? Quelques semaines plus tôt, cette idée aurait empli son cœur de joie et il se serait empressé de regagner sa demeure. Mais c'était avant de la connaître.

Sofia posa une main sur la sienne :

— Vous pensez aux contrats.

Il acquiesça. Aux contrats, à elle, à la façon dont toute cette histoire se densifiait pour former un immense nœud si serré qu'il ne pouvait plus en séparer les fils. Les alpagas, les mensonges, l'investissement, Sofia… Tous inextricablement liés.

Cela n'aurait pas dû se passer ainsi, pensa-t-il.

Ça n'a plus d'importance, lui rappela sa conscience. *Si les contrats ne sont pas là, ils arriveront bientôt. Tu sais que les jours sont comptés.*

Conall poussa un profond soupir. Tels étaient les véritables dangers des fantasmes : ils finissaient toujours par disparaître, et alors la vraie vie reprenait le dessus, aussi douloureuse fût-elle. La mort de son père ne l'avait-elle pas suffisamment prouvé ? Jusqu'à l'année dernière, toute son existence n'avait été qu'un long mirage de richesse et de confort. Il s'était juré de ne plus jamais laisser les fantasmes l'aveugler… Pourtant il était bien là, s'accrochant à une nouvelle illusion de sa propre conception.

— Où irez-vous ? Retournerez-vous à Londres ?

Conall remit le cabriolet en marche.

— Je vais peut-être voyager, répondit Sofia. L'été est idéal pour voir du paysage et les affaires tournent au ralenti.

— Et ensuite… Vous rentrerez à Londres ?

Il entendait la note du désespoir dans sa propre voix. L'avait-elle perçue aussi ? Il était à deux doigts de la supplier pour qu'elle lui confie une adresse, un lieu permanent où il pourrait la retrouver. Jamais il ne pourrait se contenter d'une froide correspondance professionnelle, de quelques lignes distantes où elle lui demanderait des nouvelles du foulon.

— Je vais devoir me rendre à la capitale pour la session parlementaire de la Saint-Michel. J'y occuperai le siège de mon père. La période de deuil est terminée, désormais, je ne peux plus m'en servir comme prétexte.

Il eut un léger rire forcé : cela aussi ne serait qu'un prétexte. Une excuse pour la croiser, et elle le perça aussitôt à jour :

— Croyez-vous vraiment qu'il serait sage de nous revoir ?

Alors même qu'elle prononçait ces mots, elle glissa son bras sous le sien, comme si elle aussi éprouvait des réticences à renoncer à leur intimité naissante en dépit de son pragmatisme.

— Vous serez un Lord du Parlement, un pilier de la société.

Elle s'interrompit avant d'ajouter :

— Ne craignez rien, Conall. Je ne vous contacterai pas. Je ne vous embarrasserai pas en dévoilant notre association. Cela risquerait de nuire aux chances de Cecilia. Vous avez tous été si bons envers moi pendant mon séjour. La gentillesse a bien trop souvent déserté ma vie.

Aujourd'hui, il avait découvert à quel point : vendue par sa famille à un mari qui la battait pour le plaisir. Conall n'avait guère eu besoin de détails pour tout comprendre. Le commentaire de Sofia le rassura sur son choix de ne pas lui dévoiler leur supercherie au moment où elle lui accordait enfin sa confiance. Cette confession ne pourrait que la blesser et soulager sa conscience ne valait pas le prix à payer.

— Nous ne sommes peut-être pas obligés d'en arriver là, fit remarquer Conall.

Il ne leur restait que quelques minutes avant de remonter l'allée principale d'Everard Hall, avant que les domestiques, la famille de Conall et la réalité ne les rattrapent.

— Si, nous le sommes, répliqua-t-elle avant de lui lancer un regard sévère et de lui demander sombrement : souhaitez-vous que je devienne votre maîtresse ? Car c'est tout ce que je pourrais être pour vous, si je le voulais, ce qui n'est pas le cas. Lorsque j'ai quitté Il Marchese, j'ai fait le serment de ne plus jamais appartenir à un homme. Pas même à un homme aussi bon que vous, Conall. Je compte bien tenir cette promesse.

Puis elle se radoucit :

— Même si j'y consentais, notre arrangement ne serait que de courte durée. Vous n'êtes pas le genre d'homme à entraîner une maîtresse dans votre vie maritale. Certains convolent en gardant leurs amantes, mais vous n'êtes pas de ceux-là.

Une preuve déchirante qu'elle le connaissait mieux que quiconque. Ils firent halte devant la grande porte et l'ombre d'un valet de pied s'approcha pour emmener leurs chevaux. Conall usa de leurs dernières secondes d'intimité pour l'embrasser avec force et intensité, laissant ce baiser transmettre à Sofia toutes les émotions que des paroles n'auraient su décrire. Lorsqu'il la libéra, il entendit son murmure se perdre dans la nuit :

— Au revoir, Conall Everard.

Mieux valait qu'ils fassent leurs adieux ainsi, dehors, en privé. Les éblouissantes lumières du hall d'entrée et une exaltation palpable accueillirent Conall lorsqu'il franchit la porte, l'étourdissant quelques secondes. Sa mère, Cici et Freddie sortirent bien trop rapidement du salon. De toute évidence, ils l'avaient attendu avec un enthousiasme débordant. Il tourna les yeux vers la pile de courrier tant redoutée, posée sur la console. Ils étaient là, dans une enveloppe marron plus grande que les notes, lettres et gazettes habituelles. Les contrats.

— Les documents sont arrivés aujourd'hui.

Sa mère fit un signe de tête dans leur direction, parvenant à peine à masquer sa joie. Il ressentit soudain une pointe de culpabilité. Ils avaient dû passer la journée à fixer l'enveloppe, conscients de ce qu'elle contenait, pendant qu'il pêchait et séduisait leur invitée en priant que ces maudits contrats n'arrivent jamais. Il croisa le regard de sa mère, aussi gris que le sien. De la fierté et de l'espoir y scintillaient. Leur salut à tous était à portée de main, et il n'était qu'un scélérat de souhaiter qu'il en soit autrement. Ce partenariat allait retirer un poids immense des épaules de sa mère. Conall afficha une joie de façade et s'avança, prêt à donner le change. Il ramassa l'enveloppe et la décacheta. Il parcourut le contenu de la lettre d'introduction et sourit en leur tendant le papier :

— Le foulon est à nous. Nous pouvons commencer la tonte.

Autour de lui, chacun applaudit en riant. Freddie poussa des hourras et attrapa les mains de Cecilia pour l'entraîner dans une danse exubérante.

— Nous allons fabriquer de la laine ! La meilleure laine du monde. Nous allons devenir célèbres.

Sa mère essuya une discrète larme de soulagement de sa joue. Les domestiques à portée d'oreille semblaient extatiques. Tout irait bien désormais, leurs postes seraient assurés. Taunton avait fait son travail.

Conall jeta un œil en direction de Sofia. Elle lui sourit, la seule personne dans cette pièce capable de comprendre le plaisir doux-amer de cet instant. Il ne pouvait laisser son regard s'attarder sur elle sans risquer de trahir cette déception qui gâcherait le bonheur de ses proches. Il reporta son attention sur le courrier et en découvrit un pour Sofia.

— Cette lettre est à votre nom. Il semble qu'Helena vous ait écrit.

— Merci.

Sofia glissa le pli dans sa poche pour la lire plus tard et désigna d'un signe de tête sa famille en liesse.

— Je vous laisse profiter de vos proches. Je peux rentrer à la maison douairière à pied.

— Vous viendrez dîner.

Ce n'était pas une question ni même une invitation.

— Tout le monde s'attendra à vous voir. Vous faites partie de cette aventure.

Conall sentit son estomac se contracter. Elle allait vraiment partir. Il le devinait dans son hésitation. Eh bien ! Il n'allait pas lui rendre la tâche facile ! Il ne la laisserait pas fuir dans la nuit. Elle viendrait dîner avec eux, une dernière fois.

— Bien sûr, avec plaisir, mais je ne m'attarderai pas ce soir. Je dois faire mes valises.

Elle soutint son regard un moment. Elle lui jetait le gant ; avec ses mots, elle avait tracé la frontière à ne plus franchir. C'était la fin.

Ce soir marquerait un nouveau commencement. Demain, elle pourrait aller où bon lui semblerait, faire tout ce qui lui plairait. Elle serait entièrement libre. Elle ne pouvait se permettre de penser à cette soirée comme à une fin, ou elle en perdrait la raison. Elle s'effondrerait en pleurs ou, pire, elle laisserait Conall la convaincre qu'ils avaient un avenir ensemble. Elle était certaine qu'il essaierait. Le regard qu'il lui avait lancé en insistant pour qu'elle soit présente au dîner en était la preuve. Il lisait en elle si facilement, ces jours-ci… Et il ne s'était pas trompé : elle aurait préféré rester cachée dans la maison douairière, à préparer ses affaires. Au lieu de cela, elle allait devoir se défendre contre les assauts de Conall.

Sofia s'habilla avec soin pour le dîner ; elle choisit l'une de ses robes favorites, en soie d'un bleu profond, presque marine, cousue de fleurs couleur crème teintées de rose. Le décolleté arrondi et les manches courtes et bouffantes étaient parés d'une dentelle assortie. La toilette faisait ressortir l'azur de ses yeux et l'ivoire de sa peau. Sa femme de chambre coiffa ses boucles dorées en un chignon serré, surmonté d'un peigne serti de roses en soie, et compléta sa tenue d'un collier de perles. Plutôt festif, songea-t-elle en lissant les plis de sa robe sur la crinoline et en tournant devant le miroir.

Cette nuit, ils célébreraient leur partenariat. Cette nuit, elle pourrait prétendre faire partie du monde parfait de Conall Everard. Elle jeta un œil à la pendule. Il lui restait un peu de temps avant d'aller dîner, suffisamment pour lire la lettre d'Helena. Peut-être la correspondance de son amie lui remonterait-elle le moral. Elle pouvait déjà imaginer son contenu : le récit détaillé des dernières aventures de ses fils et de la préparation pour l'arrivée du bébé. Peut-être avaient-ils enfin choisi un prénom.

Elle prit la lettre d'Helena sur le bureau et fit glisser le coupe-papier sous le cachet en cire. Un article de journal s'échappa de l'enveloppe et tomba sur le sol. La froide et invisible main de la terreur lui empoigna aussitôt le cœur. Les articles de journaux n'accompagnaient pas des nouvelles d'enfants ou de bébés. Lentement, Sofia se pencha pour récupérer le papier et se redressa, figée tandis qu'elle lisait les cinq lignes de l'article qui allait tout changer.

« Un cambriolage à Chelsea a causé la destruction des biens d'une maison de Margaretta Terrace, présumée comme appartenant à La Marchesa di Cremona. La Marchesa n'était pas chez elle au moment de l'effraction et n'a pas été aperçue depuis. Toute personne ayant connaissance de son lieu de résidence actuel est priée de contacter les autorités. »

Les mains tremblantes, Sofia vérifia la date du journal : l'article était récent, paru à peine quatre jours plus tôt, juste assez de temps pour que les nouvelles atteignent Helena, qui vivait à la campagne. Il Marchese était derrière tout cela. L'intrusion avait eu lieu des semaines auparavant et personne ne s'en était rendu compte jusqu'à présent. Les crimes à l'extérieur de Mayfair étaient courants à Londres. Si le *Times* reportait tous les incidents de ce genre, il n'aurait plus de place pour le reste. Et aucun des proches, qu'il s'agisse d'Helena, de Frederick ou de Conall, n'aurait rendu cette affaire publique de la sorte, du moins pas si tardivement. Sa main tremblait. Il Marchese avait fait cela, c'était évident. Il ne pouvait pas savoir qu'elle n'avait aucun ami à Londres. Il espérait que quelqu'un s'inquiéterait suffisamment de son sort pour contacter le journal. Ses doigts se crispèrent sur le bout de papier lorsque la froide réalité la heurta de plein fouet : s'il escomptait que quelqu'un remonte des informations, cela signifiait qu'il était ici.

Sofia se laissa choir dans le fauteuil le plus proche et s'agrippa au bras en velours pour retrouver son équilibre. Son pire cauchemar l'avait finalement rattrapée. Giancarlo était à Londres et la recherchait activement. Il n'essayait même pas de cacher qu'il la traquait pour la ramener chez lui. Seigneur, qu'avait bien pu lui promettre le nouveau roi du Piémont pour qu'il décide de quitter le confort de sa villa afin de gagner Londres, une ville qu'il détestait en tout point, dans l'unique but de la récupérer ?

Le corps entier parcouru de frissons, elle étudia la lettre d'Helena en s'obligeant à garder son calme. Elle ne pouvait se permettre de manquer la moindre information transmise par son amie si elle souhaitait rester en sécurité. Sofia inspirait et expirait profondément, faisant mentalement la liste de chaque nouveau fait. Frederick était en ville et avait identifié le danger. Il avait fait quelques recherches et immédiatement contacté Helena. Il Marchese était descendu au Coburg. Il avait été aperçu au théâtre et à l'opéra, toujours dans les loges les plus luxueuses, une femme à chaque bras. Il passait ses nuits dans les maisons de jeu élitistes de la capitale et perdait aux cartes avec bonne humeur tout en posant des questions sur elle. Il ne cherchait à dissimuler ni son identité ni la raison de sa présence à Londres : la reconquérir, dans le but de restaurer leur ancien bonheur conjugal. Sofia lut les dernières lignes de son amie :

« Restez dans le Somerset. »

Puis son avertissement :

« Dites toute la vérité à Conall. Il vous protégera. »

Sofia enfonça ses ongles dans le bras du fauteuil pour repousser la nausée qui la gagnait. La panique submergeait son esprit, la privait de sa capacité à réfléchir. Mais, brusquement, elle choisit de lutter contre ses démons. Elle avait laissé la panique la paralyser pendant des années : c'était terminé ! La peur était son ennemie, autant que Giancarlo. Elle retrouva la litanie qui l'avait aidée à surmonter les pires épreuves de ses dix années de mariage, et qu'elle avait mise sous clé dans un coin de son esprit le jour où elle avait cru être libre. *N'aie pas peur. Tout ira bien.* Une femme avertie en valait deux. À bien y réfléchir, cette lettre était une bénédiction. Grâce à ces nouvelles, elle allait pouvoir agir, prendre des décisions, faire des choix. Sofia savait qu'elle était pourchassée. Ce n'était pas nouveau. Le danger était déjà bien réel depuis plusieurs mois. Il s'était simplement rapproché et risquait à tout instant de gagner du terrain.

Giancarlo était en train de fermer les frontières de sa liberté, une à une, la privant méthodiquement de toutes ses échappatoires afin de l'acculer. Il avait détruit sa maison. À présent, il avait fait paraître son nom dans le journal. Il ne cherchait pas seulement à ce que ses amis la dénoncent involontairement, il avait fait en sorte que ces nouvelles l'atteignent, où qu'elle se trouve, afin qu'elle sache que le collet se resserrait autour de son cou. Il finirait par la débusquer. *Mais il ignore où tu es pour l'instant,* lui rappela la petite flamme de l'espoir. Cela ne la rassurait pas beaucoup, car elle avait conscience qu'il était peut-être déjà en train de remédier à ce problème. Elle ne saurait qu'il l'avait retrouvée que lorsqu'il se tiendrait devant sa porte.

Elle devait réfléchir comme lui. S'il ignorait comment venir jusqu'à elle, il tenterait de la forcer à se montrer. Croyait-il que cet article pourrait la convaincre de rentrer à Londres ? Qu'elle reviendrait en espérant récupérer les quelques possessions qui pouvaient encore être sauvées ? Peut-être pensait-il qu'elle accourrait pour l'argent et qu'il pourrait alors l'accuser de l'avoir volé avant sa fugue ? De nombreuses personnes prendraient son parti, des hommes croyant dur comme fer à la tutelle conjugale : une femme devenait la propriété de son époux dès le premier jour des noces, et tous ses biens devenaient légalement les siens sans que la réciproque ne s'applique. Et peu importait que leur mariage ait été annulé ! Un document officiel ne l'arrêterait pas. Peut-être même ne s'encombrerait-il pas d'une bataille juridique. Il se contenterait de l'enlever, une façon simple et expéditive de régler le problème. Elle était doublement soulagée d'avoir acheté le foulon. Son argent dépensé avait désormais son propre protecteur, et Giancarlo ne pourrait plus s'en emparer. Son mari ne pourrait plus détruire son rêve, même s'il parvenait à la briser, elle.

— Madame, il est l'heure de vous rendre au dîner.

Annie se tenait sur le seuil du petit bureau, visiblement nerveuse. En vérité, Sofia était officiellement en retard, mais elle n'était pas en état d'avaler ou de fêter quoi que ce soit.

— Veuillez transmettre mes plus sincères excuses à

la famille Everard, Annie. Je ne me sens pas très bien, subitement.

Sofia se leva et vacilla sur ses jambes tremblantes.

— Ensuite, j'apprécierais que vous veniez m'aider à me changer. J'ai besoin de m'allonger.

Elle avait échappé à Giancarlo toutes ces années, elle pouvait recommencer. Peu importait qu'il ait désormais une véritable motivation pour la débusquer.

Chapitre 14

Elle ne lui échapperait pas si facilement. Conall écouta attentivement le message que lui transmit son valet de pied. Sofia ne viendrait pas dîner. Elle s'était brusquement sentie mal. Mal ? *Balivernes*, pensa Conall. Elle était en pleine forme lorsqu'elle les avait quittés une heure plus tôt. Elle se cachait, de toute évidence bien décidée à l'éviter.

Le repas lui parut interminable. Sa famille était d'excellente humeur et la seule chose qui le poussa à rester assis dans son siège, à sourire et à rire avec eux, fut son souci de ne pas gâcher leur bonheur. Mais il peinait à dissimuler son agitation, conscient du regard vigilant que sa mère posait régulièrement sur lui.

— Je vais aller m'enquérir de la santé de notre invitée, dit finalement Conall en replaçant sa serviette sur la table lorsque les dernières assiettes furent enlevées.

— Je vais venir avec vous, peut-être qu'une partie de backgammon lui fera du bien, proposa Freddie en se levant pour aller récupérer le plateau de jeu.

— Non, Freddie, elle a besoin de repos, intervint gentiment sa mère. Pourquoi Cecilia et vous n'iriez pas demander à notre chef en cuisine de lui préparer un panier afin qu'elle ne meure pas de faim, seule dans la maison douairière ?

Elle venait de les congédier avec une finesse et une habileté aiguisées par des années de pratique à maintenir un équilibre dans les relations familiales. Conall aurait été impressionné s'il n'avait pas su ce que cela signifiait : sa mère avait quelque chose à lui dire en privé.

Cecilia et Freddie s'en furent collecter le panier et sa mère sourit.

— Vous avez fait un excellent travail, Conall. Vous nous avez délestés du lourd fardeau qui pesait sur nos épaules. Votre frère et votre sœur sont assez vieux pour comprendre nos tracas et votre réussite.

— Nous avons sécurisé l'investissement, pas le succès de l'opération. Du moins pas encore, tempéra Conall. Nous devons toujours monter notre affaire.

— Est-elle au courant ? lui demanda sa mère en leur servant à tous deux un verre, du xérès pour elle, du brandy pour lui.

Ainsi, elle anticipait une longue conversation, en déduisit Conall, contrairement à celle qu'il avait eue dans le bureau de Cowden plusieurs semaines auparavant. Offrir à boire était toujours un signe révélateur. Que sa mère lui serve un verre d'alcool signifiait qu'elle le reconnaissait comme un adulte.

— Non.

Conall accepta le brandy.

— Et notre supercherie ? Elle n'a aucun soupçon ?

— Je ne pense pas, répondit Conall prudemment.

— Dans ce cas, elle nous quittera demain en demeurant dans l'ignorance, sourit sa mère en levant son verre. À notre santé ! Nous avons réussi là où tant d'obstacles se dressaient contre nous.

Elle s'interrompit lorsqu'elle remarqua qu'il hésitait.

— Vous ne pouvez pas me tromper, vous savez. Je suis votre mère. Vous avez présenté un masque tout à fait convaincant au dîner et dans le hall, ce soir, mais vous n'êtes pas aussi heureux que vous le devriez.

Elle se tut avant d'ajouter :

— Votre mécontentement a-t-il un rapport avec une jeune femme blonde aux yeux bleus qui réside à la maison douairière ?

Comme il ne répondait pas, elle renifla d'un ton moqueur.

— Je ne suis pas aveugle, Conall. J'ai vu la façon dont elle vous regardait, et la réciproque est aussi vraie. Vous n'êtes pas très discrets. Vous êtes rentrés tard ce soir, bien trop tard pour une simple partie de pêche.

Elle tapota sur la table de ses longs doigts puis demanda brusquement :

— Quelles sont vos intentions ?

Conall déglutit :

— Mes intentions ? Je ne vous pensais pas si vieux jeu, mère. Nous sommes en 1854, après tout.

Conall tentait de l'amadouer. Sa mère était une traditionaliste tolérante. Elle lui sourit ; elle avait cette faculté de toujours poser sur lui un regard plein d'amour, même lorsqu'elle s'apprêtait à lui faire la leçon. De toute évidence, il ne serait jamais trop âgé pour une réprimande, en dépit du fait qu'il ait désormais trente ans et elle cinquante et un. L'expression sévère de sa mère creusa davantage les rides aux coins de ses yeux et de sa bouche, un rappel que le temps ne s'arrêtait pour personne.

— Ce que je crois, Conall, et la façon dont le monde tourne vraiment sont souvent deux choses bien différentes. Je suis suffisamment réaliste pour admettre cela, contrairement à votre père. C'était un idéaliste, tout comme vous, en particulier lorsque l'on parle d'amour. Je ne tiens pas à voir mes enfants subir une nouvelle blessure. Nous ne savons rien de Sofia Northcott. Nous ne connaissons ni sa famille ni ses origines. Ce ne sont pas des choses que l'on peut se permettre d'ignorer lorsque l'on porte le titre de vicomte.

Sa « famille » l'avait vendue à un tortionnaire.

— Je pensais que vous l'appréciiez.

Conall était surpris par les réticences de sa mère envers Sofia, un coup rude qui lui rappelait à quel point la supercherie était devenue réelle pour lui. Quand avait-il cessé de faire semblant ? Deux semaines plus tôt ? Plus ? L'avait-il jamais fait ?

Sa mère leva une main pour caresser sa joue :

— J'aime bien cette demoiselle. Elle possède de nombreuses qualités qui forcent l'admiration, mais si elle sort pêcher avec mon fils et rentre tard le soir en présentant une figure, disons… échevelée, alors cela change la donne.

Elle laissa échapper un rire doux.

— Je suppose qu'aucune mère n'aime se rappeler que son petit garçon est devenu un homme. Nous regrettons toutes l'époque où vous étiez bébés. Où nous étions la seule femme de votre vie…

— Elle est tombée dans la rivière.

Conall tentait de dissiper les craintes de sa mère. Cette dernière haussa les sourcils :

— J'imagine qu'elle a été contrainte de se dévêtir. J'espère qu'elle n'a pas attrapé froid. Sa tenue semblait passablement sèche lorsque vous êtes rentrés.

Sa mère l'observa, mais il aurait préféré être trois fois maudit plutôt que d'avouer dans ce silence pesant qu'il avait fait l'amour à Sofia au bord de la rivière.

— A-t-elle l'intention de vous compromettre, Conall ? l'interrogea finalement sa mère de manière appuyée.

Elle leva une main pour l'interrompre avant qu'il ne proteste avec véhémence.

— Si vous ne vous êtes pas posé la question, peut-être le devriez-vous. Vous êtes séduisant et de sang noble ; vous êtes aimable, respectueux, vous avez une bonne situation et une famille vertueuse. Ce sont des qualités très alléchantes, en particulier pour une jeune femme qui n'a pour la recommander que la parole de Lady Brixton. De toute évidence, elle travaille pour vivre, qui plus est pour le compte d'un homme qui ne montre jamais son visage en public.

— Elle ne travaille pour personne, mère, la coupa Conall.

— Vous êtes bien prompt à la défendre.

— Elle a eu une vie très difficile.

— Vous épouser lui permettrait de changer cela. Elle pourrait devenir Lady Taunton, une vicomtesse, avec trois petits mots.

Je le veux. Trois mots que Sofia était déterminée à ne plus jamais prononcer.

— Je suis certain qu'elle n'a aucune intention de ce genre.

Il se querellait rarement avec sa mère. Il ne se souvenait même plus de la dernière fois où ils s'étaient disputés. Mais cette conversation les conduisait vers une bataille qu'il n'avait aucune envie de livrer.

— Comment pouvez-vous en être aussi sûr ? Les femmes sont des créatures astucieuses, bien plus que les hommes ne le soupçonnent. Je parierais qu'elle s'attend à ce que vous lui rendiez visite à la maison douairière. Manquer le dîner était la meilleure façon de vous attirer dans ses filets. Vous serez de nouveau seuls et pourrez reprendre les choses là où vous les aviez laissées au bord de la rivière.

— Mère, je dois vous demander d'arrêter.

La réplique de Conall claqua dans la pièce, cinglante

et sans appel. Il n'avait jamais parlé ainsi à sa mère ; cette situation les surprit tous deux, et il le regretta immédiatement. Ils avaient traversé tant d'épreuves ensemble récemment. Il avait été son rempart et elle, son refuge. Creuser un fossé entre eux était la dernière chose qu'il souhaitait.

— Je ne suis pas le genre de scélérat qui coucherait avec une femme qui n'est pas son épouse sous le toit familial.

Sa mère le considérait-elle comme un débauché sans morale pour s'imaginer une chose pareille ? Il s'interrompit et inspira profondément :

— Mère, je suis certain que Sofia Northcott n'a aucun projet me concernant. Elle est divorcée. Son mari était un *marchese* italien. Elle a vécu une union désastreuse qui lui a laissé des marques et n'éprouve aucun désir de se menotter à un autre homme.

Il attendit que sa mère digère cette révélation.

— Depuis combien de temps le sais-tu ? lui demanda-t-elle.

— Depuis Londres. Nous avions besoin d'argent. Je ne pouvais plus me permettre de faire la fine bouche lorsque le Club de Prométhée a refusé ma proposition. Mais son statut n'a plus aucune importance à mes yeux, aujourd'hui.

Il prit les mains de sa mère dans les siennes avant d'ajouter :

— Ne m'avez-vous pas répété toute mon enfance que les erreurs d'une personne ne sont pas ce qui la définit ? Je pense que Sofia Northcott a démontré qu'elle était bien plus que la somme des échecs d'un mariage décevant.

Sa mère poussa un soupir puis lui tapota le dos de la main.

— Allez la voir, si vous le devez. Mais soyez prudent,

Conall. Vous êtes le vicomte de Taunton, désormais. Vous avez des responsabilités qui ne sont pas toutes d'ordre financier. Votre sœur fera son entrée dans la société l'année prochaine, et nous devons penser à la scolarité de Freddie. Nous pourrions fort bien nous passer d'un scandale, même pour les beaux yeux d'une demoiselle méritante, aussi dure sa vie fût-elle… Enfin, je suppose que cela n'a plus vraiment d'importance puisqu'elle repart demain matin.

Sa mère lui donnait sa bénédiction, mais Conall perçut l'avertissement. Il devrait s'assurer, pour leur bien à tous, que le plan suivrait son cours. Le départ de Sofia ne pourrait plus être reporté, sa mère et l'intéressée semblaient d'accord sur ce point.

Quelques minutes plus tard, il pénétra dans le hall d'entrée de la maison douairière sans attendre de réponse. À l'intérieur régnait une effervescence silencieuse. Il reconnut aussitôt le bruit des valises que l'on boucle. Pour une femme trop malade pour dîner, Sofia avait trouvé suffisamment d'énergie pour préparer son voyage du lendemain. C'était donc ainsi qu'elle décidait de procéder ? Faire ses bagages et fuir sans un au revoir ? Annie le repéra et s'arrêta en plein milieu de l'escalier, les bras chargés de draps.

— Milord, Miss Northcott n'est pas en état de recevoir. Nous sommes au beau milieu de la nuit !

Elle paraissait scandalisée.

— Annie, il est dix heures du soir, et je n'aurais pas besoin de me trouver là si Miss Northcott et moi-même avions pu régler nos affaires plus tôt. À présent, vous pouvez soit demander à Sofia de descendre, soit la prévenir que je monte.

Entre l'absence de la jeune femme au dîner et les inquiétudes déplacées de sa mère, Conall commençait sérieusement à perdre patience. Il capta du mouvement à l'étage, puis Sofia apparut sur le palier.

— Tout va bien, Annie. Allez terminer de ranger les malles, je vais parler à Lord Taunton.

Elle semblait lasse. Vaincue. Toute son énergie drainée. Élégamment recouverte d'une robe de chambre en satin, elle avait détaché ses cheveux, qui formaient un halo doré autour de sa tête. Quelles qu'aient pu être les récriminations qu'il s'était apprêté à lui adresser, elles furent balayées par l'angoisse qui lui étreignit le cœur lorsqu'il constata qu'elle avait pleuré.

— Sofia, que s'est-il passé ?

Son esprit évaluait déjà toutes les possibilités. Qu'avait-il bien pu se passer depuis qu'il l'avait quittée pour qu'elle fonde en larmes ? Il se souvint de la lettre.

— Avez-vous reçu de mauvaises nouvelles ? Est-ce qu'Helena va bien ? Et son bébé ?

— Elles vont bien, lui assura-t-elle en descendant les escaliers. Ce qui s'est produit ne vous concerne pas. Je vous demande de l'accepter sans poser de question et de me laisser partir demain matin.

Conall croisa les bras, obstiné.

— Et, d'après vous, quelles sont les chances pour que je consente à cela sans broncher ?

Pratiquement nulles.

— C'est pour cela que je ne suis pas venue dîner, rétorqua Sofia d'un ton lugubre.

Elle avait déjà tant de batailles à mener, elle ne voulait pas en plus avoir à affronter Conall.

— Parce que j'aurais exigé de comprendre pourquoi vous nous quittez sans un adieu ? Car c'est bien ce que vous prévoyiez, n'est-ce pas ? l'interrogea brusquement Conall, ses yeux gris aussi sombres que du charbon.

À présent, il allait insister jusqu'à tout savoir et elle

craignait de céder à la tentation de déposer de nouveau son fardeau sur ses larges épaules, comme le soir où elle avait découvert l'intrusion chez elle. Mais, cette fois, le péril était bien plus tangible.

Conall lui montra le panier qu'il avait apporté :

— Freddie et Cecilia vous ont préparé de quoi manger. Mon frère souhaitait se joindre à moi pour vous proposer de jouer au backgammon.

Penser aux deux jeunes gens et constater le résultat de leur générosité lui fit de nouveau monter les larmes aux yeux. Conall venait de lui infliger un coup bas. Elle ne voulait pas songer à toutes les merveilleuses choses qu'elle laisserait derrière elle et préférait se concentrer sur tout ce qu'elle protégeait en partant. Si Giancarlo était déterminé à la retrouver, elle devait l'entraîner loin de cette famille, sans quoi il les prendrait en otage pour la faire chanter.

Conall plaça le panier sur une table et commença à en sortir la tourte au poulet froide et une bouteille de vin, visiblement décidé à ancrer sa position. Elle devait empêcher cela à tout prix et s'avança.

— Je mangerai plus tard, je vous le promets.

Conall haussa un sourcil pour exprimer son scepticisme.

— Vous aviez aussi promis de venir dîner. Pardonnez-moi si je doute de votre parole, à présent.

Il versa le vin dans une première coupe. Elle essaya à nouveau, les mains sur les hanches, cette fois.

— Cessez de m'ignorer, Conall. Je veux que vous partiez.

Comme pour mieux la défier, il servit un deuxième verre et découpa une portion de tourte.

— Je partirai… une fois que vous aurez répondu à mes questions.

— J'essaie de vous protéger, Conall. Vous et votre famille.

S'il ne se rendait pas à la raison par respect pour elle, peut-être le ferait-il pour le bien de ses proches ? Il tira une chaise et s'assit, croisant ses pieds bottés et l'observant d'un regard gris qui ne souffrirait aucune rébellion.

— Alors, dites-moi la vérité, Sofia. Que contenait cette lettre pour vous pousser à fuir comme un lièvre apeuré ?

Il allait la contraindre à tout lui révéler. Elle comprit qu'elle s'apprêtait à essuyer une défaite, et repéra une occasion de la transformer en victoire. De cette façon, Conall se rendrait compte qu'il n'avait d'autre choix que de la laisser s'en aller. Sofia resserra le nœud de sa robe de chambre et s'installa à son tour avec une assiette de tourte tiède avant de déclarer, avec tout le sang-froid qu'elle parvint à rassembler :

— Mon mari est ici. En Angleterre. Il veut me récupérer.

Elle lutta pour contenir la panique que cette simple phrase éveillait. La dire à haute voix ne faisait que rendre les faits plus réels qu'ils ne l'avaient été ces trois dernières heures. Mais elle ne pouvait se permettre de laisser Conall percevoir l'ampleur de son émoi, ou il serait tenté de la sauver, d'intervenir dans une lutte où tous ses efforts seraient vains. Il ne ferait que mettre lui-même sa famille en danger.

Conall se raidit en entendant cela.

— Pourquoi chercher à vous reprendre ?

— Quelles sont les seules raisons qui le motivent ? La promesse de plus d'argent ou le plaisir de me torturer.

Elle baissa les yeux sur sa tourte à peine entamée avant d'ajouter :

— En l'occurrence, les deux. Le nouveau roi du Piémont lui a fait miroiter de grandes richesses s'il parvient à restaurer la pérennité apparente de son mariage, expliqua-t-elle avec un détachement glacial.

Elle préférait ne pas penser à ce qu'un retour à son ancienne vie pourrait signifier. Cela la briserait à jamais.

— Le nouveau roi ne reconnaît pas votre divorce ? s'enquit Conall.

— Non, cela va à l'encontre de ses croyances personnelles, répondit-elle en faisant tourner sa fourchette entre ses doigts. Mon mari me traque, Conall. Depuis quelque temps maintenant. D'abord par courrier, puis par procuration. À présent, mon époux a fait le voyage jusqu'en Angleterre et ne quittera pas le territoire sans moi.

— Ne l'appelez pas ainsi. Il n'est pas votre époux, il ne l'est plus depuis trois ans.

La voix de Conall était dure, son amer désir de la protéger teinté d'une pointe acide de jalousie.

— Vous avez dit « par procuration » ? Comment le savez-vous ?

Elle se mordit la lèvre.

— L'intrusion chez moi. C'était un avertissement. Vous l'avez fait remarquer vous-même : rien n'a été volé. Les cambrioleurs ne prennent pas la peine d'entrer par effraction pour ressortir sans rien emporter.

Elle fourra sa main dans la poche de sa robe de chambre et en tira l'article de journal découpé.

— Ceci accompagnait la lettre d'Helena.

Elle s'interrompit et but une gorgée de vin pour lui laisser le temps de lire. Conall releva la tête, son regard aiguisé :

— Il ignore où vous êtes. Il supplie pratiquement la ville de Londres de lui donner des informations. C'est l'acte d'un chasseur désespéré.

— En effet. C'est pourquoi je dois partir. Il ne doit en

aucun cas me trouver ici. Nous ne pouvons pas mettre votre famille et notre projet en péril.

Avec cet argument, elle était certaine de le convaincre. N'importe quel homme s'empresserait de la jeter dans un train et se féliciterait de s'être débarrassé du danger juste à temps. Mais Conall ne semblait pas disposé à la satisfaire à cet égard. Il n'était pas n'importe quel homme.

— Je ne suis pas d'accord. C'est précisément la raison pour laquelle vous devez rester. Ici, vous serez à l'abri. Mais ailleurs…

Il fit un geste comme pour désigner l'ensemble de l'Angleterre.

— Vous serez à découvert. Vulnérable face à ses manigances.

Il couvrit ses mains de la sienne sur la table, sa paume puissante et chaude lui insufflant du courage par ce simple contact.

— Regardez-moi, Sofia, lui ordonna-t-il avec douceur. Je ne le laisserai pas vous emmener. Nous pouvons poster des hommes autour de la maison. Nous pouvons faire en sorte que personne n'approche sans autorisation. Je suis un vicomte. Je ne manque pas de ressources.

Sofia eut un rire triste. Elle dut faire appel à toute sa volonté pour ne pas succomber à son énergie, à sa force de conviction, ne pas accepter son offre. Il lui donnait l'impression que rester serait plus facile que de partir.

— Non, je ne veux plus de geôliers, même s'ils sont bienveillants. Je ne passerai pas ma vie entourée par des gardes.

Mais la tentation était grande. La lampe la plus proche de Conall illuminait son visage, faisait ressortir la détermination de ses traits et sa beauté masculine.

— Vos anciens gardes vous privaient de votre liberté.

Ceux-ci la protégeraient, argumenta Conall. Ne vous entêtez pas, Sofia.

Elle avait vidé son verre et il le remplit à nouveau, un rappel subtil mais constant qu'il se souciait d'elle et de ses besoins, jusque dans ses plus petits gestes. Le plus dangereux de tous les murmures se glissa dans son esprit :

Pourquoi ne pas lui faire confiance ? Et s'il pouvait réellement tenir Il Marchese en échec ? Et s'il se battait pour toi ? Avec ses paroles, sa fortune, son titre… Conall Everard est le meilleur champion que tu trouveras jamais.

Non, elle ne devait pas céder. Ce n'était pas le pacte qu'elle avait signé avec ses démons, le jour où tout avait commencé.

— Il n'y a pas que cela, répliqua Sofia en se détournant. Je ne peux pas vous le permettre. C'est trop dangereux. Je ne supporterais pas que vous ou votre famille soyez blessés par ma faute. Vous ne le connaissez pas ; il usera de tous les moyens les plus abjects, il pourrait même prendre des otages. Je refuse de risquer la vie de Freddie ou de Cecilia. Il a fait de moi un poison qui tuera votre entourage.

Sa voix tremblait.

— Je détruis tout ce que je touche, gémit-elle.

Au fond de son cœur, elle savait qu'elle s'en sortirait mieux seule, au milieu de nulle part, là où son mari ne pourrait trouver aucune arme à lever contre elle, là où elle ne pourrait rien mettre en péril. C'était cela, le pacte qu'elle avait signé avec ses démons. Elle s'offrirait à cet homme extraordinaire l'espace d'une unique journée, puis elle le quitterait avant que son poison ne le condamne, lui aussi. Si Giancarlo la rattrapait, s'il parvenait à la forcer à rentrer au Piémont, elle possédait désormais des souvenirs que son mari ne pourrait jamais lui enlever.

— Sofia, murmura Conall. Je peux vous protéger, même sans garde.

Elle secoua la tête, le chagrin déformant ses traits.

— Oh ! Conall, comme j'aimerais que ce soit vrai.

— Cela pourrait l'être… si vous m'épousiez.

Chapitre 15

Sofia se figea.

Seigneur Dieu ! Il lui suffit d'un regard vers les yeux gris et résolus de Conall pour comprendre qu'il était sérieux.

— Je n'ai pas besoin d'un héros, Conall. Simplement de monter à bord d'un train et de me trouver une nouvelle identité.

— Jusqu'à ce qu'il vous retrouve à nouveau ? répliqua doucement Conall. Vous l'avez déclaré vous-même : il n'abandonnera jamais.

Elle avait dit cela pour le décourager, non lui donner des armes pour la contredire ! Mais il était encore parvenu à retourner la situation à son avantage.

— Peut-être est-il temps pour vous de cesser de courir, et de vous battre ? Il aura bien plus de difficulté à vous reprendre si vous lui opposez un certificat de mariage et un époux légitime à vos côtés.

— Un bout de papier ne l'arrêtera pas.

— Cela ne le découragera pas de vous kidnapper, mais je ne crois pas que le roi du Piémont appréciera de voir un noble britannique débarquer dans son palais et déclamer que l'un de ses plus fervents courtisans est désormais ouvertement polygame.

Il redevint sérieux, entrelaça ses doigts aux siens et les serra délicatement.

— Je viendrais vous chercher, Sofia. Même si nous en arrivions à la pire des options, il ne vous garderait pas longtemps.

— Et votre famille ? Les sacrifierez-vous également ? Un vicomte ne peut pas se contenter de penser à lui.

Cette remarque-ci le fit réagir. La colère embrasa son regard et il perdit brièvement le contrôle :

— Croyez-vous que je ne le sais pas ? Tout ce que j'ai fait cette année n'a été que pour le bénéfice des autres ! Ne puis-je donc m'accorder aucune liberté ? Mon mariage ne peut-il être pour moi ? Une union dont *j'ai envie* ? Je tiens à faire cela pour vous, Sofia.

Elle se rendit brutalement compte qu'elle l'aurait désiré aussi, ardemment, pour son bonheur à elle… si la situation avait été différente. Si elle avait été quelqu'un d'autre. Si elle n'avait pas craint de perdre à nouveau sa liberté, si elle n'avait pas été terrifiée à l'idée de ce que Giancarlo ferait à Conall, à sa famille, alors peut-être aurait-elle accepté.

— Je vous l'ai déjà dit : je ne veux pas me remarier.

— Je ne vous volerai pas votre liberté. M'en croyez-vous vraiment capable ?

— Non, c'est moi qui volerai la vôtre, contra Sofia. Vous n'imaginez pas ce que la société vous fera subir…

Elle avait passé trois longues années de solitude et d'ostracisme et se rappelait les paroles blessantes des débutantes, au bal, et la façon dont les invités, hommes ou femmes, l'avaient dévisagée.

— Ils pourraient bien oublier, répliqua Conall.

Il fit le tour de la table et posa un genou à terre devant elle.

— Ils oublient toujours ce qui les arrange. Personne

ne semble se rappeler à quel âge Helena a eu son premier enfant. Personne ne parle du fait que le père de la duchesse de Cowden était un joueur notoire qui a perdu son domaine aux tables. Dois-je continuer ? Il existe bien d'autres exemples. La haute société peut polir n'importe quel diamant, si elle le souhaite. Lorsque vous serez ma vicomtesse, ils vous respecteront. Vous aurez l'appui précieux d'Helena et des Cowden, et celui de ma mère, et je suis certain que vous saurez aussi très bien vous défendre. Une fois qu'ils apprendront à vous connaître, qu'ils auront entendu votre histoire, ils comprendront que vous n'aviez d'autre choix, qu'ils auraient sans doute fait comme vous… Ils oublieront.

Était-ce vraiment envisageable ? Rien de tout ceci ne pourrait survenir en une nuit, même Conall ne pouvait promettre une telle chose, mais… et s'il avait raison ? Une petite graine d'espoir germa dans son esprit, l'image d'un jardin de possibilités alimentée par les arguments dépeints par Conall.

— Imaginez ce que vous pourriez faire, ce que *nous* pourrions faire. Vous n'êtes pas la seule femme qui s'est retrouvée prise au piège d'une union désastreuse. Nous pourrions militer pour l'amendement des lois sur le mariage, pour davantage d'équité pour les femmes au sein de la vie conjugale. Il est grand temps que ces codes archaïques soient dépoussiérés. Vous êtes la femme qui pourrait mener cette bataille, et je serais à vos côtés à chaque pas.

Se rendait-il compte de la puissance de son argument ? Comme elle rêvait de créer un monde meilleur pour les femmes, les enfants… Ceux qui n'avaient aucune voix devant la loi ! Il lui suffisait de dire oui et elle serait à l'abri de Giancarlo, elle aurait une famille aimante, et une chance d'améliorer la vie de milliers de personnes. C'était trop beau pour être vrai…

Cette pensée l'interrompit brusquement. *Lorsque quelque chose a l'air trop beau pour être vrai, alors c'est sans doute le cas.* Où se trouvait la faille ?

Mais, alors qu'elle affrontait le regard de Conall, la pression rassurante et encourageante de ses mains, son visage brillant d'une impatience réjouie, elle ne put repérer le moindre piège.

— Pourquoi feriez-vous cela pour moi ? Quel profit en tirerez-vous ? lui demanda-t-elle. Un homme aussi bon que vous peut aspirer à une bien meilleure épouse qu'une divorcée, déchue et rejetée. Nul ne se lance à corps perdu dans le mariage.

— Je vous aurai, vous. Une femme qui me regarde et me voit tel que je suis, au lieu de contempler un titre et une fortune. Comment pourrais-je survivre à une saison à Londres, à faire le tri entre des débutantes éblouies par mon statut social, après avoir été apprécié pour tellement plus ?

Cet argument tira un sourire à Sofia.

— Au moins, vous ne prétendez pas m'aimer. Car alors, je saurais que vous mentez.

— L'amour pourrait venir… avec le temps.

La solennité de ses paroles fit courir un frisson ardent le long de son dos, son corps lui rappelant leurs moments d'intimité de l'après-midi, au bord de la rivière.

— Je ne vous propose pas un grand mariage d'amour, Sofia, mais une union qui commencerait dans le respect et l'espoir d'un « nous ». Nous aurons le foulon, les alpagas, une cause politique à défendre. Je pense que ce sont de bons points de départ. Avec de si belles fondations, nous pourrions bâtir un futur resplendissant, qui aurait du sens.

— Un mariage de convenance, en somme ? l'interrogea doucement Sofia.

Il la fixa sans ciller :

— Mais il y a bien plus que de la convenance, entre nous, n'est-ce pas ? Nous l'avons constaté aujourd'hui.

Il sourit avant de conclure :

— Nous avons tout ce qu'il faut pour construire quelque chose de durable, et de nombreuses raisons de nous réjouir.

— Vous auriez dû être avocat, s'exclama Sofia. Vous n'auriez jamais perdu une affaire !

Elle commençait à se trouver à court d'objections. Une seule demeurait :

— Vous n'aurez peut-être pas besoin de réaliser ce grand sacrifice. Giancarlo pourrait ne jamais me retrouver. C'est un pari très risqué que vous prenez.

— Peut-être ai-je envie vous épouser, même sans la menace de Giancarlo ?

— Et peut-être devriez-vous mesurer l'ampleur de la tâche avant de vous lancer ?

Elle réfléchissait à toute vitesse, cherchant une option qui pourrait le satisfaire tout en limitant les dégâts pour lui, une solution qui lui laisserait une porte de sortie le jour où il changerait d'avis et se mettrait à regretter son élan chevaleresque. Le jour où il comprendrait réellement ce qu'une alliance avec elle risquait de lui coûter.

Conall acquiesça. Peut-être sentait-il qu'il lui faudrait concéder quelque chose à son tour, qu'elle devrait conserver une part de contrôle. Son plan pouvait sembler envahissant à une femme habituée à prendre ses propres décisions et à ne faire confiance à personne.

— Que suggérez-vous ?

Il lui sourit, ravivant les pattes-d'oie aux coins de ses yeux. Sofia saisit son courage à deux mains. Elle n'avait jamais fait confiance à qui que ce soit autant qu'à Conall à cet instant précis :

— Des fiançailles. Si Giancarlo pose un véritable danger, nous pourrons nous marier. Mais s'il ne me retrouve pas, vous ne serez pas enchaîné à vie à une femme déchue.

Des fiançailles pouvaient se rompre. La société l'encouragerait à se débarrasser d'elle si quoi que ce soit de sordide survenait, et il pourrait toujours prétendre ne pas avoir été au courant. Les divorcées étaient aisément dispensables et les vicomtes séduisants aisément pardonnés.

Conall baissa le regard sur leurs mains jointes et les paroles qu'il prononça ensuite firent voler son cœur en éclats :

— Ma chère Sofia, je crois que vous venez de dire oui.

Elle faillit pleurer de joie en constatant à quel point cet homme la connaissait bien. Il comprenait de la manière la plus intrinsèque ce que ce compromis lui avait coûté. Après treize années de méfiance envers le sexe fort, c'était la réponse la plus proche d'un « oui » qu'elle était en capacité de lui donner. Elle avait fait confiance à Conall en lui dévoilant la honte de son divorce. S'ils se mariaient, ils auraient au moins l'assurance de commencer leur vie conjugale dans l'honnêteté. Il ne pourrait jamais l'accuser de lui avoir caché ses secrets.

Tu n'as pas été honnête avec elle.

Cette pensée empêchait Conall de dormir. Certes, il lui avait proposé un mariage de convenance pour assurer sa sécurité. Certes, il était prêt à sacrifier tout ce qu'il faudrait pour la protéger de son ancien époux. Tout cela était vrai. Mais il ne lui avait pas révélé sa situation financière. Elle ignorait que ses coffres étaient vides à l'exception de son investissement.

Cela n'aurait pas dû importer. Elle était censée lui accorder un prêt et partir. Ils devaient s'en tenir à une relation professionnelle. Sa conscience pouvait survivre à cette supercherie, à condition qu'elle se limite au cadre des affaires. Tant que le foulon et la tonte des alpagas étaient un succès et qu'il pouvait rembourser le prêt, l'état de son compte en banque n'avait aucun réel impact.

Mais leur relation n'avait plus rien de professionnel. En vérité, il n'avait pas considéré un seul instant la question du travail ou de l'argent lorsqu'il lui avait fait sa demande de manière hâtive et imprévue ce soir-là. Mais, si elle découvrait cette omission, elle risquait de se méprendre sur ses motivations. Il avait vu la façon dont elle l'avait regardé, avec cette lueur de confiance dans les yeux, si rare chez elle. Il savait à quel point cette foi était fugace et connaissait les efforts qu'elle s'était imposés pour la lui accorder.

Demain, il lui expliquerait tout. Dès qu'il aurait annoncé la situation à sa mère et qu'il se serait rendu au village pour arranger l'obtention d'une licence civile au bureau des registres, afin qu'ils soient prêts à la moindre éventualité. Demain serait une journée épineuse. Il lui faudrait apaiser des colères et lisser quelques plumes. Mais, au bout du compte, Sofia serait à l'abri. Et lui aussi. Cette union de convenance serait un rempart aussi bien pour Sofia, car elle la mettrait hors d'atteinte de son ignoble ex-mari, que pour lui, car elle le protégerait de l'amour et de ses illusions. Il ne risquerait plus de tomber dans le même piège que son père, qui s'était laissé aveugler par ses émotions, oubliant les dures réalités de la vie. Sa mère le prenait pour un idéaliste, mais elle avait tort. Il ne l'était plus désormais, il se montrerait pragmatique à tout point de vue. Il bâtirait son mariage sur la base du respect et d'intérêts communs. Il savait que ces facteurs offraient aussi la place à l'intimité, comme il l'avait découvert dans la journée, et aux sentiments... Tout ce qui touchait Sofia ne le laissait pas indifférent, mais pas au point d'obscurcir son jugement. Il n'en avait pas perdu son bon sens pour autant ! Il en avait terminé des illusions.

Giancarlo ne se faisait aucune illusion. Trouver Sofia serait une tâche ardue. Même si elle résidait encore à Londres, la capitale était une véritable marée humaine pendant la saison. Il jeta un œil dédaigneux à la pile de journaux posée sur le bureau de sa suite du Coburg. Il en était réduit à cela : lire les pages des ragots dans la presse à scandale, à la recherche de la moindre once d'information sur sa dévoyée de femme ! C'était lamentable ! Il était bien plus intelligent que cela.

Giancarlo s'assit à son bureau et adressa un signe à son secrétaire :

— Faites monter mon petit déjeuner, ensuite nous commencerons.

Elle était le genre de femelle qui ne pouvait passer inaperçue bien longtemps. Si elle s'était montrée en public, la société se souviendrait d'elle...

Il avait raison. Quelques tasses de café plus tard, il bondit de sa chaise en exultant :

— Elle y était ! Cette sale petite hypocrite a assisté à un mariage !

Il relisait en boucle les trois lignes de description. Si peu de mots et pourtant si parlants. Elle ne s'était pas simplement rendue à un mariage, mais un homme s'était assis à côté d'elle, après avoir remonté délibérément l'allée pour la rejoindre.

— Apportez-moi le *Debrett's Peerage*. Je veux savoir qui est ce vicomte de Taunton. Ensuite, arrangez-vous pour m'obtenir une invitation au bal des Hammersmith demain soir. Toutes les personnes à connaître s'y trouveront.

Avec un peu de chance, Taunton aussi. Si ce bâtard de Britannique avait eu l'audace de toucher sa femme, il lui couperait les bourses !

Valser au bal des Hammersmith ne lui avait rien appris, mais les tables de cartes s'étaient révélées bien plus instructives. Giancarlo servit un autre verre du délicieux brandy proposé par leur hôte dans le godet de son nouveau meilleur ami, un vicomte blond répondant au nom de Hargreaves, qui possédait des vêtements bien coupés mais pas une once de bon sens.

Le jeune homme était un livre ouvert, bavant à volonté sur le moindre bout de potin de la haute société de Londres, tandis qu'ils jouaient aux cartes sous un soleil timide. On pouvait aisément complimenter Hargreaves pour la finesse de ses tenues, mais l'homme n'avait aucune notion de la discrétion… ce qui convenait parfaitement à Giancarlo. Après deux semaines passées à Londres à suivre de fausses pistes, il avait finalement retrouvé sa trace.

— Je me demandais si vous connaissiez le vicomte de Taunton ? On m'a dit de le contacter lorsque j'arriverais en Angleterre.

Giancarlo menait avec brio la barque de la conversation vers le seul sujet qui l'intéressait réellement. Hargreaves lui offrit un large sourire et acquiesça :

— Je le connais bien, nous nous fréquentons lorsqu'il

vient à la capitale. Nous sommes membres des mêmes clubs. Je l'ai croisé à un mariage il y a à peine quelques semaines.

C'était plus de chance qu'il n'en avait eue de toute la nuit. Il avait rapidement compris, en se forçant à valser en début de soirée avec une veuve volubile, que Taunton ne viendrait pas au bal, à leur grande déception à tous deux, visiblement. À présent, il avait trouvé une personne qui non seulement connaissait Taunton, mais le fréquentait également.

— Est-il en ville actuellement ? demanda-t-il en tentant d'adopter un ton désinvolte. J'aimerais beaucoup le voir pendant mon séjour.

Hargreaves fronça les sourcils :

— J'aurais bien voulu. On ne se rencontre que pendant la saison. Nos domaines sont situés de part et d'autre du pays. Dieu sait qu'il aurait dû être ici ! Cet homme a besoin de se trouver une femme ! Il a hérité l'an dernier et, maintenant que la période de deuil est terminée, il va devoir se mettre au travail et remplir sa nursery !

Il adressa un clin d'œil à Giancarlo avant d'ajouter :

— Nous avons une superbe récolte cette année, si vous voyez ce que je veux dire. Si je devais me marier rapidement, je profiterais de ce bon cru ! Quatre héritières, vingt filles avec des titres respectables et encore une quinzaine avec de belles dots, et c'est sans compter…

— Oui, j'ai remarqué, un excellent cru, le coupa aussitôt Giancarlo, ne souhaitant pas laisser sa proie dévier de sa route. J'en déduis qu'il est toujours chez lui ?

— C'est fort probable. Il préfère la campagne, même si j'ai du mal à comprendre pourquoi.

Hargreaves gloussa :

— Je ne l'ai pas vu depuis le mariage de Tresham, le second fils du duc de Cowden, vous connaissez ?

Non, et il s'en moquait comme de sa première chemise. S'il n'était pas prudent, il serait contraint d'écouter les détails d'une cérémonie à laquelle il ne s'intéressait que parce que c'était le dernier endroit où l'on avait vu *sa* femme, assise près du vicomte de Taunton.

— Où avez-vous dit que se trouvait son domaine ?

— Dans le Somerset, répondit Hargreaves avec un geste de la main dédaigneux pour signifier qu'il considérait ce comté comme un trou perdu. Juste à l'extérieur de Taunton. Everard Hall. C'est le siège familial. Il adore son parc, il y pêche beaucoup. Il parlait d'une espèce de projet farfelu lorsqu'il est venu en ville la dernière fois ; une histoire d'investissement dans l'élevage d'alpagas.

— Des alpagas ? Vraiment ? Hum…

Giancarlo se demanda quelles étaient les chances pour que sa femme ait filé à l'anglaise avec le vicomte. Au premier abord, cela semblait peu probable. Un noble en recherche d'une conjointe n'aurait aucun intérêt à s'enticher d'une divorcée. Toutefois, son épouse était très belle, et le torchon qu'il avait lu indiquait que le vicomte paraissait épris, suffisamment pour quitter sa place et la rejoindre au dernier rang de l'église.

Giancarlo réfléchit à la chronologie des événements. Sa femme avait certainement reçu sa lettre, alors, et avait sans doute constaté l'effraction également. Le cas échéant, elle avait dû céder à la panique. Peut-être qu'en désespoir de cause elle avait persuadé le vicomte de l'emmener.

Hargreaves semblait sur le point de se lancer dans une nouvelle histoire dont Giancarlo se moquait bien. Le *marchese* termina son verre d'un trait et se leva en regardant sa montre.

— Si vous voulez bien m'excuser, je dois aller retrouver quelqu'un. Merci pour cette agréable conversation.

Hargreaves paraissait déçu de perdre un si bon auditoire, mais Giancarlo avait réellement un rendez-vous… une séduisante veuve qui l'attendait dans la bibliothèque et n'était pas contre un petit jeu de bâillon. Il lui fallait également prendre une décision. Devait-il voyager en personne dans le Somerset pour chercher Sofia et risquer de la manquer si elle ne s'y trouvait pas, ou devait-il rester, garder l'entrée de son repaire, et envoyer Andelmo, son fidèle garde du corps, reconnaître le terrain ? La deuxième option était sans doute la meilleure. Si elle séjournait réellement avec le vicomte, elle bénéficierait d'une certaine protection. Voilà qui finit de le convaincre : il dépêcherait Andelmo. Il n'avait qu'à jeter un œil aux départs des trains ; avec un peu de chance, son domestique arriverait à Taunton le lendemain.

Chapitre 16

Les sorties au village étaient toujours source d'une certaine euphorie. C'était jour de marché, le climat était doux, et Conall menait tranquillement le cabriolet, une légère bise lui caressant le visage, une belle femme assise à ses côtés. Il fit halte au relais de poste de Taunton et aida Sofia à descendre. Elle était ravissante aujourd'hui, dans son ensemble de marche blanc et chamois assorti à son bonnet de paille bordé d'un ruban de primevères. Un grand panier suspendu à son bras, elle avait « l'intention de profiter pleinement de cette sortie » le prévint-elle avec un sourire rayonnant.

— J'aimerais trouver quelques crayons et fournitures de dessin. Votre mère et Cecilia ont mentionné qu'elles souhaitaient enseigner l'art aux enfants de vos métayers cet été. Je voudrais les aider. Mes bonnes œuvres de Londres me manquent.

Elle lui coula une œillade sous le bord de son bonnet, lui offrit un sourire sincère, ses pupilles scintillantes de joie, et Conall sentit une douce chaleur s'épanouir dans sa poitrine. C'était à cela que ressemblait la bonté pure : une femme qui avait surmonté de terribles épreuves et luttait pour offrir un meilleur avenir aux autres.

— Je connais une boutique qui vend ce que vous

cherchez, répondit Conall en l'entraînant sur Canon Street en direction du marché.

Il la guida au milieu des nombreuses échoppes, devant des tables recouvertes d'un arc-en-ciel de légumes, à côté d'un étal où s'entassaient des miches de pain à l'odeur divine, d'un autre qui proposait des articles confectionnés avec de la laine de Taunton, puis d'un présentoir chargé de rubans, de jouets en bois et de rouleaux de tissu.

Aujourd'hui, Taunton affichait toute la diversité et l'importance de son noyau commercial grâce à son marché, pensa Conall, et cela lui gonflait le cœur de fierté. Bientôt, sa propre contribution rejoindrait la richesse des produits vendus ici. Peut-être pas sur un comptoir, car il leur faudrait sans doute un moyen de distribution à plus grande échelle, mais grâce à lui les gens auraient davantage de pièces dans leurs bourses à dépenser dans les échoppes. Il avait déjà recruté de nouveaux employés à la ferme des alpagas et des domestiques supplémentaires à Everard Hall. Sa mère aurait enfin suffisamment de personnel pour tenir la maison et le domaine convenablement ; et il y aurait bientôt d'autres postes à pourvoir avec la mise en marche du foulon et la croissance de leur projet. Il leur faudrait des fouleurs, des tondeurs, des gens chargés des cargaisons et du transport, des vendeurs, des comptables... La liste était sans fin.

Sofia tira doucement sur son bras pour l'encourager à s'arrêter devant un étal de rubans. Elle déroula deux longueurs de soie, l'une d'un vert céladon et l'autre bleue comme le ciel, qui faisait ressortir ses yeux.

— Lequel préférez-vous ?

Elle était parfaitement enchanteresse, brandissant ainsi ses faveurs, un sourire jusqu'aux oreilles. Il se demanda soudain quand elle avait été aussi heureuse pour la dernière fois ? Était-elle comblée à présent ?

— Ils sont superbes, prenez les deux.

Il lui offrirait des milliers de ganses pour la voir si rayonnante. Sa réponse sortit de sa gorge comme étranglée, car Conall réalisa à cet instant, avec la force d'un coup de poing dans le ventre, qu'il voulait être responsable de son bonheur. Il tenait à ce que le bien-être de Sofia soit authentique, et non contraint ou feint dans le seul but de se forger une carapace contre le monde extérieur. Il souhaitait la libérer pour de bon de la menace de Giancarlo Bianchi.

— Vous avez la tête dans les nuages, plaisanta Sofia dans un murmure qu'elle accompagna d'un petit coup de coude amical, tandis qu'ils reprenaient leur promenade.

— Je suis heureux, c'est tout… et je réfléchissais, admit Conall. Et vous, êtes-vous heureuse ?

Elle adopta une moue pensive, comme si la question valait d'être considérée avec soin et, au vu de son passé tumultueux, c'était sans doute le cas.

— Je crois que oui ! Pour la première fois depuis très, très longtemps.

— Dans ce cas, nous devrions fêter cela.

Conall s'arrêta devant l'échoppe d'une vendeuse de pâtisseries :

— Il nous faut absolument des petits pains de Bath. J'en raffole.

Il se tourna vers la commerçante avec un sourire :

— Donnez-nous-en deux à manger tout de suite et une douzaine à emporter.

— Vous avez le bec sucré, le taquina Sofia.

— Ce n'est pas pour moi ; les miens seraient terriblement déçus si je rentrais à la maison sans leur en rapporter !

Conall plaça les petits pains emballés dans le panier de Sofia et lui en tendit un.

— Je vais porter ça.

Il prit la corbeille à son bras, laissa sa partenaire glisser sa main au creux de l'autre et savoura l'instant avec délice. C'était à cela que sa vie maritale pourrait ressembler : à une agréable journée au marché avec son épouse et quelques douceurs achetées en chemin.

— En automne, il y a beaucoup de pommes, lui expliqua-t-il. Taunton est célèbre pour son cidre. Nous cultivons d'ailleurs une pomme bien spéciale pour la fermentation du cidre, la Black Taunton. On en tire une boisson délicieuse. La demi-saison est particulièrement somptueuse dans la région. Les feuilles prennent des couleurs éclatantes, les fermiers organisent de grandes récoltes dans les vergers et des fêtes où l'on presse le cidre. C'est très gai !

Il aurait dû avoir honte de la tenter ainsi avec un tableau si parfait de la vie de campagne ! Il espérait qu'elle serait toujours là en septembre, qu'elle accepterait de l'épouser même si sa sécurité n'était plus en péril. Elle rit et lécha le sucre sur ses lèvres. Le geste n'avait pas pour objet de le séduire, pourtant une flèche poignante de désir le transperça de part en part.

— Vous avez une vie si charmante, Conall Everard. Une belle maison, une famille adorable et même le toucher de Midas. Tout ce que vous entreprenez est une réussite.

Charmante ? La culpabilité lui serra le cœur, un rappel que son unique succès, jusqu'à présent, était d'avoir trompé une femme innocente. Il avait si bien manœuvré qu'elle avait cru tout ce qu'elle avait vu. Mais tout n'était qu'illusion… À l'exception de sa famille, qui était véritablement formidable. La qualité de leur demeure, en revanche, n'était que poudre aux yeux. Si Sofia s'était rendue à l'étage, elle aurait constaté qu'Everard Hall possédait sa part d'ombre, avec ses chambres aux rideaux usés et aux tapis d'un autre âge. Quant au succès du projet, il n'avait évité que de justesse de terminer dans un mur, et le risque demeurerait tant que les premiers produits en laine d'alpaga ne seraient pas mis en vente.

Ils étaient sortis de la foule à présent et s'en éloignaient tranquillement en dévorant leurs petits pains sous les rayons chatoyants du soleil.

— Puis-je vous avouer quelque chose ?

Il devait au moins essayer de dissiper une partie de la supercherie. Sans quoi, elle finirait par l'idéaliser.

— C'est la première fois, depuis la mort de mon père, que j'ai le sentiment de m'apparenter à Midas.

Il termina sa pâtisserie, tentant de trouver ses mots.

— Le statut d'héritier est… perturbant. Je crois que la plupart des gens ne se rendent pas compte à quel point c'est morbide. Nous passons toute notre vie à nous entraîner à remplacer notre père… En fait, nous pensons à sa mort dès notre plus jeune âge. Certains en viennent même à l'espérer, car il nous est impossible de réellement briller tant que nous n'avons pas repris le flambeau.

Il haussa les épaules, comme pour chasser l'émotion qui s'emparait de lui. Il n'avait jamais partagé ses craintes à voix haute, de peur qu'on ne le prenne pour un fou.

— Entre nous, je pense que les fils cadets s'en tirent à meilleur compte. Ils sont libres d'explorer, de développer leurs intérêts d'une façon qui est proscrite pour un héritier. Nos vies ne sont qu'un long jeu de patience malsaine. Ce n'est pas ce que je souhaiterais à mes enfants. Je ne voulais pas que mon père décède, j'aurais préféré attendre des années avant d'hériter si cela signifiait le garder parmi nous.

— Vous l'aimiez. Il a dû être un très bon père, murmura tendrement Sofia.

— Oui, il l'était, répondit lentement Conall.

Il prenait enfin conscience de cette vérité. Le chagrin et le sentiment de trahison qu'avait éveillés la mort de son père avaient obscurci ce simple fait. Conall avait passé la majeure partie de cette année à ressasser sa colère contre son père pour les avoir abandonnés, pour leur avoir menti sur l'état désastreux de leurs finances. Qu'avait-il dit à sa mère la nuit dernière ? Qu'une personne ne se résumait pas à la somme de ses échecs ? Pourtant, c'était précisément ce qu'il avait fait. Il avait laissé l'un des fiascos de son père voiler tout ce qu'il avait fait de bon dans sa vie. Son père l'avait aimé, chéri, il avait joué avec lui, avait participé à son éducation, l'avait emmené pêcher, lui avait enseigné à vivre en extérieur. Sofia, elle, avait eu le pire des géniteurs, un homme qui l'avait vendue en mariage à un dépravé pernicieux pour masquer ses propres échecs.

— Je suis désolé, dit-il simplement.

Elle comprendrait ce que ces trois mots signifiaient et tout ce qu'ils impliquaient. Il s'excusait de gâcher la joie de cette belle journée ensoleillée, qu'elle n'ait pas eu l'opportunité de rencontrer son père, qu'elle n'en ait pas eu un meilleur…

Conall sourit et tenta de restaurer la légèreté de leurs conversations précédentes :

— Nous y voilà. Le bureau de l'officier d'état civil. C'est ici que l'on peut demander une licence officielle. Souhaitez-vous m'accompagner ?

En règle générale, seule la présence du futur époux était requise pour l'allégation. Elle s'arrêta, une lueur de méfiance dans le regard. Il pouvait sentir sa réticence refaire surface, former une barrière autour d'elle.

— Ce n'est qu'une précaution, lui rappela Conall. Nous devons être prêts.

Dieu merci, la dernière loi sur le mariage les autorisait à s'unir légalement sans passer par l'Église. Il ne serait pas contraint d'aller jusqu'à Londres pour obtenir une licence spéciale, puis d'attendre trois semaines que les bans soient publiés.

— J'aimerais mieux jeter un œil aux alentours. Je peux me rendre à la papeterie pour acheter les fournitures de dessin.

Conall plaça une main rassurante sur son bras.

— Ce n'est qu'une licence. Rien ne nous oblige à l'utiliser.

Pourtant, l'idée d'abandonner leurs projets de mariage lui déplaisait, lui infligeait une terrible sensation de vide dans la poitrine. À cet instant, la vérité le heurta de plein fouet : il s'était laissé prendre à son propre piège, en dépit de toutes ses tentatives de se convaincre du contraire, de sa certitude d'avoir gardé le contrôle sur leur relation. Il se moquait bien qu'elle soit La Marchesa di Cremona, une femme divorcée, coincée pendant dix ans dans une union sordide avec un étranger, qui avait giflé Wenderly pour son offre insultante. À moins qu'il ne puisse réécrire les règles de la société, il n'existerait jamais d'époque où Sofia Northcott deviendrait un choix raisonnable pour un homme comme lui. Pourtant, il ne pouvait se défaire de l'idée qu'il n'y avait personne au monde de mieux assorti à son caractère.

Elle carra les épaules :

— Je vous retrouverai après. Nous pouvons nous donner rendez-vous à l'extérieur de l'auberge du Cheval noir.

Sofia déambula parmi les stands, se dirigeant lentement vers la boutique de papeterie de la rue Saint-James. Son esprit se repassait la journée en boucle : chaque conversation, chaque contact, chaque sourire était une perle sur le fil de son existence qui venait masquer la tristesse des dernières années. Elle n'avait jamais connu tant de joies simples, à baguenauder sur le marché au bras d'un homme généreux, dont l'unique souhait était de la rendre heureuse, et qui s'enquérait réellement de son bonheur. Et il s'était ouvert à elle aujourd'hui, en lui parlant de son père et de ses sentiments. Avait-elle jamais été si proche de quelqu'un ?

Oh ! Elle devait se montrer prudente ! Si elle continuait ainsi, elle finirait par tomber irrémédiablement amoureuse de lui et de leur idée d'un faux mariage. Elle avait oublié toutes les bonnes raisons pour lesquelles elle ne pouvait permettre que ce projet se réalise. Elle pouvait prétendre se fiancer, ou encore le laisser obtenir une licence. Mais elle priait pour ne pas être contrainte de l'utiliser. Elle ne pourrait que le décevoir, malgré toutes ses assurances du contraire, même si elle souhaitait de tout son cœur croire à ses arguments.

Perdue en conjectures, elle ne prenait pas garde à ce qui l'entourait, jusqu'à ce qu'elle sente soudain ses cheveux se dresser sur sa nuque. Elle s'immobilisa devant un étal qui proposait des jouets en bois, et prétexta admirer une jolie poupée sculptée. Quelqu'un l'observait. Discrètement, elle balaya les environs du regard pour calmer ses nerfs. Elle ne vit rien d'anormal : un homme accoudé sur un présentoir, une femme au panier chargé de victuailles, des badauds essayant de négocier un prix. Le décor et les bruits habituels d'un marché qui battait son plein. Elle tenta de se rassurer. Nul ne la connaissait, nul ne savait qui elle était. Elle n'était qu'une cliente ordinaire, anonyme au milieu de la foule. Toutefois, elle se dit qu'il était préférable de bouger.

Sofia s'empressa donc de quitter les rangées de

présentoirs et traversa la rue pour se réfugier dans la papeterie. La boutique était silencieuse, et elle s'attarda sur un assortiment de feuilles et de crayons. Mais son regard ne cessait de revenir vers la vitrine ; elle avait toujours la sensation d'être épiée, ce qui suggérait qu'elle était également suivie. Se pouvait-il que quelqu'un l'ait reconnue ? La liste des personnes susceptibles de l'espionner à distance était courte.

La poigne glaciale de la peur se referma sur son estomac alors même qu'elle tentait de raisonner son imagination débordante. Elle termina rapidement ses achats, tirant du réconfort de l'accomplissement d'actions parfaitement normales. Si elle s'inventait toute cette histoire, elle aurait l'air idiote et paranoïaque en prenant la fuite. Si, en revanche, son intuition était fondée, elle ne tenait pas à ce que son poursuivant sache qu'elle l'avait repéré. Elle rassembla ses affaires et se concentra sur son objectif : atteindre l'auberge du Cheval noir. Si elle parvenait à retrouver Conall, tout irait bien. Elle quitta la boutique, regarda à gauche, puis à droite et se mit en route d'un pas pressé. Seules deux rues la séparaient de sa destination. Elle y était presque. Respirant profondément, elle se répétait inlassablement son mantra : *tu n'as rien à craindre. Tu es en sécurité.* Elle aperçut l'enseigne de l'auberge. *Tout ira b…*

Un homme la bouscula violemment par-derrière. Elle perdit l'équilibre et tomba sans douceur sur le sol. Ses genoux et ses mains absorbèrent le plus gros du choc, mais la chute lui coupa le souffle. Le contenu de son panier s'éparpilla sur les pavés. Instinctivement, elle tendit le bras vers les crayons pour les enfants, ses poumons réclamant de l'air. Une épaisse botte masculine écrasa les petits bâtons, les réduisant en miettes à quelques pouces de ses doigts. Puis l'inconnu la saisit par les cheveux et lui tira la tête en arrière pour la forcer à affronter son regard. Elle se figea de terreur lorsqu'elle le reconnut. Son corps refusa de se coordonner pour lui obéir, incapable de retrouver son souffle pour hurler, de rassembler suffisamment de force pour lutter tandis que son agresseur la traînait dans une ruelle, loin des yeux indiscrets… loin de tous ceux qui auraient pu la secourir.

— Mes excuses, *marchesa*.

L'homme la déshabillait du regard, son visage sale à quelques pouces du sien, et son haleine puant l'ail émergeait d'un rictus tordu auquel il manquait plusieurs dents. Elle tremblait sous le choc, adossée au mur de briques qui la maintenait debout. Il ne fallait pas qu'elle s'évanouisse. Sans quoi, tout serait perdu, il n'aurait plus qu'à l'emmener. Jamais elle n'aurait imaginé revoir un jour cet homme, ce geôlier engagé par son mari pour ne jamais la quitter des yeux. Un travail qu'il avait accompli à la perfection, tout en faisant de sa vie un enfer sur terre.

— Tu m'as manqué, ma jolie traînée. Il Marchese sera content de te savoir saine et sauve.

Il était si près qu'il l'écrasait presque contre la paroi.

— T'es pas fatiguée de ce petit jeu ? Je finis toujours par te retrouver.

Il la tira vigoureusement par les cheveux, lui arrachant un gémissement de douleur.

— Mais peut-être que t'aimes ça, au fond. Peut-être que t'aimes ce qu'on te fait chaque fois qu'on te retrouve, hum, ma petite traînée ? Il Marchese te réserve un accueil très spécial, cette fois. Il m'a dit de t'en donner un avant-goût quand je t'aurais retrouvée.

Une lame apparut dans sa main.

— Non, pitié. Pas les entailles.

Trop tard, elle avait oublié de ne pas supplier. Ses trois années de liberté l'avaient ramollie. Il poussa un terrible grognement de satisfaction, et elle se détourna pour ne pas voir ce qu'il allait lui infliger. Mais le coup de couteau ne vint jamais. À la place, elle entendit le bruit d'un poing qui rencontre la chair et le craquement d'un os. Elle ouvrit grand les yeux. Conall était debout entre elle et son agresseur, faisant rempart de son corps. Ce dernier tenait son nez à deux mains en grognant de douleur, un flot de sang coulant de ses doigts. Mais le vicomte n'en avait pas terminé. Ses poings volèrent à nouveau, un coup à l'estomac, un autre au visage, et il recommença jusqu'à ce que son adversaire s'écroule en lâchant son couteau. D'un dernier crochet à la mâchoire, Conall terrassa la brute, qui demeura inconsciente sur le pavé. Puis il se tourna brusquement vers elle, le souffle court, le corps vibrant de fureur, le visage déformé par la rage. Elle n'avait jamais vu un homme si férocement déterminé à la protéger.

— Sofia, que s'est-il passé ? Je vais prévenir les autorités.

Ses yeux l'examinaient sous tous les angles, à la recherche de blessures.

— Il a cassé les crayons pour les enfants, gémit-elle, encore sous le choc. Pas les autorités, s'il vous plaît.

Elle agrippa les bords de son veston pour l'obliger à l'écouter. Elle ne voulait pas donner d'explication, ne souhaitait pas empêtrer Conall dans un scandale après ce qu'il venait de faire pour elle. Seigneur Dieu, elle semblait n'être bonne qu'à ça ! Même lorsque les esclandres ne la suivaient pas, elle parvenait à en créer de nouveaux.

Conall prit doucement son visage entre ses mains, l'obligeant à se concentrer.

— Sofia, êtes-vous blessée ? Je l'ai aperçu alors qu'il vous traînait dans l'allée, je suis arrivé aussi vite que j'ai pu. Je me trouvais à l'autre bout de la rue… Dieu du ciel, quand je l'ai vu vous assommer, mettre ses sales pattes sur vous…

Elle secoua la tête :

— Je n'ai rien. Je vais bien, lui assura-t-elle, davantage désolée pour lui que pour elle, à présent.

Elle aurait tant souhaité ne pas le mêler à toute cette histoire. Jusqu'où serait-il allé si elle avait été blessée ? Son geôlier serait mort dans cette ruelle. Elle le savait avec une certitude douloureuse : Conall n'aurait pas hésité à le tuer. Il s'était dressé tel un combattant pour la protéger, mais elle ne pouvait pas le laisser s'embourber davantage dans ses problèmes. Elle refusait de risquer la vie de Conall. Giancarlo était quelque part, non loin. Son serviteur n'était qu'un avertissement, comme la destruction de sa maison avait été sa carte de visite. Son ex-mari gagnait du terrain et ne reculerait devant rien ni personne, pas même un vicomte à l'esprit chevaleresque. Si Conall se dressait entre elle et lui, l'Italien l'exécuterait de sang-froid.

Le jeune noble ne devait pas mourir pour elle. Sofia se mit à trembler comme une feuille, la gravité de l'attaque et de ses conséquences la submergeait peu à peu. Elle s'effondra dans les bras de Conall, cédant finalement au choc, le corps gelé, l'esprit embrumé. Giancarlo l'avait piégée de la façon la plus personnelle qui soit. Le filet se resserrait autour d'elle. Ces dernières minutes avaient tout changé.

Chapitre 17

Ils devaient se marier immédiatement. Cette pensée se répercutait en écho dans son esprit depuis l'attaque. Conall faisait les cent pas dans le boudoir de la maison douairière, comme pour évacuer toute l'agitation et la colère qu'il devait refouler. Il avait ramené Sofia chez elle et, en dépit de ses protestations, avait appelé des renforts pour la protéger. Elle n'allait pas bien du tout et n'était certainement pas en état de rester seule. Il savait d'expérience qu'en de telles circonstances il était important d'avoir sa famille autour de soi.

Sofia avait à peine prononcé un mot sur la route du retour, le regard perdu dans le vide. Il l'avait laissée tranquille, jugeant préférable de ne pas la presser pour obtenir des détails sur ce qui lui était arrivé. Cela pouvait attendre. Il regrettait déjà sa décision de ne pas prévenir les autorités. Mais Sofia avait insisté ; elle ne voulait pas attirer l'attention. Dans son empressement à la mettre en sécurité, il l'avait laissée avoir le dernier mot sur le sujet. À présent, Sofia était assise dans un fauteuil devant la fenêtre, revêtue d'une robe propre, les cheveux lâchés. Cecilia était auprès d'elle, sa mère occupait la chaise d'en face et Freddie était accoudé au manteau de la cheminée.

Conall saisit la carafe sur le buffet et se servit un verre. Il avait toujours les nerfs en pelote. Sofia s'était fait agresser. Cette image était marquée dans son esprit au fer rouge. Il se repassait l'incident dans sa tête au ralenti, encore et encore. Il s'était mis à courir dès l'instant où il l'avait vue tomber et s'était préparé à se battre lorsque l'homme avait empoigné sa chevelure pour la traîner dans la ruelle, écartant l'hypothèse de l'accident. C'était une attaque ciblée. Ce qui menait Conall à une conclusion troublante : ce sinistre individu la connaissait, l'avait suivie, avait attendu le bon moment pour frapper.

— Qui était cet homme, Sofia ?

Il avait l'allure d'une brute des rues, le genre de type que l'on embauchait pour réclamer une dette de jeu, très loin de l'image qu'il se faisait du serviteur d'un marquis italien. Conall fit tourner son verre entre ses doigts, se blâmant de façon ininterrompue pour ce qui était arrivé. Il n'aurait jamais dû la laisser seule.

— Un homme à la solde de mon mari.

Elle serrait les poings sur ses genoux, ses jointures blanches sous la pression, preuve du choc et de la peur qui l'habitaient toujours.

— Donc vous le connaissiez ? l'interrogea Conall avec douceur.

Elle baissa les yeux sur ses mains.

— Oui, je le connais. Il fait partie du personnel d'Il Marchese. Lorsque je me suis mariée…

Elle hésita à continuer, son regard volant d'un membre à l'autre de la famille de Conall.

— Nous sommes au courant, Conall nous a tout dit, dit Cecilia en lui prenant la main dans un tendre geste de solidarité féminine. Vous n'avez que des amis et des gens qui vous aiment, ici, ajouta-t-elle en rougissant avec modestie. Bientôt, nous serons sœurs.

Conall n'aurait pu être plus fier de Cecilia qu'en cet instant. C'était exactement le genre de soutien dont Sofia avait besoin. Cette dernière sourit à la jeune fille avant de reprendre d'un ton grave :

— Il s'appelle Andelmo. Il était mon garde du corps, du moins c'est ainsi que mon mari le considérait. Je n'allais nulle part sans qu'il soit présent.

Un geôlier, donc. Conall comprit le sous-entendu que Sofia ne pouvait se résoudre à dire à haute voix, même devant sa famille. Elle se tourna vers lui, ses joues rouges jurant sur sa peau blafarde, ses yeux le suppliant de ne pas en demander plus. Les épreuves de son passé la rattrapaient. Il eut l'impression d'être un scélérat, de l'obliger ainsi de se remémorer des instants qu'elle aurait préféré enterrer à jamais.

— Il Marchese est donc ici, conclut-il.

Cette phrase portait plus de danger, plus de poids encore que la lettre d'Helena, un jour plus tôt. Il Marchese n'était pas seulement ici, en Angleterre ou même à Londres. Il était ici, dans le Somerset, du moins cela ne saurait tarder. Andelmo n'était qu'un prélude. Il échangea un regard avec Sofia. Ils avaient eu de la chance aujourd'hui, l'homme de main avait tenté de l'enlever, mais ils avaient échappé au pire et, désormais, ils étaient prévenus. Andelmo avait abattu les cartes de son maître.

— Je peux rassembler mes affaires et partir dès demain matin, dit brusquement Sofia avec une détermination féroce. S'il décide de venir, il ne pourra pas arriver avant demain après-midi. La Marchesa di Cremona peut disparaître.

— Oh oui, et le plus tôt sera le mieux, grogna Conall, se moquant bien que sa famille les entende.

Malgré la promesse de Sofia de ne plus rien essayer, il s'était attendu à cette dernière tentative malavisée de les épargner, lui et ses proches.

— Mais pas à bord d'un train. Demain matin, La

Marchesa deviendra Lady Taunton. Seul un mariage peut vous protéger désormais.

Il se tourna vers Freddie :

— Peut-être pourrez-vous persuader le vicaire de venir après le souper. Il pourra officier dans le grand salon.

Sa mère bondit sur ses pieds :

— Conall Charles Everard. Il n'en est pas question !

Pendant un long moment, l'intensité de son regard le figea sur place. Il n'avait vraiment pas besoin d'un autre combat à mener. Mais elle se radoucit :

— Aucune de mes belles-filles ne convolera de façon aussi grossièrement expédiée. Laissez-nous au moins la soirée pour préparer un tant soit peu l'événement. Cecilia peut se charger des fleurs et moi lui trouver une robe. Le chef aura besoin d'un peu de temps pour confectionner un gâteau et Freddie devra distribuer les invitations à cheval.

— Il est inutile de vous donner tout ce mal, madame, intervint Sofia, mais Lady Everard l'avait elle aussi sous contrôle.

— Peut-être, mais vous le méritez.

— Mère, vraiment, ce n'est pas nécessaire.

Mais l'argument de Conall fit autant de chemin que celui de Sofia ! Sa mère plaça une main ferme sur son bras.

— Ça l'est. Vous êtes le vicomte de Taunton, désormais. Vos gens doivent se sentir inclus. Ce mariage est autant le leur que le vôtre.

Elle lui adressa un clin d'œil :

— Et je sais encore comment organiser une belle fête, même à la dernière minute.

La mère de Conall tint parole. Même le temps paraissait lui obéir, plaisanta Sofia lorsqu'un landau décapoté s'arrêta devant la maison douairière, à huit heures le lendemain matin sous des cieux immaculés. Cecilia descendit de voiture et lui fit signe de la main, aussitôt suivie par deux femmes de chambre, chacune chargée d'une pile de boîtes.

— Je vous apporte la robe ! s'exclama la jeune fille avec exubérance. Nous n'avons qu'une heure, il va falloir faire vite.

Une heure avant qu'elle ne soit de nouveau mariée. Son estomac n'était qu'une boule de nœuds ce matin-là, mais ils n'étaient pas tous douloureux. À sa grande surprise, l'idée d'épouser Conall ne la terrifiait ni ne l'angoissait autant qu'elle l'avait imaginé. Elle aurait pourtant dû redouter l'événement, n'était-ce pas pour cette raison qu'elle avait juré de ne jamais se remarier ? Pour ne plus jamais laisser un homme décider à sa place ? Mais, hélas, reculer maintenant ne ferait qu'accorder à un autre genre d'homme un contrôle qu'elle ne voulait pas lui donner : le pouvoir de choisir où elle allait et comment elle vivait. Conall avait raison, si elle ne se battait pas aujourd'hui, elle devrait renoncer à jamais à sa liberté et à la vie dont elle rêvait. Une vie que Conall pouvait lui offrir.

À l'étage, Cecilia se transformait en une véritable avalanche d'ordres. Les femmes de chambre sortirent des jupons en soie laiteuse et les étalèrent sur le lit, puis déposèrent à son pied des pantoufles de satin. Elles extirpèrent de plusieurs couches de tissu de protection une robe à couper le souffle.

— Où avez-vous trouvé une telle merveille ?

Élégante et simple, elle était entièrement blanche, comme le voulait la mode inspirée de la reine Victoria. Le corsage en satin opalin épais s'étrécissait en un « V » allongé au niveau de la taille, le décolleté dégageait les épaules et de petites manches bouffantes s'enroulaient autour des bras avec une délicate bordure en dentelle.

— C'est la mienne, répondit négligemment Cecilia tandis qu'elle alignait des brosses sur la coiffeuse. Elle devait être la toilette de mon premier bal en société, l'année prochaine, mais j'ai pensé qu'elle vous serait bien plus utile. Je suis désolée que ce ne soit pas un véritable trousseau de mariée. J'imagine qu'elle est un peu simple pour une future vicomtesse. Nous y avons apporté quelques ajustements hier soir.

Sofia laissa ses doigts glisser sur la douceur du satin.

— Je ne peux accepter un si beau cadeau. C'est beaucoup trop, j'ai d'autres tenues qui pourront très bien faire l'affaire.

Elle n'allait tout de même pas forcer une si gentille débutante à se départir de sa première robe ! Sofia sentit sa gorge se serrer. Peut-être Cecilia pensait-elle qu'elle n'en aurait plus besoin, une fois son frère marié à une femme déchue.

— Ai-je ruiné toutes vos chances, Cecilia ? N'irez-vous pas à Londres au printemps prochain ?

— Oh ! ma chère, je n'étais pas en train d'insinuer...

Cecilia s'interrompit et s'assit à côté d'elle, prenant ses mains :

— Bien sûr que non, ma saison se déroulera comme il se doit. Avec un peu de chance, vous me rendrez peut-être juste assez intéressante pour que l'on me remarque.

Cecilia rit, mais Sofia tenait à en être sûre :

— Êtes-vous très contrariée que j'épouse votre frère ?

Elle en était venue à profondément aimer cette jeune fille passionnée pleine d'idéaux.

— Je ne veux pas que mon bonheur vous coûte le vôtre.

Cecilia secoua la tête :

— Sottises ! Nous nous inquiéterons de ma saison l'an prochain. Cette journée est la vôtre. Et puis, si la laine d'alpaga rapporte autant de bénéfices que l'espère Conall, il pourra m'acheter une nouvelle parure ! Pour l'instant, nous devons vous habiller.

Sofia avait déjà pris ses précautions pour l'occasion. Elle portait des sous-vêtements et un corset, elle était donc décemment couverte. Il ne lui restait plus que le jupon et la robe à enfiler. Son dernier secret demeurerait à l'abri quelque temps encore. Jusqu'à la nuit de noces… Une nuée de papillons lui chatouilla le bas-ventre à cette idée, tandis que la femme de chambre l'aidait à revêtir le jupon. Pas de crinoline, aujourd'hui. Puis vint la robe. Le satin glissa sur sa tête alors que son esprit vagabondait vers cette pensée séduisante : une nuit de noces avec Conall. Elle serait son épouse, à jamais protégée de Giancarlo. Elle aurait enfin une chance de vivre son rêve : faire de ce monde un endroit plus sûr pour ceux qui n'avaient aucun poids dans la société.

Lorsque quelque chose a l'air trop beau pour être vrai…

Non. Elle ne voulait pas penser à cela en cette si merveilleuse journée.

— Vous êtes sublime ! s'exclama Cecilia à côté d'elle, l'air visiblement ébahi. Conall va défaillir lorsqu'il vous verra.

Elle s'interrompit, le regard brillant, avant d'ajouter :

— Je crois que vous le rendez heureux, et cela faisait trop longtemps qu'il ne l'était plus. À mon avis, il aurait envie de vous épouser même sans cette histoire avec Il Marchese. J'aimerais tant que mon frère retrouve le bonheur. Il est différent depuis la mort de notre père…

Elle haussa les épaules comme pour chasser les mauvaises pensées.

— Mais vous ferez de lui quelqu'un de meilleur. J'en suis sûre.

Sofia espérait que Cecilia avait raison. Elles arrangèrent sa chevelure ensuite, la tressant en une jolie couronne avant de placer sur sa tête un long voile vaporeux et un diadème de fleurs d'été fraîches et parfumées. Lorsqu'elle capta son reflet dans le miroir, elle avait l'air d'une authentique future mariée, et non plus d'une simple jeune femme dans une jolie robe. L'ampleur de ce qu'elle s'apprêtait à accomplir fit enfin son chemin dans son esprit, guidée par les paroles de Cecilia. Il ne s'agissait pas que d'elle et de son ancienne vie. Il s'agissait de Conall et de la nouvelle vie qu'ils bâtiraient ensemble, mariage de convenance ou non. Cecilia sortit un collier de perles de son coffret à bijoux.

— Voilà qui devrait faire l'affaire. Quelque chose d'emprunté, c'est ma robe. Quelque chose de bleu, c'est le ruban de votre corsage… ou vos yeux, ajouta-t-elle en gloussant. Quelque chose de vieux, ce sont les perles, et quelque chose de neuf…

Elle fronça les sourcils.

— Les pantoufles ? suggéra Sofia. Même si elles sont empruntées, elles sont neuves.

Cette coutume innocente prenait un tout autre sens pour elle, tandis qu'elle s'observait une dernière fois dans le miroir. Aujourd'hui, elle troquait son ancienne existence pour une nouvelle. Elle n'aurait plus à s'appuyer sur les bonnes grâces des Tresham, aussi gentils fussent-ils.

— Prête ? lui demanda Cecilia lorsque la pendule du rez-de-chaussée sonna 10 heures.

— Oui.

Pour la toute première fois depuis que Conall avait suggéré cette histoire d'épousailles, elle était prête à l'accepter. Prête à devenir sa femme, pour le meilleur et pour le pire. Elle s'autorisa enfin à laisser éclater sa joie. Désormais, ceci serait le jour de son mariage. L'espace d'un instant, il n'exista pas de fiancée plus heureuse sur terre.

Il était plus prêt qu'il ne l'avait jamais été. Conall se tenait avec Freddie devant le manteau en chêne sculpté de la cheminée du grand salon. Il portait son plus bel habit du matin : une veste bleue de la meilleure qualité, une chemise blanche et un pantalon serré gris tourterelle. Chaque pouce de sa tenue avait été brossé jusqu'à la rendre étincelante. Son regard passa par-dessus la « foule » rassemblée dans ses habits du dimanche : le châtelain et sa femme, leur fils et sa famille, le médecin du village, quelques voisins comme les Withycombe et les Hardwicke, avec lesquels il avait grandi enfant. On était loin d'une cathédrale de Saint-Georges remplie à craquer, mais ces invités au moins étaient sincères.

Ils lui souhaitaient le meilleur, en dépit de l'aspect hâtif de son union, dont l'unique preuve était l'arrivée tardive des invitations la nuit précédente, toutes rédigées de la main de sa mère, tels des courriers ordinaires. Pour le reste, sa famille et le personnel de la maison s'étaient surpassés. Une façon pour les domestiques de le remercier d'avoir généré de l'emploi dans le domaine, lui avait glissé une femme de chambre ce matin-là, alors qu'il s'extasiait devant les décorations. De larges vases de fleurs fraîches, un napperon en dentelle fine que sa mère avait retrouvé dans le grenier, et de grandes chandelles blanches ornaient le manteau de la cheminée. Même la rambarde de l'escalier était parée d'une guirlande de fleurs d'été et de végétation, apportant une touche festive à la maisonnée.

Sa mère avait eu raison d'insister pour ces préparatifs. Il tenait à ce que cette journée soit parfaite pour sa famille, ses proches et pour Sofia, afin de lui permettre de reléguer les souvenirs de son précédent mariage au second plan. C'était le début de leur vie ensemble, et il voulait que ces premiers pas soient aussi féeriques que possible pour elle, pour qu'elle ne regrette jamais sa décision de lui avoir confié son avenir et son bonheur.

À l'extérieur, le landau apparut, et Conall sentit son pouls accélérer. Elle était ici. Sofia. Sa fiancée. Tous les futurs mariés ressentaient-ils cela ? Il ne s'était pas attendu à un tel déferlement d'émotions. Il ne l'épousait pas par amour. Il la respectait. Il voulait l'aider. Il éprouvait une attirance physique envers elle, mais il s'était promis que toutes ces choses n'avaient rien à voir avec l'amour, même si d'autres les prenaient parfois pour des sentiments. Et pourtant… Il se trouvait bien là, en sueur, le cœur battant la chamade, les mains moites lorsque la femme du vicaire se mit à jouer l'hymne familier et intemporel au piano.

Sofia apparut sur le seuil du grand salon, et Conall sentit l'air lui manquer. À côté de lui, Freddie murmura avec un émerveillement adolescent :

— Vous êtes très chanceux, mon frère.

Chanceux était le mot adéquat. Sofia était éblouissante tandis qu'elle parcourait la courte distance qui la séparait de lui ; son jupon en satin se balançait délicatement au rythme gracieux de ses hanches, le voile diaphane ne parvenait pas à masquer sa beauté, et elle tenait un bouquet de fleurs d'été entre ses élégantes mains gantées.

Conall était impatient de retirer ces derniers pour glisser une alliance à son annulaire. Il releva le voile.

Les cheveux tressés de Sofia étincelèrent tel un soleil, dans ses iris scintillaient des larmes de joie et d'émotion.

— « Le jour dont tu nous éclaires, beau, rayonnant d'une grande splendeur », murmura-t-il avec un sourire, reprenant un vieux cantique. « Loué sois-tu pour les étoiles que tu as formées dans le ciel, claires, précieuses et belles. »

— Vos yeux gris ont toujours été mon roc au cœur de la tempête.

Après cela, Conall ne garda que peu de réminiscences de l'office. Sans doute fut-il beau et émouvant, mais son attention tout entière fut accaparée par Sofia, par les promesses et les vœux qu'ils échangèrent, par le léger tremblement de ses mains lorsqu'il lui passa la bague au doigt. Il se souvint des mots qui les déclarèrent mari et femme, et la douceur du baiser qui suivit l'accompagnerait jusqu'à ses derniers jours. Leur premier baiser ensemble. Un baiser empli d'espoir qui scella leur destin. À compter de cet instant, La Marchesa di Cremona cessa d'exister.

À l'extérieur, sur la pelouse bordant l'arrière de la maison, des chapiteaux blancs avaient été dressés, abritant des tables chargées de victuailles qui accueillirent les invités. Un petit orchestre de campagne jouait un quadrille écossais guilleret près d'une piste de danse de fortune, des divertissements étaient proposés : courses pour les enfants et concours pour les adultes. Les domestiques s'étaient levés à l'aube pour tout mettre en place et chacun avait contribué à la préparation des plats servis, du boucher jusqu'au pâtissier.

Main dans la main, Sofia et son époux flânèrent de table en table, saluant et discutant avec chacun de leurs invités avant de les remercier chaleureusement. Les efforts qu'ils avaient tous faits pour le soutenir lui réchauffaient le cœur plus efficacement que le meilleur des whiskys. Conall était touché, et souvent muet d'émotion.

— Merci d'avoir généré tant d'emplois sur le domaine, milord.

Il entendit cette phrase encore et encore lorsque les hommes lui serraient la main et que les femmes l'embrassaient. Les mots variaient mais le message restait le même :

— Nous ne serons pas obligés de partir, grâce à vous.

— J'avais peur de devoir aller habiter chez mon frère.

— Je peux faire vivre ma famille, maintenant.

— Ces gens vous aiment, commenta doucement Sofia lorsque leur circuit parmi les tables toucha à sa fin. J'imagine que les rumeurs sur la gaieté de cette fête vont se répandre comme une traînée de poudre à travers le pays, ajouta-t-elle sur le ton de la plaisanterie, mais Conall entendit la question qu'elle n'osait pas poser.

Ils n'avaient fait preuve d'aucune discrétion.

— J'y compte bien ! répondit-il en serrant sa main tendrement.

Il voulait qu'Il Marchese apprenne la nouvelle, qu'il sache que Sofia ne lui appartiendrait plus jamais, ni aux yeux de l'Église ni à ceux de la loi. Avec un peu de chance, ce nouveau rebondissement découragerait Giancarlo et le pousserait à rentrer chez lui sans voyager jusqu'au Somerset. Il sourit à sa femme.

— Mais cette fête n'a pas pour objectif de chasser le passé. Nous l'avons organisée pour vous, pour ma famille et pour les habitants de ce comté.

Sofia lui caressa le visage du bout des doigts.

— Est-elle aussi pour vous ?

Il s'empara de sa main et embrassa sa paume.

— Cette nuit sera pour moi, répondit-il dans un murmure taquin. Pour nous.

Il lui avait donné tout ce qu'il possédait : son nom, son corps et tous ses biens matériels. Elle avait ses propres limites. Sans doute comprendrait-elle que lui aussi…

Chapitre 18

Cette nuit, il n'y aurait plus aucune limite. Sofia frissonna en prenant conscience de ce fait inexorable, tandis que son mari l'entraînait dans l'escalier enguirlandé de fleurs en direction de la chambre du lord. Son « mari », quelque chose qu'elle avait cru ne plus jamais posséder, et encore moins désirer. Mais elle le désirait, lui. Cela, elle le savait déjà. Son corps et son cœur tout entiers le désiraient, cet homme courageux prêt à affronter la censure de la société et la fureur d'Il Marchese pour elle, pour le fol espoir de bâtir une vie ensemble. Mais, ce soir, Sofia avait un dernier secret à partager avec Conall.

Ils avaient officiellement pris congé auprès de leurs invités rassemblés sur la pelouse du domaine et, pour la première fois de la journée, ils étaient enfin seuls. Mais, même dans la chambre du lord, on ne les avait pas oubliés. Des dizaines de bougies avaient été récemment allumées par une domestique discrète, qui avait également préparé le lit et répandu des pétales de rose sur les draps. Une bouteille de champagne fraîche avait été disposée sur la petite table près de la fenêtre, à côté d'un bol rempli des plus grosses fraises que Sofia ait jamais vues. Sans doute cueillies dans la journée, elles étaient rouges et bien mûres. Le doux parfum de cette soirée d'été embaumait l'air, porteur d'une certaine innocence. Tout était si différent de... Mais elle ne voulait pas penser à cette autre nuit de noces. Pourtant, comment ne pas les comparer ?

Conall se dirigea vers la table et fit sauter le bouchon du champagne avant de lui en servir une flûte :

— Un jour, les fantômes du passé n'auront plus d'emprise sur vous, Sofia. Mais, pour l'heure, il suffit que vous constatiez la différence entre avant et aujourd'hui, entre ce que vous étiez et ce que vous êtes devenue.

Il leva sa propre coupe pour porter un toast :

— À notre avenir, ma magnifique épouse.

Ils burent ensemble, Sofia laissa le champagne glacé rouler divinement à l'intérieur de sa gorge desséchée. Puis Conall reposa son verre et commença à se déshabiller lentement, comme il l'avait fait au bord de la rivière. Avec un air mutin et délibérément provocateur sur le visage, il avait l'assurance innée d'un homme bien dans sa peau. Nu à la lueur des chandelles, il dépassait toutes ses attentes.

— À votre tour, à présent. Souhaitez-vous que je vous aide ?

Il lui prit sa flûte presque vide. Elle hésita :

— Je ne suis pas aussi belle que vous, Conall.

Elle n'était pas encore prête à renoncer à l'illusion de cette journée idyllique ; celle d'un mariage parfait préparé avec tant de talent par sa famille, celle d'être devenue la femme que Conall Everard aurait choisie pour lui, même si les circonstances ne l'avaient pas exigé. Mais, à présent, il allait découvrir que son divorce n'était pas son seul défaut, que sa beauté n'était elle aussi que de la poudre aux yeux.

Conall entreprit de défaire les lacets de sa robe :

— Laissez-moi en être le juge, murmura-t-il doucement à son oreille tandis que ses mains, promptes et efficaces, libéraient les épaules de sa femme de leur refuge de satin. Je veux vous voir, Sofia, je veux voir chaque magnifique pouce de votre corps nu.

Bien sûr… Il ne pouvait pas savoir. Comment aurait-il pu deviner ce que dissimulaient ses vêtements ? L'exquise toilette tomba à ses pieds tel un nuage de satin ; son corset, sa chemise et son pantalon la rejoignirent à mesure que Conall la dépouillait de ses dernières défenses. La brise nocturne pénétra par la fenêtre et lécha sa peau nue, lui arrachant un frisson. Derrière elle, le corps de Conall était un délicieux contraste de chaleur masculine. Il fit courir ses mains le long de ses bras, sa voix n'était plus qu'un murmure rauque.

— N'ayez pas peur.

Il l'attira tendrement contre lui. Sofia sentit ses fesses entrer en contact avec son membre ardent et rigide de désir, son dos se fondre contre l'acier de son torse. Il l'enveloppa de ses bras, posa ses mains sur l'aplat de son ventre, remonta vers la générosité de sa poitrine dont il s'emplit les paumes, apprenant à la connaître par chacune de ses caresses, d'une façon bien plus intime qu'ils ne l'avaient fait au bord de la rivière. Elle ferma les yeux, savourant l'instant, consciente qu'il ne durerait pas, tout son corps tendu dans l'attente du moment inéluctable.

Elle sut lorsqu'il la découvrit. Les mains chaudes de Conall se figèrent. Il en traça le pourtour du bout des doigts.

— Dieu tout-puissant… Ce monstre vous a marquée au fer.

Sa voix se brisa. De révulsion ? De dégoût ? Sofia déglutit. Il ne voudrait plus d'elle désormais. Elle s'éloigna de lui, se tourna lentement pour lui faire face, pour affronter son regard.

— À présent, vous savez que je ne suis pas belle.

Même sa vénusté n'était qu'une illusion.

— Je ne suis qu'un joli minois, rien de plus.

Giancarlo s'en était assuré.

« Voilà qui devrait décourager quiconque de me cocufier. J'aurais dû faire ça il y a des années. »

Sofia ferma les yeux pour repousser ces terribles souvenirs… L'insoutenable agonie de la brûlure, l'odeur de chair carbonisée, *sa* chair, tandis que le R rouge s'enfonçait dans sa peau et qu'Andelmo la maintenait de force, malgré ses hurlements, ses supplications… C'était le genre de marque que l'on infligeait aux esclaves qui avaient tenté de fuir. Elle croisa les bras pour se couvrir et attendit que Conall la rejette.

— Non.

La voix du jeune noble était si ferme et assurée qu'elle ouvrit les yeux.

— Ne vous cachez pas. Vous n'avez pas à la dissimuler, pas à moi.

Il plongea son regard dans le sien. L'horreur qu'il avait exprimée était pour elle, et non une réaction à ce qu'elle était.

— Il Marchese vous a fait ça… parce que vous vous êtes enfuie ?

— Deux fois.

Sa voix semblait faible à ses propres oreilles.

— Deux fois ? Vous êtes si courageuse…

Conall traça à nouveau de l'index le R, et Sofia décela une nouvelle émotion dans ses yeux, loin de la révulsion qu'elle avait imaginé y trouver. Du respect, de l'admiration, teintés d'un profond chagrin. Une peine authentique, et non de la pitié.

— Quelqu'un aurait dû l'arrêter. Quelqu'un aurait dû vous protéger.

Il l'entraîna jusqu'au lit où ils s'allongèrent l'un contre l'autre, comme ils l'avaient fait au bord de la rivière. Elle tirait du réconfort de ce geste familier, consciente que Conall et elle possédaient déjà un rituel intime bien à eux. Sa main chaude sur sa hanche la caressa avec douceur, comme un encouragement.

— Racontez-moi. Parfois, le meilleur moyen d'exorciser ses démons est de les affronter.

Ici, dans leur cocon, à la lueur tamisée des chandelles, elle pouvait lui narrer son histoire, peut-être même en avait-elle besoin pour enfin se libérer de son emprise malsaine.

— Je n'avais personne vers qui me tourner. J'étais une étrangère. Je parlais à peine la langue. Et personne n'était prêt à risquer la colère d'Il Marchese pour aider une Anglaise. Aussi ai-je appris à ne compter que sur moi.

C'était une autre raison pour laquelle Giancarlo avait cherché à épouser une jeune Britannique. La barrière linguistique, les différences culturelles, son statut tout entier étaient une prison à eux seuls. Une cellule sans mur et sans verrou. Elle dépendait entièrement de lui.

Les yeux gris de Conall soutinrent son regard ;

— Et votre nuit de noces ? Fut-il cruel, même là ?

— Des cordes et un bâillon nous attendaient dans la chambre, confessa Sofia. Il avait jugé préférable d'initier sa jeune épouse vierge à ses goûts le plus tôt possible. Plus tard, il y eut d'autres « jeux ». La plupart se bornaient à des châtiments corporels, mais pas tous. J'ai fait l'erreur de croire que l'humiliation n'existait que sous forme physique. J'avais tort. Les tenues qu'il me faisait porter, les endroits où il m'emmenait, les choses qu'il me demandait de faire… J'ai découvert un tout autre genre de torture.

Sofia secoua la tête avant d'ajouter :

— Je ne veux pas me rappeler de lui ce soir. Je ne veux pas qu'il ait sa place ici.

— Ça n'arrivera jamais. Ici, dans cette chambre, dans ce lit avec moi… vous êtes en sécurité. Vous le serez toujours.

Il plaqua sa bouche sur la marque et déposa des baisers tendres sur tout le contour.

— Un R pour Rédemption, Sofia.

Les démons du passé exorcisés, l'amour put enfin assumer toute sa place. Conall l'enfourcha, enserrant son corps entre ses longues jambes musclées, et baissa la tête pour embrasser ses lèvres, sa gorge, ses seins et le délicat sillon qui menait à son nombril.

— M'autorisez-vous à prendre le contrôle cette nuit ? À vous montrer que vous pouvez connaître le plaisir même en vous laissant aller ?

Avec quelle aisance il avait deviné le secret qui avait alimenté son courage au bord de la rivière ! Il glissa le long de son corps, ses mains encadrant ses hanches, et embrassa son abdomen, puis la naissance de son bas-ventre, puis plus bas, jusqu'à trouver son jardin secret. Ses baisers laissèrent la place à de langoureuses caresses de sa langue, les soupirs de Sofia devinrent des gémissements de supplication. *Encore, encore… Plus…* Cédant à un délicieux abandon, elle se délectait de cet étrange mélange de familiarité et de nouveauté. Ils avaient déjà fait l'amour, mais ce soir n'avait pourtant rien à voir avec leurs précédents ébats. Ils étaient tous deux nus, entièrement exposés et vulnérables, et cette fois c'était lui qui la guidait. Elle acceptait volontiers d'être le réceptacle du plaisir, au lieu d'en être la décisionnaire, et cette perspective totalement inédite la ravissait et la bouleversait à la fois.

Conall remonta, se plaça au-dessus d'elle, ses yeux noirs d'un désir sans retenue, ses bras en auréole autour de sa tête tandis qu'il se positionnait entre ses cuisses déjà grandes ouvertes. D'une vive poussée, il plongea dans ses profondeurs intimes qui l'attendaient avec une impatience affamée. *Oh oui !* semblait crier son corps. C'était à cela que devaient ressembler les rapports charnels : à un amant énergique, passionné et minutieux, entièrement dévoué à leur plaisir mutuel.

Sofia suivit naturellement son rythme, levant les hanches à chacun de ses assauts pour mieux s'unir à lui, encore et encore, toujours plus profondément, jusqu'à ne plus faire qu'un. L'intense sensation de volupté qui enflait puis s'atténuait à chaque nouvelle rencontre, telle une exquise marée, les menait de plus en plus loin, de plus en plus haut. Mais, cette fois, elle ne serait pas seule, cette fois le plaisir les emporterait tous les deux. Elle pouvait le sentir dans la tension croissante qu'il tentait de contenir, dans ses inspirations chaotiques, la rigidité de sa mâchoire… L'orgasme était sur le point de les cueillir, ensemble. Et, lorsqu'il le fit, ils volèrent tous deux en éclats, leurs corps en sueur, leurs souffles courts, leur désir enfin repu… pour un temps.

Sofia flottait sur un océan de plénitude, savourait cet instant de pur bonheur dans une bulle d'extase où nulle peur, nul doute ne pouvait l'atteindre. Elle se nicha dans le creux de l'épaule de Conall, qui drapait sa hanche de son bras, somnolent. Elle aussi pouvait sentir le sommeil la gagner, l'emporter sur les ailes de rêves utopiques et merveilleux. Elle s'endormirait contre cet homme tous les soirs ; la passion était à sa portée, il lui suffisait de conquérir ses craintes pour la saisir. Avant de céder à la douce étreinte de Morphée, Sofia leva une main pour repousser une mèche folle du front de Conall. Elle sourit à son époux endormi et murmura les mots interdits : « Je vous aime… » Il lui avait fait un immense cadeau aujourd'hui, d'une manière qui dépassait de très loin le simple plan physique. Elle l'aimait ; autant qu'elle pouvait s'autoriser à aimer un homme.

Cette fallacieuse petite garce avait épousé le vicomte ! La rage embrasa Giancarlo tel un feu de forêt. Un homme moins futé que lui aurait attrapé l'express de 9 h 15 pour Taunton pour les châtier directement tous les deux, mais Giancarlo Bianchi aimait croire qu'il n'était pas *un elefante in un negozio di porcellane*, à charger l'adversaire sans la moindre finesse. Il n'y avait rien d'excitant à cela. Aucun tourment pour son ennemi. Giancarlo coupa son cigare avec une violente satisfaction et l'alluma sur le balcon de sa suite du Coburg. La castration émotionnelle, voilà ce qu'il leur infligerait. Il exhala une longue bouffée de fumée.

Cette semaine ne lui avait réservé que des mauvaises surprises. La première avait été son homme de main, Andelmo, qui était rentré avec un œil au beurre noir et plusieurs côtes fêlées, clamant qu'il avait tout juste eu la force de se traîner jusqu'au train pour regagner Londres. Le vicomte était donc sérieux à propos de Sofia. Suffisamment pour suivre un homme armé d'un couteau dans une ruelle sans autre renfort que ses poings. Suffisamment pour l'épouser, à en croire l'annonce qu'il venait de découvrir dans *The Times*. Taunton était visiblement bien décidé à la protéger. Mais si cet imbécile d'aristocrate s'imaginait qu'un bout de papier suffirait à l'arrêter, il se trompait lourdement. Aux yeux de la loi, la possession était cruciale. Il pouvait ramener Sofia de force au Piémont, alors il n'aurait plus qu'à laisser son roi catholique et le Pape décider de la légitimité d'une union civile sous la bannière protestante… Taunton n'avait sans doute pas pensé à cela !

Giancarlo souffla un nouveau nuage de fumée. Bien sûr que Sofia s'était mariée. Elle savait qu'il arrivait. La terreur la poussait aux actes les plus désespérés. Mais elle ignorait encore quand il viendrait. C'était ce genre de choses qui rendait la traque si excitante. L'attente ne ferait qu'attiser son plaisir, car chaque nouvelle journée sans nouvelle ne serait qu'un supplice de plus pour elle. Avait-elle conscience de n'être qu'un pion sur son échiquier, cerné et sans échappatoire ? Le mariage ne l'avait pas libérée, il n'avait fait que l'enchaîner davantage. Elle ne pouvait plus fuir. Le temps jouait contre elle désormais. Il savait où elle se trouvait, où l'attaquer pour la surprendre au moment où elle serait le plus vulnérable. Il frapperait dès qu'elle baisserait sa garde, dès qu'elle se penserait en sécurité dans le giron du vicomte. Il lui restait juste assez d'espoir pour croire à ce genre de conte de fées une dernière fois. Il lui faudrait affronter l'aristocrate, cependant. C'était la seule variable qu'il n'avait pas anticipée, mais il savait déjà comment l'éliminer de l'équation. Tout le monde avait un talon d'Achille et il connaissait celui de Taunton. Hargreaves lui en avait parlé : ses stupides alpagas. Voilà qui lui offrirait une excellente opportunité de l'approcher.

Il prendrait un malin plaisir à retourner son petit projet contre elle, puis à faire d'elle une veuve éplorée. Cela la briserait définitivement. Par ailleurs, cela le débarrasserait sans doute de toute la paperasse liée à son maudit mariage. Et s'il abattait son nouvel « époux » sous ses yeux, afin de s'assurer qu'elle comprenne bien qu'il ne plaisantait plus ? Giancarlo prit une autre bouffée de son cigare et s'accouda à la rambarde en fer.

— Ah, ma chère… Je viens vous récupérer et, cette fois, je ne vous laisserai plus jamais repartir.

Chapitre 19

Il ne la laisserait plus jamais repartir. Ce fut la première pensée qui traversa l'esprit de Conall lorsqu'il s'éveilla, le corps chaud de Sofia niché au creux de ses bras, un rayon de soleil filtrant à travers les épais rideaux. C'était un matin idyllique, comme tous les matins depuis une semaine, et il aurait fallu être idiot pour ne pas désirer que toute sa vie soit aussi paisible. Leur lune de miel s'était avérée singulière en tout point. En d'autres circonstances, un homme de son rang aurait emmené sa femme passer l'été au Lake District, dans une charmante villa de campagne, mais ils avaient des alpagas à tondre et un foulon à superviser. Ils s'étaient donc immédiatement plongés dans le rythme quotidien de la vie maritale, partageant leur temps entre le recrutement d'ouvriers et la gestion de leur projet. Leurs journées étaient bien remplies et leurs dîners servis tard afin de profiter au maximum de la lumière du jour. Mais, une fois les assiettes débarrassées et les tâches quotidiennes accomplies, les nuits leur appartenaient. Désormais, les alpagas étaient enfin tondus et le foulon entièrement pourvu en personnel. Ils avaient recruté un superviseur très compétent et pouvaient finalement se détendre un peu.

Ils.

Tant de ses pensées et phrases ces jours-ci commençaient par ce mot, et cela gonflait son cœur d'un bonheur extraordinaire. Combien de temps cela durerait-il ? Une part de lui-même savourait cette nouvelle joie, mais son côté plus rationnel lui intimait la prudence, attendait l'instant où cette bulle de plénitude irréelle éclaterait. Helena et Frederick leur avaient écrit pour les féliciter et les tenir informés. Londres avait appris la nouvelle de leur mariage avec un mélange d'indifférence et d'indignation.

Certains s'en moquaient ouvertement. La capitale regorgeait de scandales bien assez juteux pour les occuper, sans qu'ils aient besoin de battre la campagne afin de s'alimenter en potins. Mais d'autres s'étaient fortement intéressés à leur union, en particulier des matriarches dont les filles s'étaient imaginé devenir la prochaine vicomtesse de Taunton. Ces hôtesses ne rendraient pas la vie facile à son épouse, ni sans doute à sa famille, dans les années à venir. Mais les Everard avaient identifié et accepté ce risque dès le départ. Dans tous les cas, ce n'était pas vraiment le genre d'illusion que Conall redoutait de perdre, la société londonienne ne présentant que peu d'attrait à ses yeux. Non, c'était l'illusion de leur couple, cette étincelle qui flambait entre Sofia et lui, et rendait leur vie si lumineuse… Il ne voulait pas que ce fantasme disparaisse. Aussi gardait-il une part de lui-même loin de toute cette euphorie dans l'attente de ce moment. Et Sofia, qu'en pensait-elle ?

Sa douce et tendre épouse s'étira contre lui, répondant implicitement à sa question tandis qu'elle s'éveillait lentement. Ressentait-elle la même chose ? Du bonheur teinté de crainte ? Il l'embrassa dans le cou et chatouilla son oreille du bout du nez. Pour la préserver, il aurait voulu oublier sa peur, lui offrir un nouveau départ sans aucune ombre au tableau.

Telle était sa mission désormais : la rendre heureuse. Et cela commençait dès à présent. Il pressa à nouveau ses lèvres sur sa nuque et sourit en la sentant se tortiller contre lui. Elle appuya délicieusement ses fesses contre son entrejambe en s'étirant une fois de plus, et poussa un petit gémissement de contentement pour lui signifier son enthousiasme à l'idée de jouer.

Son derrière rebondi rencontra sa rigidité matinale, telle une invitation, et il y répondit aussitôt en plongeant lentement et délicatement en elle. Il prit tout son temps pour la pénétrer et lui laisser le loisir de s'habituer à cette douce intrusion. Elle lui donnait l'impression de rentrer chez lui au terme d'une longue journée, de regagner le seul endroit au monde où était sa place. C'était si étrange et pourtant si fantastique de découvrir que ce lieu appartenait à une femme qu'il ne connaissait pas sept semaines plus tôt. Il emplit ses paumes de ses seins et la massa doucement. Elle émit un soupir de délice et il se remit à bouger en elle. Aussi tendre leur union fût-elle, il ne leur fallut pas longtemps pour atteindre un lent et sulfureux orgasme qui les laissa tous deux paresseusement languides.

Il la serra contre lui et joua avec ses mèches blondes, admirant la façon dont le soleil faisait resplendir ses reflets d'or et de platine.

— Vos cheveux ont la couleur de l'or fondu, dit-il. Connaissez-vous ce conte pour enfants, *le Nain Tracassin* ? Le lutin qui changeait la paille en or. J'ai toujours imaginé qu'elle aurait cette couleur angélique.

— L'idée me plaît. Je porte une fortune sur la tête.

Elle laissa échapper un rire doux.

— Que diriez-vous de faire un pique-nique aujourd'hui ? Juste vous et moi ? susurra-t-il câlinement à son oreille.

Elle sentait la sauge et l'amour de bon matin, et son corps réclamait de s'abreuver à nouveau de sa tendresse.

— Nous pourrions danser pieds nus dans l'herbe, faire du cerf-volant, cueillir des fleurs sauvages et chercher des fraises des bois.

Il s'imaginait déjà des couvertures étalées dans un pré, un panier plein de victuailles et assez de temps pour faire l'amour tout l'après-midi sous le ciel bleu.

— Et le foulon ? l'interrogea-t-elle, toujours soucieuse d'accomplir son devoir.

— Les journées ensoleillées sont trop rares en Angleterre pour être gâchées en intérieur. On ne sait jamais quand se présentera la prochaine, plaisanta Conall. Allez… Acceptez de prendre la clé des champs avec moi. Je vous promets que ce pique-nique n'aura absolument rien de convenable ! Une sortie bienséante n'est jamais aussi amusante !

Elle se retourna dans ses bras pour lui faire face et enlaça son cou.

— Je suppose que le foulon peut se passer de nous pour une journée.

Finalement, cette coupure leur ferait du bien, avait-elle décidé. Ils avaient besoin d'une pause après toutes ces dures journées de labeur. Ils s'arrêtèrent près d'un barrage, loin de la ville et du foulon, loin de pâtures pleines de beaux alpagas aux yeux noirs et brillants, loin de la maison et de son effervescence permanente. Pour une femme qui avait passé tant d'années recluse, ce changement de rythme s'était révélé très agréable, car elle appréciait la présence de sa nouvelle famille et les obligations liées à leur train de vie, mais il lui avait tout de même demandé un temps d'adaptation.

Elle découvrait notamment, à sa grande surprise, qu'elle n'aimait pas partager Conall trop souvent, même si une part de ce qu'elle admirait le plus chez ce cher homme était sa façon de donner de sa personne sans compter. D'autres surprises s'étaient également produites au cours de ces entêtantes journées d'été… Son cocon de peur s'effilochait. Chaque jour, elle attendait que leur bulle de bonheur éclate pour révéler la froide réalité, mais en vain. L'horreur suscitée par l'attaque d'Andelmo se dissipait et l'espoir d'être enfin en sécurité se renforçait. Le plus trompeur des murmures commençait à s'insinuer dans sa conscience : peut-être Conall était-il sa récompense ? Elle avait assez souffert et gagné le droit de connaître le bonheur.

C'était d'ailleurs cela, la plus grande surprise de ces derniers jours : sa félicité personnelle. Elle était heureuse. Avec Conall. Grâce à Conall. Elle n'aurait jamais cru pouvoir ressentir un tel bien-être, encore moins auprès d'un homme, dans le cadre d'une vie conjugale. Pourtant, c'était le cas. Du moins, pour une partie d'elle-même. Un résidu de son ancienne personnalité s'accrochait à la vieille ritournelle : lorsque quelque chose avait l'air trop beau pour être vrai, alors c'était sans doute le cas… mais chaque nouvelle journée, la petite voix perdait en conviction, vaincue par cet extraordinaire sentiment de liberté dépourvu de crainte. Elle éclata d'un rire joyeux à cette idée. Sa vie ne serait plus que lumière désormais.

Une brise taquine vint soulever la couverture qu'elle était sur le point d'étaler sur l'herbe :

— Avez-vous apporté le cerf-volant ? Le vent se lève.

— J'ai retrouvé ceux de Freddie dans l'écurie, répondit Conall en lui désignant un paquet bien emballé. Souhaitez-vous essayer ?

Il extirpa la ficelle et signala à Sofia d'approcher :

— C'est vous qui allez le tenir.

Ils firent décoller le bel assemblage coloré de bois

et de papier, et Conall la prit dans ses bras, ses mains couvrant les siennes pour l'aider à maintenir la tension. Elle était bien au chaud contre son torse, et il émanait de lui une fragrance de sauge et de soleil. C'était tout ce qui comptait à ses yeux, d'être ici avec lui. Elle espérait de tout son cœur que leur vie serait aussi simple que ce parfait instant de bonheur.

— Donnez un peu de mou si vous souhaitez qu'il monte, lui expliqua-t-il gentiment.

Mais une bourrasque gonfla les ailes du cerf-volant, qui tira puissamment sur son fil, et Sofia poussa un cri de surprise lorsque celui-ci lui échappa des doigts.

— Oh ! non ! Conall, il va s'enfuir !

L'instant d'après, son époux se lançait à la poursuite du jouet. Il allongea sa foulée pour rattraper la pelote avant qu'elle ne se défasse complètement. Enfin, il mit la main dessus et ramena le cerf-volant en douceur jusqu'à leur couverture.

— Une offrande, chère madame, déclama-t-il en s'agenouillant devant elle pour lui tendre le jouet avec sa ficelle, tel un antique chevalier face à sa promise.

Sofia rit et le regarda s'affaler à côté d'elle, hors d'haleine. Il se redressa sur un coude :

— Je n'en avais pas fait depuis des années ! Lorsque nous étions plus jeunes, Freddie et moi lâchions nos cerfs-volants pour le simple plaisir de leur courir après.

— Les rattrapiez-vous ? demanda-t-elle en démêlant le fil avec agilité.

— La plupart du temps. J'ai une bonne foulée, au cas où vous n'auriez pas remarqué, précisa Conall en riant avant de se rallonger, les bras pliés sous sa tête comme un oreiller.

— Il faut être un frère attentionné pour jouer au cerf-volant avec un garçon de plusieurs années son cadet, nota

Sofia avec douceur en imaginant Conall pratiquement adulte courir dans les champs avec Freddie après leurs oiseaux de papier.

— Combien d'écart y a-t-il entre vous et Freddie ?

Parfois, elle s'émerveillait des sentiments qu'elle éprouvait pour cet homme, alors qu'elle en savait si peu sur lui ou sur sa famille. D'autres jours, elle avait l'impression de le connaître comme s'ils avaient toujours vécu ensemble.

— Quatorze ans. Mais qu'importe, je suis heureux d'avoir un frère et une sœur. La vie d'un fils unique est très solitaire. Quand je n'étais pas à l'université, je jouais avec Freddie dès que l'occasion se présentait. Il m'a beaucoup manqué pendant mon voyage en Amérique. Je ne voulais pas que lui grandisse sans un frère, alors qu'il n'y était pas contraint. Cecilia était avec lui, bien sûr, et ils n'ont que deux ans d'écart, mais ce n'est pas pareil.

— Je vous envie, admit Sofia avec un soupir. Mon frère et moi avions pratiquement le même âge, mais c'est la seule chose que nous avions en commun. Pour ma famille, je n'étais qu'un… problème. Une source de dépenses survenue dans leur tentative d'avoir un autre fils. J'étais un risque calculé. Mais il n'y a pas eu d'autre fils.

Elle cessa de triturer la ficelle.

— Ma mère a porté un garçon après moi, mais il n'a pas survécu et, après cela, elle n'était plus en mesure d'avoir d'autres enfants. Mes parents ont déclaré que j'aurais dû mourir à sa place. Je crois que c'est à cet instant que j'ai commencé à comprendre que je n'étais rien de plus pour eux qu'une marchandise à vendre au plus offrant. Mais je n'ai jamais imaginé qu'ils le feraient… jusqu'à ce que ça arrive.

Elle secoua la tête avant d'ajouter :

— Même alors, il m'a fallu un long moment pour

reconnaître ce qu'ils m'avaient fait. C'est mon plus grand défaut, je le crains. En dépit du bon sens, je ne peux me résoudre à penser qu'une personne est mauvaise, jusqu'à ce qu'on me mette un cadavre sous les yeux. J'ai parfois l'impression qu'une partie de moi refuse de croire que le Mal existe.

Conall roula sur le côté et se redressa sur un bras.

— Il me semble qu'on appelle cela de l'optimisme, Sofia. Ça n'a rien d'une faiblesse, bien au contraire. Ce n'est pas ça qui a causé votre chute, c'est le trait de caractère qui vous a conduite vers la lumière. C'est grâce à votre optimisme que nous sommes mariés aujourd'hui.

Il lui prit la main et l'attira vers lui pour l'encourager à s'allonger sur la couverture à côté de lui.

— Un jour, nous aurons notre propre famille, vous aurez des enfants sur lesquels vous pourrez déverser tout votre optimisme et votre amour… Vous ferez une mère extraordinaire.

Ces paroles la laissèrent sans voix. Pas seulement parce qu'ils lui dépeignaient un tableau merveilleux, où elle serait assise au milieu de ses enfants, les enfants de Conall… Elle pouvait déjà imaginer un garçon blond et une fille brune, en tailleur sur une couverture en laine d'alpaga, une tablette en bois sur les genoux, des crayons plein les mains, en train d'apprendre à écrire. Ce n'était pas non plus une réaction à l'adorable compliment que son mari venait de lui faire, ou à l'absolution de son passé, mais ces mots esquissaient simplement une image de leur futur. Un avenir intime que Conall et elle bâtiraient ensemble, en dehors du foulon et des alpagas et de toutes les personnes qui comptaient sur le vicomte de Taunton pour assurer leur bien-être. Elle caressa son visage :

— Nous n'avions jamais parlé d'avoir une famille.

Elle lui adressa un sourire de ses lèvres tremblantes,

trahissant l'émotion que ses paroles avaient suscitée. Jusqu'à présent, tous leurs projets s'étaient concentrés sur leurs bonnes œuvres, sur ce qu'ils pouvaient faire pour le bien du comté. Ils n'avaient jamais discuté de leur vie privée ni de la façon dont elle se développerait au fil du temps.

— Vous m'avez promis un pique-nique qui n'aurait rien de convenable, mon cher Conall Everard. Qu'aviez-vous en tête exactement, à l'exception des cerfs-volants ?

Elle se colla contre lui, fit remonter sa main le long de sa jambe jusqu'à cet endroit si fascinant qui se raidissait déjà pour elle. D'un geste rapide, Conall roula sur elle.

— Eh bien, j'avais pensé vous faire lentement l'amour sous le soleil, laisser la brise nous caresser doucement, vous étendue sur l'herbe, votre jupon relevé et vos superbes cuisses nues.

Il l'embrassa avec ardeur en la pénétrant. Elle gémit sous lui et se cambra, ses paupières papillonnant alors qu'elle s'abandonnait au plaisir de leurs ébats. C'était en cela qu'elle souhaitait croire pour toujours : l'extase et la sérénité, avec Conall. Elle le sentit se tendre contre elle tandis que cette extraordinaire sensation de plénitude l'emportait, corps et âme, avant de prendre son mari à son tour.

Sofia fredonnait gaiement lorsqu'elle s'assit derrière le grand bureau de Conall, fouillant patiemment dans les tiroirs. Le chef cuisinier lui avait fait parvenir les derniers reçus après son ravitaillement au marché et elle avait décidé de les ajouter aux registres de comptes du domaine pendant que la mère de Conall rendait visite à des voisins en compagnie de Cecilia. Un jour, la transition entre la douairière et la nouvelle lady serait terminée.

Pour le moment, Sofia était satisfaite de laisser sa belle-mère diriger la maisonnée pendant qu'elle concentrait ses efforts sur le foulon. Toutefois, elle estimait qu'il était temps pour elle de faire sa part des tâches afin que les domestiques en arrivent à respecter son autorité autant que celle de la matriarche. Et le fait que le chef soit venu la trouver au lieu d'attendre le retour de la mère de Conall constituait à ses yeux un signe encourageant.

Ah ha ! Te voilà ! Sofia sortit du tiroir un épais registre en cuir et l'ouvrit, puis le feuilleta pour atteindre les entrées les plus récentes qui n'étaient remplies qu'à moitié de reçus et de factures. Elle entreprit de saisir les données du jour lorsque quelque chose au sommet du cahier attira son attention. Le symbole « moins », indiquant un déficit. Elle fronça les sourcils et recula d'une page. Un autre déficit. Et des lignes étranges qui accompagnaient des rentrées d'argent : vente de porcelaine de Chine, vente du tableau de l'étage… Elle parcourut toute la page et fit un rapide état de situation : les finances du domaine étaient dans le rouge, et seule la liquidation d'objets familiaux avait permis d'équilibrer les comptes. Elle remonta jusqu'au mois de mars, puis se leva et fouilla les étagères à la recherche du registre précédent. Les données étaient consignées par trimestres, et elle tenait à consulter le reste de l'année écoulée. Un soupçon était né. Elle espérait se tromper.

Elle tira davantage de tomes de leurs rangements et les déposa sur le bureau pour les compulser ; à chaque nouvelle page tournée, l'horreur s'amplifiait. La vicomté était déficitaire depuis plus d'un an. *Une année de deuil.* Un autre souvenir refaisait surface. La mort du père de Conall. Elle se procura le registre de l'année précédente, puis remonta le temps en feuilletant au hasard. La panique la gagnait, son cerveau en ébullition parcourait les colonnes et avalait les données à une vitesse ahurissante.

Finalement, elle se laissa aller dans le fauteuil, son cœur battant la chamade. Deux faits étaient à présent aussi clairs que de l'eau de roche : premièrement, les coffres de Taunton étaient vides, bien plus qu'elle n'aurait pu le concevoir, et ce depuis belle lurette, avant même que Conall n'hérite. Deuxièmement, tout l'argent qui avait pu être amassé récemment avait été investi dans les alpagas en novembre. Elle fit le calcul. La harde avait sans doute été acquise pendant l'hiver, les alpagas transportés à la fin du mois de mars, une fois passé le gros des intempéries en mer. En avril, Conall était venu à Londres chercher des fonds auprès du Club de Prométhée pour son foulon et son syndicat.

Elle soupira et ferma les yeux, se rappelant leur première promenade dans le jardin. Il devait être désespéré, alors, de savoir qu'il ne lui restait plus aucune ressource pour construire de quoi fabriquer sa laine. Il lui fallait ce foulon. Il avait pris un énorme risque avec ce projet, comme un estropié se jetant à l'eau sans aucune garantie de pouvoir regagner la terre ferme par ses propres moyens. Cette situation avait dû être terrible pour lui. Quelle force de caractère, de continuer sans rien laisser paraître de sa douleur, de sa terreur ! Pourtant, il avait trouvé le temps de danser avec elle, de prendre soin d'elle lorsque sa maison avait été détruite, lorsqu'elle était assise seule au fond de l'église, en territoire hostile.

Mais son esprit se mit soudain à raisonner autrement… La logique la provoquait. *Évidemment qu'il a trouvé du temps pour toi. Tu voulais investir et tu avais de l'argent, beaucoup d'argent. Idiote ! Lorsque quelque chose a l'air trop beau pour être vrai, alors c'est sans doute le cas…* Sofia agrippa les bords du bureau, ses jointures blanches sous la pression tandis qu'elle essayait de repousser ces horribles pensées destructrices. Il avait pris un pari si dangereux qu'il contrebalançait les inconvénients liés à un mariage avec elle. Si dangereux, en réalité, qu'il avait été prêt à mettre en péril la saison de Cecilia dans l'espoir de redorer son blason auprès de la société avec le succès de son projet d'alpagas, son charme aidant. Alors sans doute lui aurait-on pardonné sa mésalliance… Le mariage lui accordait bien plus de droits qu'un simple investissement dans son foulon.

Sa découverte lui fit l'effet d'un coup de poing dans le ventre, l'air lui manquait. Pourquoi s'arrêter à un foulon quand il pouvait résoudre tous ses problèmes en l'épousant, elle, et en mettant la main sur tout son argent ? Sa part pragmatique se moqua d'elle : tout ce temps, elle s'était persuadée que le vicomte ne l'avait pas séduite. Et pourtant, avec ses manières courtoises et ses gestes de retenue polie qui ne dissimulaient pas un instant son désir pour elle, il était véritablement un enjôleur talentueux ! Il n'avait cessé de piquer sa curiosité : que ressentirait-elle à côtoyer un homme bon ? À être chérie de lui ? Mais, au fond, il n'était pas un homme bon. Pas vraiment. Pour le bien de sa famille et du vicomté, il lui avait menti de la pire des manières. Il lui avait fait croire qu'elle comptait à ses yeux, qu'il l'aimait, qu'ils bâtiraient une vie ensemble. « Notre propre famille. Vous ferez une mère extraordinaire. » Hier encore, tandis qu'ils étaient allongés côte à côte sur la couverture de pique-nique, il n'avait cessé de lui vendre du rêve. Giancarlo, au moins, n'avait jamais rien prétendu de tel ! Mais qui d'autre avait fait semblant ? Cecilia ? Sa mère ? Freddie ? Toute leur chaleur et leur bienveillance n'étaient-elles qu'un rôle qu'ils jouaient ?

Une nouvelle vague de pensées sordides la submergea.

À présent que Conall possédait ce qu'il convoitait, la protégerait-il toujours de Giancarlo ? Ou se contenterait-il de s'écarter et de se débarrasser d'elle ? Quel scandale serait le pire ? Giancarlo déciderait-il d'offrir à l'aristocrate suffisamment d'argent pour compenser la perte de son épouse ? Après tout, Conall avait déjà prouvé qu'il avait un prix.

Son esprit terrifié se réveillait enfin après des semaines de léthargie. Elle devait partir. Elle devait fuir avant de découvrir les réponses à toutes ces horribles questions. Mieux valait ne pas savoir ! Son optimisme lui intimait de s'accrocher à au moins une lueur d'espoir, un souvenir du bonheur qu'elle avait connu, même s'il était feint. Peut-être qu'ainsi elle pourrait un jour le ressortir et l'admirer comme s'il avait été bien réel…

Elle retrouva son équilibre en s'obligeant à inspirer profondément plusieurs fois. Il lui suffisait de se concentrer sur la prochaine étape, puis sur la suivante, de cesser de regarder le tableau dans son ensemble pour ne voir que les détails pratiques. D'abord, remonter et faire ses valises. En se dépêchant un peu, elle pourrait attraper le train du soir. Peu importait la destination, tant qu'elle s'éloignait de Taunton. Elle devait absolument partir d'ici. Le vicomte ne rentrerait pas du village avant le souper.

Sofia avait à peine traversé la moitié de la pièce quand la porte s'ouvrit sur Conall qui pénétra dans le bureau, les cheveux défaits par le vent.

— Sofia !

Une excitation joyeuse émanait de toute sa personne, un large sourire courait d'une oreille à l'autre et il tenait un papier à la main. Seigneur, elle ne voulait pas se rappeler de lui ainsi, grand, séduisant et la regardant comme si elle était le centre de son univers. Mais, dès qu'il vit son expression, il devint grave. Rapidement, il examina la pièce, ses bonnes ondes se dissipèrent.

— Que se passe-t-il ?

Son exubérance de nouveau sous contrôle, il l'observait avec angoisse.

— Je crois que c'est à moi de vous poser cette question, répondit Sofia dans un soupir.

Elle n'avait pas voulu cette confrontation.

Chapitre 20

Il ne voulait pas de cette confrontation. Il lui avait suffi d'un coup d'œil dans la pièce pour comprendre la situation. Elle savait. Sofia avait découvert son secret. Il s'était convaincu que lui dire la vérité maintenant n'était plus nécessaire. Ils étaient mari et femme, après tout. L'informer n'aurait rien changé. Quelle erreur… Bien sûr qu'il aurait dû tout lui raconter !

— Vous avez consulté les registres, constata-t-il.

Il plia la lettre qu'il avait reçue et la rangea dans sa poche. Ses nouvelles pouvaient attendre. À en juger par l'expression dévastée de Sofia, régler le problème présent était plus important.

— Oui, répondit-elle avec une froide politesse.

La dernière fois qu'elle s'était adressée à lui avec si peu de chaleur, c'était dans le train au départ de Londres. Cette fois-là, ils avaient dû se montrer civils et faire de leur mieux pour discuter professionnellement de la situation, sans aucune attache sentimentale.

— Il semble que la vicomté soit en proie à de lourdes difficultés financières, et ce depuis un long moment… Vous aviez désespérément besoin de mon aide.

— Oui, mon père a réalisé une série d'investissements maladroits sans rien nous dire. Nous n'avons découvert l'état des comptes qu'après sa mort.

Sa vieille rancune refaisait surface, une colère qui n'avait nul destinataire sur lequel s'assouvir, car le responsable avait quitté ce monde.

— Mais, fort heureusement, vous êtes un homme d'affaires dix fois plus brillant que votre père.

Les yeux de Sofia étincelaient de nouveau d'un éclat dur, tels deux saphirs, comme le jour où il l'avait rencontrée.

— Pourquoi vous arrêter à un simple partenariat pour le foulon quand il y avait tant à se mettre sous la dent ?

Conall fronça les sourcils :

— Que sous-entendez-vous ?

— Vous m'avez épousée pour mon argent. Ha, vous m'avez sorti le grand jeu, votre petite famille parfaite et vous !

Conall se figea. La façon dont elle s'exprimait laissait deviner toute l'étendue de sa fureur. La supercherie qui avait cessé d'en être une depuis si longtemps revenait malgré tout le hanter.

— Vous vous trompez, notre attachement pour vous est devenu sincère.

Le croirait-elle ? Conall voyait la bulle de perfection de son couple se désagréger sous ses yeux.

— Ah ha ! Mais il ne l'était pas au début, n'est-ce pas ?

— Notre objectif n'a jamais été de vous dépouiller, et sûrement pas par le mariage ! contra Conall. Vous souhaitez que j'admette que nous étions dans le besoin ? Oui, c'était le cas. Oui, nous avons fait en sorte de nous montrer, ainsi qu'Everard Hall, sous notre meilleur jour, dans l'espoir de vous rassurer et d'obtenir votre investissement. Mais nous n'avons rien fait de plus répréhensible que cela, et même cette petite supercherie n'a pas duré longtemps.

Il s'interrompit, puis reprit, plus lentement :

— Nous en sommes venus à vous aimer, Sofia. J'ai

appris à vous connaître, à vous apprécier et à vous respecter, à admirer votre combat pour la liberté, et toutes ces émotions sont devenues quelque chose de bien plus fort. Ce que je ressens pour vous est bien réel. Je vous ai demandée en mariage pour vous protéger, parce que l'idée que vous puissiez retomber entre les griffes d'un tel monstre m'était insupportable…

Mais la guerre qui semblait faire rage en elle faillit le briser. L'esprit aiguisé de la femme d'affaires disputait le contrôle à son cœur généreux et optimiste.

— Vous ne me croyez pas.

C'était une tragédie… Pas seulement pour elle, mais pour leur mariage. Il se haïssait d'être l'auteur du doute qui s'insinuait en elle. Il aurait presque pleuré de désarroi de constater qu'en dépit de tout le chemin parcouru ensemble elle ne parvenait pas à lui faire confiance. Au moindre signe de problème, elle préférait se dire qu'il avait commis le pire, au lieu de songer à ce qu'ils avaient bâti en unissant leurs forces.

— J'ai toujours cru en vous, Sofia, je n'ai vu que le meilleur de votre personne, dit-il solennellement. Ne pouvez-vous donc faire de même pour moi ?

— Comment le pourrais-je lorsque je découvre toutes les preuves du contraire ? Les registres ne mentent pas. Vous aviez besoin d'argent et je pouvais vous en donner.

— Vous aviez besoin de protection et je pouvais vous en donner, répliqua Conall. Depuis le début, je vous ai proposé un mariage de convenance. C'étaient là vos termes, votre choix, et à présent cela vous met en colère ?

Il la tenait. Sofia piqua un fard.

— Votre propre emportement est la preuve que je dis la vérité, la nouvelle vérité qui existe entre nous : notre union est bien plus qu'un simple arrangement. Ce qui a commencé comme un échange de services, si j'ose dire, a laissé place à une véritable affection. Et je crois que c'est cela qui vous effraie. Car, si vous ne pouvez être furieuse contre moi, vous devrez admettre que vous êtes tombée amoureuse et cela vous terrifie.

Il serra les poings, ses propres émotions en ébullition. C'était la première fois de sa vie qu'il mourrait d'envie de jeter des objets contre les murs. Le bruit d'un vase en cristal s'écrasant contre le marbre de la cheminée lui aurait sans doute détendu les nerfs. Comme de serrer Sofia dans ses bras et de l'embrasser à lui en faire perdre la tête, jusqu'à ce qu'elle réalise à quel point ses peurs étaient infondées.

— Il n'y a pas que moi, répliqua Sofia. Vous aussi.

— Oui, moi aussi j'ai peur. Peur que vous preniez la fuite, Sofia. Peur que vous ne croyez pas assez en moi pour me laisser vous protéger, pour nous donner une chance de bâtir cet avenir dont nous rêvons.

Après le bonheur éhonté qu'ils avaient connu la veille, il aurait dû s'attendre à une résistance de ce genre. Ils avaient volé si près du soleil, pendant ce pique-nique, que la part rationnelle de Sofia l'encourageait à la prudence. Il souhaitait qu'elle cesse de regarder sans arrêt par-dessus son épaule, qu'elle vive pleinement dans le présent.

— Si vous ne vous libérez pas du passé, Sofia, je ne peux pas vous sauver. Je ne peux pas *nous* sauver.

— Et je ne peux pas vous sauver non plus.

Quelque chose en elle lâchait enfin prise, s'adoucissait au ton sincère de ses paroles, et cela l'effrayait. Si elle demeurait plus longtemps, elle perdrait cette bataille.

— Je ne suis pas la seule à être en proie à mon passé.

Elle avait compulsé les registres, elle avait cerné les fantômes qu'il affrontait.

— Croyez-vous que je ne vois pas votre chagrin, votre colère derrière tous vos efforts ? Vous aimez votre père mais vous le détestez également. Quoi qu'il ait fait, vous ne le lui avez pas pardonné.

Elle se tut. C'était le mystère qui demeurait et qu'elle n'était pas encore parvenue à percer. Ce n'était pas la dette qui rendait Conall furieux. La situation le motivait pour aller de l'avant plus qu'elle le chagrinait.

— C'est l'illusion, répondit-il en serrant les dents. Il a bâti un monde qui n'existait pas sur la base d'un argent qui n'existait pas non plus.

— Nous ne sommes pas si différents, dans ce cas, fit remarquer Sofia. Nous nous sommes tous deux laissé aveugler par des illusions de notre propre création.

Le brasier de la colère s'apaisait enfin, et les cendres de leurs émotions retombaient. Comme toujours, ils étaient partis d'un sujet professionnel pour finir par frôler la sphère intime.

— Je vais quitter Everard Hall, cela fera une illusion de moins dont vous devrez vous soucier.

Elle fit mine de passer, mais il l'en empêcha et agrippa son bras.

— Grand Dieu, Sofia. Ce n'est pas censé se terminer ainsi. Vous êtes ma femme.

Une étincelle de colère embrasa de nouveau les yeux céruléens.

— Pardonnez-moi de gâcher l'idée que vous vous faisiez d'une fin heureuse.

Mais il ne la libéra pas. Au lieu de cela, il l'attira à lui et l'embrassa avec l'avidité du désespoir. Une folie ardente et débridée s'empara d'eux. Sofia sentit son manteau de glace tomber de ses épaules. Elle enfouit ses mains dans les cheveux de Conall et pressa son corps contre le sien avec une sauvagerie brute alors même qu'un sanglot s'échappait de ses lèvres. Avec empressement, elle se débattit avec les attaches de son pantalon. Il la souleva de terre, retroussant sa jupe avant de la plaquer contre le mur. Cet interlude-ci serait aussi bref qu'il serait houleux. Elle n'était plus qu'une aubade de gémissements lorsqu'il s'introduisit en elle et qu'elle cria son nom. Conall eut la certitude, l'espace d'une seconde, tandis qu'ils tourbillonnaient ensemble vers des sommets de volupté abrupts et jamais atteints, qu'il lui restait peut-être encore une chance. Pour eux. Elle sentit un frisson parcourir le corps de son mari, qui plongea son visage dans l'arcure de son cou lorsque tout son être succomba à la libération. Elle planta ses ongles dans ses épaules, d'une poigne brute et barbare. Dans son esprit embrumé de désir, elle s'imaginait lui laisser une marque à travers le tissu de sa veste. Une extase farouche et indomptable l'anima. Elle voulait le marquer à son tour, comme il l'avait marquée, elle, de multiples façons visibles et invisibles.

Toujours enraciné en elle, Conall la porta jusqu'à la méridienne près du foyer de la cheminée et s'assit en la maintenant à califourchon sur son bassin. Il l'embrassa avec douceur, leur passion tempétueuse s'apaisait et laissait place à un lumineux rayon de tendresse. Il déposa des baisers sur ses paupières, ses joues, le carmin de ses lèvres, prit son visage entre ses mains et caressa ses cheveux.

— J'ai un dernier secret à vous révéler, et alors tout aura été dit… Je vous aime, ma douce Sofia. Quoi que vous pensiez savoir à mon sujet, vous pouvez avoir foi en cela.

Ses mots semblaient se précipiter hors de sa bouche à présent, sa voix se fit rauque :

— Rien ne vous oblige à partir. C'est à nous qu'il revient de transformer l'illusion en réalité.

Il tendit le bras vers son pantalon abandonné sur le

canapé et en tira le papier qu'il avait plié plus tôt avant d'ajouter :

— J'étais venu vous annoncer une bonne nouvelle, expliqua-t-il, ses yeux gris capturant les siens. Nous avons un investisseur. C'est le début de notre syndicat, et bien d'autres arriveront, j'en suis certain. Il s'appelle Peter Sullivan, il a entendu parler des alpagas quand il était à Londres. Il se rend à Exeter demain, Taunton est sur son chemin. Il demande à voir les animaux et propose de venir dîner pour discuter affaires. Nous sommes si près du but, Sofia. Restez, croyez en moi, croyez en nous, au moins pendant quelque temps encore.

Il marqua une pause puis conclut :

— Laissez-moi vous prouver que je suis digne de vous. Peu importe comment les choses ont commencé entre nous, tout a changé. Notre relation est bien plus profonde, bien plus forte que cette simple convenance que nous imaginions. Promettez-moi que vous resterez.

— J'ai l'impression de passer ma vie à vous dire oui, Conall Everard.

Elle sourit, mais ils savaient tous deux que ce qui venait de se produire, aussi intense et plaisant fût-il, ne pourrait tout effacer. La bulle avait éclaté. Leur union était mise à l'épreuve et, si elle avait survécu, elle n'était plus tout à fait intacte. Pour l'instant. Et, bien qu'il se raidisse à nouveau en elle, bien que son désir se ravive, et bien qu'elle y réponde avec ardeur une nouvelle fois, ici, dans ce bureau, elle savait qu'il demeurait un risque. Un risque que leur histoire s'arrête. Elle devait affronter la dure réalité : peut-être était-elle trop brisée pour que quiconque puisse la sauver.

***

Le soir suivant, la famille se rassembla avec impatience dans le salon dans l'attente d'accueillir Peter Sullivan. Sofia lissait inconsciemment les plis de sa robe, tentant de masquer sa nervosité derrière un sourire adressé à Cecilia et à Freddie. Le moment crucial approchait. Pour les Everard, c'était une occasion historique d'obtenir l'appui d'un nouveau mécène. Pour Conall, ce qui se jouait était bien plus important encore. C'était pour lui une chance de montrer à Sofia qu'il voulait faire d'elle sa partenaire, et ce dans tous les aspects de leur vie. Pas uniquement une collaboratrice, mais aussi, et avant tout, une épouse. « Je vous aime », avait-il murmuré la veille. Ce soir, il assumait pleinement leur nouvelle relation en la présentant à leur invité.

C'était une excuse à la fois publique et sincère pour ses dissimulations. Peut-être y avait-il encore de l'espoir pour eux, après tout, peut-être Conall avait-il raison en déclarant qu'ils pouvaient toujours bâtir une vie ensemble ? Son cœur s'emballait à cette idée, malgré leur récente dispute. Mais elle savait également qu'une part d'elle-même ne l'avait pas encore pardonné pour sa supercherie. Le doute l'avait assaillie toute la nuit. Elle ne parvenait pas à prétendre que cet épisode n'avait aucune importance et elle devait bien reconnaître qu'elle s'était laissé berner comme une débutante. Ses défenses n'étaient pas aussi impénétrables qu'elle l'avait cru.

— Vous êtes-vous querellée avec mon frère ? chuchota Cecilia, qui s'était placée à sa hauteur tandis qu'ils attendaient leur invité. C'est à peine si vous avez échangé un regard depuis que nous nous sommes rassemblés, et la tension entre vous est palpable.

Sofia sourit. Elle aurait préféré ne pas inquiéter la famille.

— Ce n'est rien, un simple malentendu. Des querelles

de jeunes mariés, répondit-elle d'un ton vague. Ça s'arrangera.

Cecilia était sur le point de l'interroger davantage, mais Sofia fut sauvée par le crissement des roues d'une calèche sur le gravier de l'allée. Elle tapota la main de la demoiselle pour détourner son attention :

— Notre invité est arrivé.

Il y eut un échange de voix à la porte d'entrée, puis des bruits de pas dans le hall. Le valet de pied annonça :

— Mr Peter Sullivan.

Un homme aux cheveux noirs et au teint olivâtre pénétra dans la pièce et se lança dans une courbette exagérée. Son regard d'acier se verrouilla sur elle, et Sofia sentit les poils se dresser sur ses bras.

Chapitre 21

Cet homme n'était pas Peter Sullivan. Instinctivement, Sofia se plaça devant Cecilia, faisant rempart de son corps pour protéger la jeune fille de son pire cauchemar. Giancarlo venait de pénétrer dans Everard Hall avec autant d'aise et d'assurance qu'un loup dans une bergerie. Il foulait son sanctuaire, le seul lieu où elle s'était jamais crue à l'abri. Sofia sentit sa gorge se serrer. Elle devait absolument crier, donner l'alerte, mais le choc la paralysait, la privait de sa voix. Conall s'avança pour accueillir leur hôte. La panique libéra Sofia de ses chaînes :

— Conall, non.

Mais il était trop tard. Giancarlo remontait de sa courbette avec un long pistolet dans la main. De là où elle se trouvait, elle vit Conall froncer les sourcils d'un air perplexe, comme si son cerveau peinait à associer l'idée d'invité avec celle d'arme à feu. Pourquoi un investisseur viendrait-il dîner avec ce genre d'accessoire de mort ?

— Reculez, vicomte, ordonna Giancarlo en agitant le pistolet sous son nez. Sofia, *mia cara*, pourquoi ne faites-vous pas les présentations comme il se doit ?

— Sofia, que se passe-t-il ?

Les yeux de Conall se posèrent sur elle. Visiblement, il commençait à prendre conscience de la situation.

— Taisez-vous, ou je pourrais bien choisir de vous tuer plus tôt que tard, gronda Giancarlo avant de pointer le canon sur l'aristocrate. C'est Sofia qui décidera du temps que je vous laisserai vivre. Présentez-moi, *mia cara.*

Elle déglutit bruyamment. Elle connaissait ce jeu. Son obéissance en échange d'un acte de pitié. Jamais elle n'aurait cru devoir y rejouer un jour, encore moins ici, dans son petit coin de paradis, au milieu de personnes qu'elle aimait.

— Voici Giancarlo di Bianchi, Marchese di Cremona, déclara-t-elle en luttant pour masquer le tremblement de sa voix.

Elle ne pouvait le laisser deviner sa peur, mais mieux valait ne pas se montrer trop querelleuse non plus... L'un ou l'autre de ces extrêmes attiserait sa colère.

— Et ? l'interrogea l'Italien comme s'il parlait à une gamine qui aurait oublié ses bonnes manières. Qui sont ces gens raffinés, *mia cara* ?

— Je vous présente la vicomtesse douairière de Taunton, son fils, Mr Alfred Everard et sa fille, Miss Cecilia Everard.

Sofia sentit Cecilia se crisper derrière elle et vit Freddie serrer les poings à l'autre bout de la pièce, près de sa mère. Elle espérait que le jeune garçon ne tenterait rien de chevaleresque ; il ne faisait pas le poids face aux jeux pervers de Giancarlo.

— Votre nouvelle famille, à ce que l'on m'a dit ? s'enquit Giancarlo dans sa parodie de conversation polie. Félicitations pour vos noces. Je ferais mieux de vous transmettre mes meilleurs vœux avant qu'il ne soit trop tard. Bientôt, ce sont mes condoléances que je vous offrirai.

Il gloussa.

— Mariée, divorcée, remariée, veuve, remariée à

nouveau. Quelle réputation vous allez vous forger là, ma douce !

La froide poigne de la peur resurgit soudain et lui serra les entrailles. Même dans ses pires cauchemars, Giancarlo se contentait de l'enlever, en blessant parfois Conall au passage. Mais elle n'avait jamais imaginé qu'il en vienne à de tels extrêmes : il parlait d'un meurtre de sang-froid. Si Conall mourait, plus rien ne pourrait empêcher Giancarlo de la reprendre, ni document, ni loi, ni mariage, ni époux. Freddie et sa mère échangèrent un regard. Giancarlo le remarqua :

— Je suis ici pour affaire, même si cela n'a rien à voir avec vos chers alpagas. Cela doit être très décevant pour vous, j'en conviens, mais ce n'était qu'une ruse pour obtenir une invitation. Nul ne pourra dire que Giancarlo di Bianchi se présente sans être invité !

Il rit à sa propre plaisanterie avant d'ajouter d'un ton venimeux :

— Je vous déconseille de tenter quoi que ce soit, tous les deux. Restons dans la simplicité. Je suis venu récupérer ce qui m'appartient, autrement dit La Marchesa. Si vous me suivez, Sofia, nous pourrons laisser ces gens passer tranquillement à table.

— Elle ne vous appartient pas, rétorqua Conall avec véhémence. Sofia est ma femme et elle ne quittera pas cette maison sous la contrainte.

Giancarlo tourna vers lui un regard mauvais :

— Je ne pense pas que cela soit un problème. Je suis un gentilhomme après tout, bien sûr que je vais lui laisser le choix ! Vous insultez mon honneur.

Conall s'adressa alors à elle directement :

— Vous ne devez pas partir avec lui, Sofia, quoiqu'il arrive. Promettez-le.

— Si elle vous aime, si elle aime n'importe lequel

d'entre vous, elle ne peut décemment pas vous promettre cela, et elle le sait, intervint Giancarlo avec un sourire narquois. N'est-ce pas, *mia cara* ?

— Vous ne pouvez pas gagner. Vous n'avez qu'une seule balle, lui rappela Conall. Tirez sur moi, et quatre personnes ainsi qu'une armée de domestiques vous tomberont dessus avant que vous n'ayez le temps de recharger.

— Je comprends mieux pourquoi vous vous êtes entichée de lui, *mia cara*, c'est un imbécile à l'âme chevaleresque. Vous avez toujours eu un penchant pour ce genre d'homme.

Giancarlo partit d'un grand rire :

— Vous êtes prêt à mourir pour elle, Taunton ? Est-elle si douée que cela au lit ? Vous vous sacrifieriez pour votre famille ? Comme c'est noble ! Je n'ai encore croisé personne pour qui j'accepterais de passer l'arme à gauche.

Il haussa les épaules, ses yeux sombres scintillant d'un éclat dur tandis qu'il dévisageait Conall.

— Quant à mes chances, je crains que vous n'ayez tort. Vous n'êtes pas un grand parieur, je me trompe ? Je ne suis pas venu seul. Pendant que nous échangions des banalités, mes hommes ont rassemblé vos serviteurs et ils les maintiennent en joue. Aucun d'entre eux ne sera blessé tant que vous vous montrerez raisonnable, mais je crains que vous ne puissiez compter sur leur assistance.

Le bruit de lourdes bottes se répercuta dans le hall.

— Ah, vous voici, s'exclama Giancarlo.

Sofia sentit la terreur la glacer jusqu'à la moelle lorsque la colossale silhouette d'Andelmo pénétra dans le salon, menant un groupe d'hommes qui traînait dans le couloir. Leurs derniers espoirs s'amenuisaient. La menace qui pesait sur eux était bel et bien réelle. S'ils ne se montraient pas prudents, ils mourraient tous de façon tragique.

— Andelmo, voulez-vous bien garder un œil sur ce gentilhomme ? Taunton semble enclin à se sacrifier pour l'honneur. Moi, je vais m'occuper de ma femme.

Giancarlo s'avança vers elle. Sofia le rejoignit en se libérant de la poigne résolue de Cecilia. Il fallait qu'elle mette le plus de distance possible entre l'Italien et la jeune fille. Sofia pouvait utiliser sa beauté comme un rempart pour éclipser celle de sa protégée et ainsi détourner l'attention du monstre. Avec un peu de chance, Giancarlo ne remarquerait pas la finesse de son visage juvénile et l'ébène soyeuse de sa chevelure.

— Ah, Sofia. *Molto bene* ! s'exclama Giancarlo, ses yeux la transperçant tels deux éclats de glace noire. Vous êtes toujours aussi belle.

Il lui enserra le cou d'un bras puissant et l'attira contre son torse pour s'en servir de bouclier humain. Lui plaçant un couteau sous la gorge, il gronda à son oreille avec la férocité d'un loup, dans un relent de brandy. Il avait bu sur la route.

— Qu'avez-vous raconté au vicomte à notre sujet ? Lui avez-vous narré tout ce que vous avez consenti à faire pour mon amusement ? Sait-il que vous n'êtes qu'une sale petite fugueuse ? Lui avez-vous montré la marque ? Mais peut-être aime-t-il prendre son plaisir avec une catin de seconde main !

Il tenta de se diriger vers la porte mais elle planta ses talons dans le sol. Il ne lui trancherait pas la gorge. Malgré la situation, elle disposait d'une certaine latitude, mais il n'hésiterait pas à s'arroger une vengeance quelconque ou à lancer sa lame sur l'une des autres victimes piégées avec elle dans le salon.

— Andelmo tuera Taunton, je peux vous le garantir,

menaça-t-il contre sa joue. Ne le prenez pas mal, vicomte, ajouta-t-il d'un ton faussement badin à l'intention de Conall. J'ai besoin d'elle pour concevoir un héritier et retrouver ma place à la Cour. Le divorce n'est plus jugé comme acceptable au Piémont. Le fils du vieux roi est désormais sur le trône et il s'est empressé de corriger les anciens penchants libéraux de son père. Si je ne la ramène pas, je serai privé d'opportunités trop juteuses pour être ignorées. Je suis certain qu'un homme dans votre situation financière peut comprendre cela.

Sofia avait le souffle court, luttait contre la panique qu'avait éveillée le petit discours de Giancarlo. Elle n'y retournerait pas, jamais… Pourtant, avait-elle vraiment le choix ? Personne ne mourrait pour elle, ni Conall ni aucun membre de sa famille. Elle avait conduit cette menace jusque chez eux, comme elle l'avait prédit depuis le début. Giancarlo ne la laisserait jamais vivre en paix. Ses anciennes peurs et ses vieux démons refaisaient surface, comme s'ils n'étaient jamais partis, et l'encerclaient, l'assaillaient. La liberté lui serait pour toujours interdite, mais elle pouvait encore sauver Conall et sa famille. Il le fallait, elle le leur devait.

— Ne vous culpabilisez pas, ma chère. Après tout, je vous infligerai bien assez de châtiments une fois rentrés chez nous.

Il s'interrompit et fit mine de réfléchir à outrance avant d'ajouter :

— Que diriez-vous de ceci : vous m'accompagnez sans faire d'histoire et j'ordonnerai à Andelmo de ne pas assouvir sa vengeance sur Taunton pour la trempe qu'il lui a mise en ville l'autre jour.

— Non, Sofia, ne l'écoutez pas, gronda Conall, tel un ours pris au piège.

Giancarlo la poussa en avant :

— Je ne vous demanderai pas deux fois de me suivre. Vous vous souvenez de ce gamin en Sardaigne ? Celui qui avait badiné avec vous ?

Celui qui avait reçu une balle dans le genou et ne marcherait plus jamais correctement.

— Je le ferai et vous le savez. Alors, avancez. Dès que nous serons dans l'allée, Andelmo abaissera son arme. Vous êtes la seule à pouvoir empêcher un bain de sang, la seule à pouvoir garder votre gentil petit vicomte en vie.

Il avait raison. Sofia se mit en marche. Conall esquissa un geste mais elle l'interrompit d'une voix ferme :

— Non, Conall. Je n'en vaux pas la peine. Laissez-moi faire cela pour vous.

Elle voulait lui faire comprendre qu'il ne devait pas bouger ou attirer l'attention, de crainte que la morale douteuse et le tempérament impulsif de Giancarlo ne le poussent à changer d'avis.

— Vous voyez, elle ne quitte pas cette maison sous la contrainte, comme je l'avais promis, clama l'Italien une dernière fois avant de l'entraîner à l'extérieur et de la pousser dans une voiture noire.

Elle avait l'impression que tout tombait en morceaux ; son monde, son cœur, ses rêves… Les larmes coulèrent sur ses joues. Si elle perdait pied maintenant, elle ne s'en remettrait probablement jamais et se retrouverait totalement à la merci de Giancarlo. Ce monstre l'avait menacée dans la maison de Conall ! Les chaînes de terreur dont elle s'était si récemment libérée l'entravaient à nouveau, la brûlaient, l'aveuglaient. Elle pouvait sentir leur poids recommencer à peser sur ses épaules, lourd et familier, un manteau de noirceur dont elle ne pouvait se débarrasser, impuissante.

Giancarlo lui faisait face dans le carrosse et lui ligota les poignets :

— Je ne prendrai plus aucun risque avec vous, désormais.

Elle avait été tellement idiote de croire qu'elle pourrait à nouveau marcher dans la lumière, qu'elle pourrait échapper à ce monstre. Giancarlo aurait tué Conall si elle ne lui avait pas obéi.

— Ne pleurez pas, *mia cara*, vous l'oublierez bien assez tôt. Je m'en chargerai personnellement, dans votre meilleur intérêt.

Giancarlo se pencha et plaça sur le sommet de sa tête un chapeau accommodé d'une épaisse voilette.

— Une simple précaution, afin de m'assurer que personne ne vous reconnaîtra. Nous nous en débarrasserons une fois à bord.

Il abaissa le voile sur son visage, la première des nombreuses barrières qui la sépareraient désormais de Conall et de la vie paradisiaque qu'elle avait à peine eu le temps de goûter avant que les ténèbres ne s'abattent à nouveau sur son existence. Ce soir, elle laisserait l'Angleterre derrière elle, son bonheur ne serait plus que le lointain souvenir d'une autre femme. Celle qu'elle avait été.

— Pensez-vous qu'il nous poursuivra ? s'enquit Giancarlo en s'avachissant contre la banquette d'un air railleur. Où estimera-t-il que vous récupérer ne vaut pas de s'attirer tant de complications ?

Elle se raidit. Elle connaissait ce jeu-là aussi. Il tentait d'insinuer le doute dans son esprit, de lui rappeler qu'elle était petite et insignifiante aux yeux de tous.

Giancarlo triturait sa lame, la tournait entre ses doigts :

— Voilà une intéressante mise à l'épreuve. S'il vient, vous saurez qu'il était réellement épris de vous, mais il mourra, bien entendu. J'ai mes pistolets, mes couteaux, Andelmo et mille idées pour le tuer. Mais au moins vous aurez la certitude qu'il vous aimait et ne s'intéressait pas seulement à votre argent ou à votre beauté. Comment souhaitez-vous que je procède ? Dois-je l'étriper devant vous ou me contenter de lui tirer une balle dans la tête ? S'il meurt, ce sera votre faute, il me semble donc juste que vous puissiez décider de son sort. Mais peut-être ne viendra-t-il pas, après tout, et alors vous saurez qu'il n'était qu'un menteur. Vous pourrez me remercier de vous avoir ouvert les yeux.

— Vous êtes méprisable.

— Et vous toujours aussi belle.

Il se pencha en avant et leva son voile.

— Nous sommes en sécurité, pour l'instant, juste vous et moi dans cette voiture.

Il posa la lame froide contre sa gorge, la forçant à le regarder se caresser de son autre main.

— Vous continuez de m'exciter en dépit de votre comportement de catin. Vous êtes encore plus belle que dans mon souvenir. Lorsque je suis entré dans le salon, vous aviez l'air d'une créature de Dieu, avec votre coiffure impeccable, ces perles autour de votre cou et cette robe de vierge bienséante !

Il lui arracha les épingles des cheveux, de ses mains vicieuses et brutales, jusqu'à les faire cascader sur ses épaules.

— Voilà, à présent vous avez vraiment l'air d'une petite sainte-nitouche. Vous rappelez-vous mon scénario préféré, la pucelle et le dragon ? Je vous vois encore attachée sur l'autel ou ligotée au poteau. Bien sûr, vous n'avez plus rien d'une pucelle désormais, vous n'êtes même plus exclusivement mienne. Combien d'amants avez-vous pris depuis votre départ ? Nous devrons faire en sorte de vous purifier avant de pouvoir rejouer à ces jeux. Il existe des remèdes cathartiques qui nous assureront que vous ne vous offrez pas à moi avec la géniture du vicomte dans le ventre…

Ces mots éveillèrent un nouveau genre de panique en elle. Il était trop tôt pour en avoir la certitude, mais s'il avait raison ? Portait-elle l'enfant de Conall ? Une autre victime innocente qui paierait pour ses crimes ?

Giancarlo sourit :

— Grâce à vous, je vais devenir démesurément riche ! Si vous êtes sage, je saurai me montrer généreux. Le roi me couvrira d'opportunités de faire fortune.

Elle se força à ne pas détourner le regard, à dissimuler sa peur en dépit de la bosse qu'elle voyait gonfler sous son pantalon.

— Vous n'aurez jamais mon cœur. Vous n'en avez jamais été capable.

Conall, lui, l'avait conquis. Elle en avait la certitude à présent, malgré leur dispute de la veille, malgré les doutes. Elle savait qu'elle l'aimait et qu'il l'aimait en retour. Quel gâchis de ne s'en rendre compte que lorsqu'il était trop tard, dix fois trop tard !

Giancarlo gloussa avec cruauté :

— Je me moque de votre cœur, je ne désire que votre joli petit corps et votre obéissance.

Il étira ses jambes :

— Mettez-vous à l'aise, nous allons faire route toute la nuit. Nous appareillons à l'aube. Andelmo nous retrouvera à Bristol. Qu'en dites-vous, ma chère, tous les trois, enfin réunis pour toute la durée du voyage ? Qui sait quels divertissements nous pourrons improviser ? Comme au bon vieux temps, n'est-ce pas ?

L'aurore commençait tout juste à teinter le ciel de ses couleurs pastel lorsque Conall pénétra au grand galop dans Bristol. Il était désormais trop tard pour remettre son choix en question. Il avait réfléchi et s'était convaincu que ce port était la destination de Giancarlo ; il avait tout parié sur cette décision. Tenter de retrouver leur trace sur la route de nuit l'avait considérablement ralenti, sans compter le fait qu'Andelmo avait abusé de leur hospitalité. Le scélérat n'était pas parti lorsque la voiture avait atteint le bout de l'allée, comme le lui avait ordonné son maître. Au lieu de cela, Andelmo les avait tenus en joue pendant une éprouvante demi-heure, puis les avait ligotés pour les empêcher de le suivre. S'il avait été seul, Conall aurait tenté sa chance et se serait jeté sur l'homme pour le désarmer, mais la présence de sa famille et de ses domestiques l'avait entravé plus efficacement que n'importe quelles chaînes.

Lorsqu'il fut enfin libre et à cheval, deux heures s'étaient écoulées, et Sofia s'éloignait de plus en plus de lui, prisonnière des griffes d'un homme qui la terrifiait et la torturait. Tout ce contre quoi Conall avait promis de la protéger. Il lui avait aussi fait le serment de venir la chercher et il comptait bien ne pas manquer à sa parole une deuxième fois. Il priait. En cet instant, seule une faible lueur d'espoir le poussait à continuer : celle d'avoir deviné la destination de l'ennemi. De nombreuses routes partaient de Taunton. Giancarlo aurait pu se rendre à Exeter, Bristol, ou n'importe quelle ville côtière proche. Conall n'avait trouvé aucun signe de leur passage sur les autres voies, aussi avait-il parié toutes ses billes sur Bristol.

Freddie avait insisté pour l'accompagner, mais Conall s'était montré ferme : son frère resterait en arrière pour veiller sur leur mère et Cecilia, toutes deux profondément choquées par l'incident. Il ne pouvait se permettre de se soucier de Freddie alors que Sofia était en danger et que

Giancarlo était encore plus vicieux et tordu qu'il l'avait imaginé. Il aurait besoin de toute sa concentration et de toute son intelligence pour la ramener chez elle saine et sauve. Il y arriverait.

Il l'aimait. Sofia était son phare, le sauveur de son domaine, celle qui les avait guidés hors de la tourmente. Mais elle était devenue bien plus encore, la femme de sa vie, celle avec laquelle il réaliserait tous ses rêves, avec qui il fonderait sa propre famille. Il ne pouvait échouer, sans quoi il la condamnerait à une effroyable existence de servitude sous l'égide de Giancarlo. Il parcourut le port en pleine effervescence du regard et se jeta à bas de son cheval écumant. Il devait agir vite. Les bateaux appareilleraient avec la marée. Si elle se trouvait à bord de l'un d'eux, il risquait de la manquer. Il lança les rênes à un garçon, accompagnées d'un sou. Il commencerait sa recherche à la capitainerie pour tenter de gagner du temps. S'il n'en tirait rien, il userait de son titre pour faire fouiller chaque navire individuellement.

Mais Conall eut de la chance au bureau des registres maritimes : un vaisseau marchand devait appareiller avec la marée pour un voyage en Méditerranée. Un homme appelé Carstairs et sa femme y avaient réservé une cabine. Les noms ne correspondaient pas, mais il reconnut la description de Giancarlo. C'était eux, Conall en était certain. Mais il devait se hâter. L'aube était levée, et le bateau allait prendre le large. Conall se mit à courir. Il n'avait que quelques minutes.

Chapitre 22

Plus que quelques minutes, et le navire prendrait le large. Conall serait en sécurité. Sofia se répétait inlassablement ces mots tout en escaladant la passerelle. Elle trébucha lorsque Giancarlo la tira brutalement vers l'avant. Elle luttait pour ne pas regarder en arrière, pour ne pas céder à l'espoir ridicule que Conall se trouvait sur le port. Giancarlo le lui ferait payer chèrement si elle osait. Et ce ne serait qu'un effort futile. Conall était à des milles d'ici, et elle ne voulait pas qu'il vienne. En la suivant, il signerait son arrêt de mort. Mieux valait que tout se termine ainsi.

Elle n'avait pas le choix, lui rappela sa conscience. Obéir était son unique garantie. Tant qu'elle se trouvait sur ce bateau, Giancarlo quitterait l'Angleterre et ne pourrait plus faire de mal à ceux qu'elle voulait protéger. Elle devait préserver son énergie : peut-être aurait-elle l'occasion de s'enfuir plus tard. Elle essaierait et ne cesserait jamais d'essayer, tant que ses efforts ne mettraient en péril que sa propre vie. Andelmo arriva. C'était un obstacle supplémentaire qu'il lui faudrait surmonter. Elle tenta de ne pas laisser sa peur l'envahir et se concentra sur l'effervescence qui régnait sur le navire. Partout autour d'elle, les membres de l'équipage se pressaient pour terminer les derniers préparatifs. Peut-être pourrait-elle faire appel à eux une fois en mer ? Les marins étaient courageux et certains avaient sans doute le sens de la chevalerie.

Elle se sentait à l'abri sur le pont, entourée par d'autres personnes, mais Giancarlo ne lui permit pas d'y rester. Il l'entraîna dans le ventre du navire, jusqu'à leur cabine, et verrouilla la porte derrière eux après avoir ordonné à Andelmo de les rejoindre. L'Italien avait toujours son couteau en main :

— *Il gioco è finito, mia cara.*

La partie était en effet terminée.

— Et vous avez perdu. Vous savez ce que cela signifie. Vous m'avez fait courir à travers tout le continent et, à présent, vous allez recevoir votre juste châtiment. Telles sont les règles du jeu.

Il adressa un signe de tête à son gorille :

— Andelmo, tenez-la, ordonna-t-il, puis il ajouta à l'intention de Sofia : vous soumettrez-vous ? Cela se passera mieux pour vous et ainsi nous pourrons en finir avec cette histoire.

Non ! Elle ne se soumettrait pas. Plus jamais, pas alors que les souvenirs de l'amour de Conall étaient encore si frais dans sa mémoire. Il lui dirait de se battre. Se soumettre ne protégerait personne, elle ne ferait que se briser elle-même. Sofia envoya son coude dans les côtes d'Andelmo avant de lui écraser le pied, lui infligeant suffisamment de douleur pour parvenir à se dégager de sa poigne de fer. Elle se débattit comme une diablesse et bouscula Giancarlo pour atteindre la porte. La main sur la poignée, elle la tourna, l'ouvrit. Elle était presque dehors, mais ne fut pas assez rapide. Giancarlo la tacla par l'arrière ; elle tomba sur le seuil, le haut du corps dans le couloir. Elle hurla, espérant que l'un des marins l'entendrait. Elle planta ses ongles dans le sol pour se traîner hors de la cabine, mais Giancarlo la saisit par les chevilles. Elle lança ses bras à la recherche d'une ligne de secours et ses doigts trouvèrent une poignée de fer qui servait à enrouler les cordages. Elle s'y agrippa avec la force du désespoir ; tout pour ne pas retourner dans les ténèbres de cette petite pièce sordide ! Hélas, ses efforts ne faisaient que retarder l'inéluctable. Giancarlo la traîna à l'intérieur, mais pas avant qu'elle parvienne à crier une deuxième fois.

La porte se referma dans un claquement menaçant, Giancarlo, hors d'haleine, la jeta sur le lit et l'enfourcha pour la maintenir allongée.

— Vos facéties ne seront plus tolérées, *mia cara*, gronda-t-il, une lueur porcine et malveillante embrasant ses yeux noirs. Allume la lampe, Andelmo. Lorsque ce navire lèvera l'ancre, nous aurons besoin d'une belle flamme.

Il pressa la pointe de sa lame contre le tissu de son corset et déchira sa robe en lambeaux.

— En attendant, voyons ce que nous avons là. Cela faisait si longtemps, *mia cara*… Ah, votre magnifique peau d'albâtre, un canevas immaculé sur lequel travailler.

Il traça le contour de la marque au fer.

— Du moins, presque immaculé. Peut-être devrions-nous renouveler la punition ?

Sofia entendit le fracassant cliquetis de l'ancre qui se lève, la dépouillant de ses dernières illusions : personne ne viendrait plus la sauver. Plus personne ne le pourrait. Personne ne devinerait qu'elle était ici, piégée dans cette cabine avec un sadique, avant qu'il ne soit trop tard. Et même si quelqu'un la trouvait, cela ne changerait rien. Giancarlo aurait des excuses plausibles ; sa femme était trop malade pour quitter son lit. Elle ne savait que trop bien comment cela fonctionnait.

Giancarlo passa une main sur son sein. Sofia ferma les yeux de toutes ses forces, tentant de trouver un refuge, un endroit à l'intérieur de son esprit où elle serait à l'abri, où elle pourrait se cacher. Elle essaya de se rappeler sa vieille litanie. Elle vivrait ; il ne la tuerait pas. Il avait besoin d'elle en vie. Cette nouvelle épreuve finirait bien par se terminer, et elle pourrait alors se relever et recoller les morceaux de son âme fracturée. Encore. Elle sentit la chaleur avant qu'elle ne la touche. Un R pour Rédemption. Sofia s'accrocha à cette pensée avec toute sa volonté et cria une nouvelle fois.

Conall l'entendit crier ; c'était un miracle qu'il ait perçu son hurlement au milieu de la cacophonie qui régnait sur le quai, mais, au fond, peut-être pas tant que cela… Car il était entièrement concentré sur sa mission : retrouver Sofia. Il ne pensait qu'à elle et au fait que le temps lui glissait entre les doigts. Le cri aigu d'une femme franchit le brouhaha de tons graves des hommes sur les docks et Conall se lança dans sa direction, grimpant sur la passerelle sans réfléchir un instant aux conséquences ou à ce qu'il ferait une fois à bord. Sofia était en danger ; c'était tout ce qui l'animait. Instinctivement, il savait que ce cri ne pouvait venir d'aucune autre.

— Sofia ! hurla-t-il en bousculant les gardes du quai qui protestaient contre l'intrusion.

Si elle l'entendait, elle tiendrait bon, elle comprendrait que les secours étaient en chemin.

— Monsieur, vous ne pouvez pas aller par-là, le bateau a largué les amarres ! s'exclama l'un d'entre eux.

— Arrêtez ce navire ! Arrêtez ce navire ! s'époumona Conall en agitant frénétiquement les bras pour attirer l'attention de quelqu'un, n'importe qui, susceptible de l'aider.

Ses jambes le propulsèrent sur la passerelle alors même que le bateau commençait à s'éloigner du quai. L'écart se creusait entre la coque et le dock, se transformant petit à petit en un abysse d'eau noire et glacée. Il ne pouvait pas se permettre de réfléchir. Rien n'avait plus réellement de sens désormais. Seule l'action comptait. Conall fixa du regard sa destination : la poupe du navire. Un marin le vit et tenta de le décourager d'un grand signe de la main. Mais Conall accéléra. Au moins à présent, s'il tombait, quelqu'un pourrait le tirer à bord. Monter sur ce bateau était son unique objectif. Il toucha le dernier pouce de passerelle et bondit.

Il manqua le pont et s'écrasa sur le bastingage. Son bras jaillit à l'aveugle et attrapa la rambarde au moment où il allait chuter. Tout son poids retomba sur son épaule qui craqua douloureusement et, pendant un instant, il se trouva pendu de façon précaire au navire. Puis il rassembla ses forces et se balança pour saisir le garde-fou de son autre main. Le marin qui l'avait averti se précipita vers lui et le hissa sur le pont.

— Je suis le vicomte de Taunton, haleta Conall, espérant établir rapidement sa crédibilité et son autorité.

Il aurait besoin des deux pour faire fouiller le bâtiment.

— Il y a un fou furieux à bord ! ajouta-t-il.

Conall aboyait des explications brusques tout en se redressant sur ses jambes, craignant que le marin ne le prenne, lui, pour un fou furieux.

— Il a enlevé une femme et la garde prisonnière dans une cabine. Elle est sans doute arrivée voilée.

Les yeux de l'homme scintillèrent : il les avait vus. Il désigna le pont inférieur, et Conall reprit sa course effrénée.

— Sofia ! Sofia !

Il se moquait bien que Giancarlo l'entende, au moins cela distrairait cet infâme pervers de sa femme. Ses bottes résonnèrent dans l'étroit couloir. Ce ne serait pas le meilleur endroit pour se battre, il devrait s'accommoder d'un duel au corps à corps, de coups de poing et de lames.

Une porte s'ouvrit brusquement et un pistolet apparut, Conall se plaqua contre le mur de gauche, et la balle ne le manqua que d'un pouce. Il était presque impossible d'esquiver. L'arme de l'adversaire étant vide, il prit le parti d'attaquer. Chargeant comme un taureau, fonça sur l'homme en visant l'abdomen et le propulsa en arrière. Son ennemi chuta, et Conall le roua de coups de poing avec un acharnement enragé. Plus vite Giancarlo serait mis hors d'état de nuire, plus vite il pourrait secourir Sofia.

C'est alors qu'il perçut un bruit de lutte en provenance de la cabine. Andelmo traînait Sofia dehors, la pauvre ne portait plus que ses sous-vêtements et des lambeaux de chemise. Elle se débattait de toutes ses forces, refusant d'être utilisée comme otage. La brute la souleva contre lui et plaça son couteau sous sa gorge nue et exposée.

— Je la tuerai, cette fois, grogna-t-il tel un molosse.

Conall se redressa lentement au-dessus du corps de Giancarlo, étalé face contre terre. Les yeux fixés sur Andelmo, il leva les bras, luttant contre sa propre rage à la vue de Sofia dans ses vêtements déchirés. Giancarlo gémit derrière lui. Avec un peu de chance, le marin arriverait bientôt avec des renforts et tout serait enfin terminé. Mais, avant cela, Conall devait faire en sorte qu'Andelmo s'éloigne de Sofia.

— Vous ne tuerez pas la femme de votre maître. Cela ne lui plairait pas, lui rappela Conall.

S'il était un jour de sa vie où il devrait se montrer très persuasif, c'était aujourd'hui. Si Andelmo se sentait acculé par l'arrivée de renforts, il risquait de devenir incontrôlable.

— Il est inutile de blesser qui que ce soit, je me rends, lui assura Conall en gardant les mains levées à la hauteur de ses yeux. Vous pouvez poser votre couteau.

— Vous croyez que je suis un abruti ? Vous allez me mettre une deuxième raclée, grogna Andelmo. Vous voulez mon couteau ? Venez le chercher !

— Laissez-la partir et vous pourrez prendre votre revanche.

Conall serra les poings comme une invitation. Rien ne lui ferait plus plaisir que d'assommer une nouvelle fois ce gros benêt et de venger sa femme.

— Mais je ne crois pas que nous aurons le temps.

En guise de réponse, la lame entailla le cou de Sofia, et Conall bondit tel un tigre sur l'homme de main, l'obligeant à choisir entre se défendre ou tenir Sofia. Andelmo la dégagea de son chemin.

— Sofia, courez !

Le cri guttural de Conall lui parvint alors qu'elle s'écrasait contre le mur. Une forme mouvante à la périphérie de sa vision la prévint que Giancarlo s'était relevé et qu'il avançait d'un pas incertain. Conall ne pourrait pas l'aider. Il était aux prises avec Andelmo pour le contrôle du couteau. Elle chancela vers l'avant. Le roulis du navire rendait sa progression difficile, mais elle se pressa malgré tout. Giancarlo tendit la main vers elle et l'attrapa. Elle le repoussa, frappa, se libéra et trébucha jusque dans le couloir, l'Italien sur ses talons. Si elle pouvait atteindre le pont, l'équipage pourrait intervenir, quelqu'un pourrait l'aider. Elle se précipita vers l'escalier pentu qui menait à l'extérieur et envoya son pied dans la mâchoire de Giancarlo.

— Catin !

Elle sentit sa grosse main tenter de saisir sa cheville et la manquer. Sofia émergea à l'air libre et courut au milieu des marins éberlués. Un cri retentit dans son dos :

— Il a un pistolet !

Une deuxième arme. Un deuxième tir. Il ne la blesserait pas. Il ne prendrait pas le risque. Mais il pouvait s'attaquer aux matelots. Ce fut d'ailleurs suffisant pour décourager ces derniers d'agir sans réfléchir. Les hommes se figèrent, et Giancarlo accéléra. À force de cavaler pieds nus sur le pont mouillé, Sofia glissa, tomba, se releva et poursuivit sa fuite, mais elle arrivait au bout du navire.

Elle atteignit la proue et l'escalada sur des barils, une main agrippée au gréement pour maintenir son équilibre. Le bateau n'était encore complètement sorti du port. La côte était toujours en vue, mais difficile d'estimer à quelle distance…

— Descendez, ou je tire, tonna Giancarlo, le pistolet braqué sur elle.

— Vous n'oserez pas. Vous avez besoin de moi, rétorqua-t-elle.

Au loin, elle aperçut la chevelure noire de Conall qui émergeait du pont inférieur. Le vicomte se mit à courir.

— Vraiment ? Au fond, être veuf n'est pas un péché, ce n'est que légèrement suspect.

Il arma le chien. Conall était encore loin derrière lui. Il n'arriverait pas à temps. Elle serait morte avant qu'il ne puisse agir. Il ne lui restait qu'une seule échappatoire. Sofia ne réfléchit pas. Elle se jeta à la mer. Elle entendit Giancarlo tirer alors qu'elle tombait vers les flots agités. La balle l'atteignit quand elle toucha la surface.

Après la morsure du feu, elle essuya celle de la glace : l'eau du port de Bristol était douloureusement froide, mais au moins elle anesthésia l'autre blessure. Hélas, son bras refusait de répondre à ses ordres. Elle prit une bouffée d'air en remontant mais sentit les vagues se refermer à nouveau sur son visage ; il était presque impossible de surnager avec un seul bras. Autour d'elle, les flots se teintaient de rose. Ce n'était rien… la plaie était sans doute moins grave qu'elle n'en avait l'air. L'eau avait tendance à donner cette impression. Mais cela n'avait pas vraiment d'importance. Elle ne pouvait pas nager. Pas ainsi, blessée et transie. Elle commençait à perdre conscience. Cette fois-ci, elle parvint à peine à émerger pour respirer avant de sombrer plus profondément dans la mer, la remontée toujours plus longue et pénible. Toutefois Conall était là-haut. S'il la voyait, il viendrait la sauver, songea-t-elle comme dans un rêve. Si elle pouvait tenir juste assez pour lui permettre de l'atteindre… Mais cela faisait déjà si longtemps qu'elle luttait. Elle rassembla ses forces une ultime fois et poussa vers la surface, cependant son corps l'abandonna, ses muscles la trahirent. La dernière chose dont elle se souvint fut le dieu des Océans qui refermait ses bras sur elle.

Elle avait toujours cru que mourir serait agréable, qu'elle voguerait paisiblement sur une mer de néant. C'était totalement faux. La mort était terriblement inconfortable. Douloureuse dans les pires instants, brûlante dans les meilleurs, et c'était quand elle avait la chance de ressentir quelque chose tout court ! Le reste du temps, elle flottait dans un univers de ténèbres, de torpeur et de vide. Elle avait parfois l'impression frustrante que sa conscience la frôlait, la provoquait à la périphérie de son esprit tout en demeurant hors d'atteinte. Mais plus elle tentait de la toucher, plus elle avait mal. Il était plus simple de cesser d'essayer. Cette décision l'apaisa. Il lui suffisait d'arrêter pour se sentir bien, au chaud. Mais elle était toujours seule. Parfois, elle entendait des éclats de voix, parfois des cris, sans arriver à en percevoir le sens. Elle tentait de leur répondre, mais cela ne la faisait que souffrir davantage. De toute façon, elle demeurait muette. Sa gorge était rugueuse, endolorie et brûlante, comme le reste de son corps.

Puis vint un jour où elle n'entendit qu'une seule voix. Un baryton verdi aux subtiles stridulations qui courait tel un ruisseau sur des agates. Elle aimait ce son. Sofia poussa un soupir dans les ténèbres. Elle connaissait cette voix ; elle en gardait un souvenir ineffable. À quoi appartenait ce souvenir ? La voix lui racontait des histoires, des choses qu'elle avait faites : de la pêche, un feu de camp, des vêtements mouillés, une couverture, un jeu de backgammon, des promenades au clair de lune, un pique-nique dans un pré.

Artiodactyles.

Conall.

Le nom résonna en écho dans son esprit, chaque fois plus insistant. *Conall.*

« Je vous aime, Sofia. Vous pouvez dire que vous m'avez épousé par convenance, mais je vous ai épousée par amour. »

Une douce lumière l'enveloppait à présent, chassait les ténèbres, de plus en plus brillante à mesure que le baryton se rapprochait, la rappelait vers lui, vers la vie…

— Revenez, Sofia, vous pouvez y arriver. Aujourd'hui, vous devez vous réveiller, il le faut. Les alpagas souhaitent vous voir. Je sais que vous pouvez m'entendre. Vous avez peur, et c'est tout à fait normal après ce que vous avez traversé, mais vous devez vous réveiller. Les docteurs ont dit…

La belle voix se brisa.

— Je me fiche de ce qu'ils ont dit, Sofia. Réveillez-vous. Notre vie nous attend et je ne peux pas la vivre sans vous.

Oui, elle se réveillerait. Elle voulait retrouver celui à qui appartenait cette voix. Conall. Elle voulait voir les alpagas, elle voulait connaître l'amour. Conall l'aimait.

Et alors elle se souvint. Elle l'aimait aussi. Elle l'aimait tant qu'elle avait renoncé à lui. Elle se précipita vers la lumière, vers Conall. Mais quelque chose lui barrait la route, l'empêchait de sortir des ténèbres… Elle ne se laisserait pas faire. Elle poussa avec toute sa volonté. Sofia ouvrit grand les paupières, et ce simple geste la vida de pratiquement toutes ses forces.

— Conall.

Le mot n'était qu'un faible murmure rauque qui lui brûla la gorge. Mais un visage répondit à ce nom. Des yeux injectés de sang surmontaient de larges cernes et témoignaient d'un manque de sommeil. Son teint était blafard et émacié mais, dès l'instant où il croisa son regard, Conall se redressa et un immense sourire vint masquer la fatigue et la tristesse. Elle était enfin chez elle.

Chapitre 23

Conall pleurait.

— Sofia. Vous voilà revenue. J'ai tant espéré, murmura-t-il avec tendresse, des larmes roulant de ses yeux gris tandis qu'il levait sa main à ses lèvres.

Sa main valide, réalisa-t-elle alors. Son autre bras était enveloppé de bandages, immobilisé. Il porta un verre d'eau à sa bouche pour lui permettre d'hydrater sa gorge sèche ; puis il posa une paume sur son front et poussa un profond soupir de soulagement.

— La fièvre est enfin tombée. Cela faisait presque une semaine. Bien trop longtemps…

Une semaine ? Une semaine entière ? Comment était-ce possible ? Elle s'était jetée à l'eau, blessée par balle. Elle avait cru mourir. Elle s'était persuadée d'avoir rendu son dernier souffle. Mais elle était bien vivante.

— Que s'est-il passé ?

Seules quelques images perdues dans le brouillard lui revenaient en mémoire.

— J'ai sauté pour vous récupérer, mais j'ai dû m'y reprendre à plusieurs fois avant de vous trouver. Les eaux du port ne semblent pas si vastes, jusqu'au jour où il vous faut y repêcher une personne… Cela m'a paru durer une éternité. Puis, quand je vous ai finalement récupérée, la terreur s'est emparée de mon cœur. Vous étiez faible, blanche et inconsciente. Je ne sais combien de temps nous sommes restés dans l'eau. Le temps semblait déréglé. J'ai eu l'impression que cela durait une heure, mais l'équipage m'a assuré qu'il ne m'avait fallu que quelques minutes pour vous trouver. Nous vous avons hissée à bord du navire. Il y avait du sang partout. Je n'en avais jamais vu autant… J'ai bandé votre blessure et, lorsque le capitaine nous a ramenés à quai, le docteur a pu extraire la balle. Mais vous sembliez si loin, vous aviez perdu tellement de sang… Personne ne croyait qu'il vous restait la moindre chance. Nous craignions que la fièvre et le choc ne vous achèvent.

Conall s'interrompit, submergé par l'émotion, avant de conclure :

— Et ça a bien failli être le cas.

Sofia observa les alentours, ses yeux étaient la seule partie de son corps encore capable de bouger sans lui tirer une grimace de douleur.

— Nous ne sommes plus à bord.

— Non, je vous ai ramenée chez vous, à Everard Hall. Cela ne pouvait pas vous faire davantage de mal que ce que vous aviez déjà subi à Bristol.

Elle comprit alors ce qu'il taisait : elle s'était trouvée si près des portes de la mort que la déplacer n'aurait rien pu aggraver de toute façon. – Je vous ai portée à bord du train. Les gens me regardaient tous comme si j'étais un dément. Je vous ai tenue contre moi jusqu'à notre retour à la maison. J'avais cette étrange conviction que, pour que vous puissiez vous rétablir, il fallait vous entourer de bonheur et d'amour.

Il s'interrompit, comme s'il se rappelait leur dernière querelle avant l'incident.

— Je me suis dit… que vous aviez eu l'air heureuse,

ici. Cecilia, Freddie et ma mère se sont tous relayés à votre chevet. Vous n'êtes jamais restée seule.

— Ah, les voix… Je les ai entendus.

Elle sourit, un exercice difficile qui fit craquer ses lèvres gercées. Elle réprima un bâillement. Conall s'étira à côté d'elle, la présence de son corps la réconfortait. Elle voulait se reposer, sentait le sommeil lui tendre les bras, mais il lui restait des questions :

— Qu'en est-il de Giancarlo ? Que lui est-il arrivé ?

Conall lui caressa les cheveux :

— Vous devriez dormir.

— Quand vous m'aurez dit où est Giancarlo, insista-t-elle.

Elle devait savoir si elle était toujours traquée.

— Là où il ne pourra plus jamais vous nuire. Il effectue une croisière à fond de cale en direction de la Barbade, un petit cadeau du capitaine. Une fois sur place, on lui annoncera qu'il n'est plus le bienvenu en Angleterre ni sur aucun autre territoire britannique en dehors de l'île. Le monarque du Piémont a été informé de cette sentence et des faits qui ont conduit à sa prononciation par un envoyé spécial de Sa Majesté aux royaumes italiens. Impossible de savoir comment il réagira, mais cela ne nous concerne aucunement.

— Sa propre île d'Elbe.

Sofia poussa un long soupir, et Conall l'attira tendrement contre lui.

— Une île prison.

— Où il demeurera sous étroite surveillance. Il ne fera plus de mal à personne, lui assura Conall, même s'il n'y avait rien de plus réconfortant que la chaude présence de son corps.

— Alors… tout est enfin terminé, murmura-t-elle.

— Presque tout, ma chère Sofia. Il ne reste qu'une

question et vous seule en détenez la réponse : qu'en est-il de nous ?

Sa voix rauque n'était guère plus qu'un chuchotement, la barbe de quelques jours qui recouvrait son visage lui chatouillait la joue. Elle voulait reprendre des forces plus que tout, elle voulait pouvoir faire l'amour avec lui, lui montrer ce qu'elle ressentait.

— Vous savez quelle est ma position.

Je vous aime.

— Nous avons échangé nos vœux avant que vous n'ayez connaissance de tous les problèmes que je vous attirerais, avant qu'un sadique n'assaille votre maison et ne prenne vos gens en otage. J'accepte de vous en libérer si vous le souhaitez.

Mais son cœur se brisa en prononçant ces paroles. N'avait-elle survécu que pour le quitter à nouveau ? Partir était-il réellement la seule option ?

— Je ne veux pas que vous m'en libériez, murmura Conall en l'embrassant. J'ai sauté dans la baie de Bristol pour vous, j'ai affronté des couteaux et des armes à feu. Qu'est-ce qui peut bien vous donner l'impression que je tiens à être libéré de mes vœux ?

Elle fronça les sourcils :

— Je ne sais pas, c'est juste que…

Il la fit taire d'un nouveau baiser, plus pressant cette fois.

— C'est ce que font les gens qui s'aiment. Ils croient l'un en l'autre. Ils se font confiance, même lorsqu'ils ont l'impression d'être dans une impasse.

Elle tendit sa main valide vers lui et l'attira contre elle autant que sa force le lui permettait.

— Si c'est ce que font les gens qui s'aiment, alors je vous aime aussi.

— Oui, je le crois en effet, sourit Conall. Pour moi,

vous avez renoncé à la chose la plus précieuse que vous aviez : votre liberté. Et je vous interdis de recommencer.

Elle esquissa une moue boudeuse :

— C'est ce que font les gens qui s'aiment.

Conall gloussa d'un air radieux :

— Dans ce cas, bienvenue dans *Ils vécurent heureux pour toujours.*

Épilogue

La tonte terminée, Conall se redressa enfin et essuya son front en sueur du revers de la main tout en admirant la vue resplendissante de sa femme assise sur un ballot de paille en train de donner le biberon à un petit alpaga. Le bras de Sofia avait guéri, mais elle devait toujours faire attention à ne pas présumer de ses forces. En dépit des recommandations du médecin, elle tenait à participer aux tâches du quotidien. Conall la laissait faire, tant qu'il pouvait veiller sur elle en personne. Il vint s'agenouiller près d'elle et caressa le pelage duveteux du petit alpaga.

— J'ai décidé d'appeler notre première production de laine la « Sofia ». Ce sera la plus douce, la plus soyeuse et la plus durable des laines, capable de supporter de grandes pressions et suffisamment souple pour s'adapter à toutes les circonstances.

Il badinait avec elle ; cette façon si délicieuse dont le rouge lui montait aux joues le rendait fou. Son désir enflait déjà. Il avait envie d'elle depuis le petit déjeuner.

— Lorsque les gens me demanderont d'où la laine tient son nom, je leur répondrai qu'il vient de…

— Ne prononcez pas un mot de plus, Conall Everard, le gourmanda-t-elle avec amusement.

— D'une femme que j'ai connue, conclut Conall. Que pensiez-vous que j'allais dire ?

— Avec vous, je ne sais jamais à quoi m'attendre, rétorqua Sofia avec bonne humeur.

Il l'aurait sans doute embrassée, et plus encore, si un bruit de sabots n'avait pas soudain retenti. Un messager approchait, et Conall espéra qu'il n'était pas porteur de mauvaises nouvelles. Le regard de Sofia reflétait sa propre inquiétude :

— Pourvu que ce ne soit pas d'Helena, il est bien trop tôt pour le bébé.

— Une lettre, milord, s'exclama le cavalier en se jetant à bas de sa monture écumante. Elle vient du Piémont.

L'homme tendit la missive à Conall ;

— Je me suis dit que vous souhaiteriez la recevoir sans tarder, milord.

Conall tira plusieurs pièces de sa poche. Le messager s'inclina avec élégance, se hissa de nouveau en selle et repartit poursuivre ses livraisons. Conall confia la lettre à Sofia.

— Je pense qu'elle vous revient.

La jeune femme obtempéra avec des doigts tremblants. Il attendit patiemment qu'elle ait lu le contenu du pli, et c'est alors qu'un grand sourire illumina le visage de Sofia.

— Qu'y a-t-il ?

— Le roi me présente ses excuses pour la conduite de Giancarlo.

Elle fit un geste de la main pour signifier que tout cela était désormais derrière elle.

— En dédommagement des nombreux préjudices que j'ai subis, il tient à me léguer l'intégralité des biens d'Il Marchese en cadeau de mariage.

Elle lui communiqua l'exorbitante somme que cela représentait.

— Savez-vous ce que cela signifie ?

— Dites-le-moi, sourit Conall.

Il avait deviné ce qu'elle allait lui annoncer, et elle aurait à la fois raison et tort.

— Nous pouvons acheter un autre foulon, peut-être même un deuxième troupeau d'alpagas. Nous pouvons faire bâtir l'école.

L'esprit de Sofia était en pleine ébullition, imaginant toutes les possibilités. Conall plaça une main sur son bras en éclatant de rire. Il avait bien deviné les intentions de sa généreuse femme. Elle possédait une fortune depuis à peine quelques minutes et planifiait déjà de la partager avec les autres.

— Vous avez raison, Sofia, et tort à la fois. Cela signifie surtout que ce chapitre est enfin clos. Pour de bon cette fois.

Il l'attira contre elle et l'embrassa avec passion, et son désir devint trop insistant pour qu'il puisse l'ignorer plus longtemps. Il avait envie de sa femme.

— Venez avec moi, il y a quelque chose que je souhaite vous montrer dans le pré.

Ils marchèrent jusqu'aux pâtures, main dans la main, d'un pas tranquille.

— Allons-nous voir les autres bébés ? demanda Sofia.

Trois femelles avaient mis bas, une véritable bénédiction pour le troupeau. Désormais, trois petits alpagas gambadaient dans les herbages.

— Ils grandissent si vite.

Conall fit claquer sa langue, et les jeunes animaux trottinèrent vers eux, à la recherche de friandises.

— Vous les gâtez trop, le gronda Sofia en riant.

— Ce sont les créatures les plus adorables que j'aie jamais vues, admit bien volontiers Conall.

— Hum.

Sofia lui lança un regard taquin puis saisit sa main et la plaça sur son ventre :

— Je me demande ce que vous penserez de votre fils ou de votre fille à son arrivée, dans ce cas.

Il fallut un instant à Conall pour prendre toute la mesure de ce qu'elle venait de lui annoncer.

— En êtes-vous sûre ?

La nouvelle lui fit l'effet d'un agréable uppercut. Les mots lui manquaient.

— Il est encore tôt mais, oui, j'en suis sûre. Êtes-vous heureux ? lui demanda Sofia, de l'inquiétude dans le regard.

— Heureux ? Je suis comblé ! s'exclama-t-il, la gorge si serrée par l'émotion qu'il toussa. Cette dernière année n'a été qu'un terrible enchaînement de mort, de pertes et de tragédies, mais elle se termine par une nouvelle vie. Si vous saviez ce que cela représente…

Comment pouvait-il lui faire comprendre ? Elle n'était pas la seule à laisser le passé, et ses peurs, derrière elle. Il se sentait enfin libre. Elle s'approcha de lui, les pupilles dilatées de désir, porteuses d'une invitation.

— Alors, montrez-moi, Conall.

Parfois, les corps exprimaient bien plus que des mots.

— Ici ? s'enquit-il, à peine choqué.

— Ici. Quelqu'un de très sage m'a dit un jour qu'il n'y a rien de meilleur que de faire l'amour dehors par une belle journée, sous le soleil d'Angleterre.

Les yeux de Conall s'assombrirent à leur tour :

— Qu'aviez-vous en tête ?

Elle s'agenouilla devant lui et posa les mains sur ses cuisses.

— Quelque chose que je gardais pour une occasion spéciale.

Ses doigts glissèrent jusqu'aux attaches de son pantalon

et elle fit doucement courir sa langue sur sa lèvre inférieure, promesse de plaisirs à venir. Conall sentit tout son corps devenir rigide. Dieu du ciel, imaginer ses mains et sa bouche sur ses parties les plus intimes était un fantasme dont il n'avait même jamais rêvé.

Elle lui lança un regard taquin de ses yeux enfiévrés comme deux flammes bleues. Sofia le libéra de sa ceinture et de son pantalon, lui dégageant les hanches. Elle le prit en main et le caressa sur toute sa longueur, testant sa raideur, le découvrant sous un nouvel angle à chaque auscultation. Conall sentit son désir monter tel un raz-de-marée, jusqu'à en avoir la gorge sèche. Il plongea ses doigts dans la soie de sa chevelure et se tint à elle comme à un rocher au milieu de la tempête.

Par tous les saints, sa femme était une divine tentatrice avec ses caresses et ses yeux bleus comme le ciel qui ne le quittaient jamais. Elle savait exactement l'effet qu'elle avait sur lui. Son esprit et son corps embrumés allaient connaître une nouvelle extase dans ce pré. Et elle n'aurait aucune pitié. Un dernier langoureux regard vers son visage, et elle ouvrit la bouche pour s'emparer de lui. C'était la chose la plus extraordinaire et la plus osée qu'une femme lui ait jamais faite, un acte de véritable intimité. Elle aspira doucement, sa langue cueillit la perle de rosée qui venait de suinter au bout de son membre saillant, et Conall émit un grognement primaire et guttural, à mi-chemin entre l'homme et l'animal. D'une main, elle caressa son entrejambe et referma délicatement ses doigts sur ses tendres attributs jusqu'à ce qu'il pousse une exclamation agitée, son corps prêt à céder à la vague de plaisir. Il resserra sa poigne dans ses cheveux pour la prévenir. Elle aspira une nouvelle fois avec une délicieuse énergie puis se recula et le reprit en main, levant les yeux vers lui avant de murmurer d'un ton sulfureux :

— Je veux vous voir capituler, Conall. Je veux vous voir vous disloquer de plaisir.

Et il lui obéit, désormais bien trop loin pour regagner la rive de toute façon. C'était sans doute le plus bel instant d'intimité physique qu'il ait jamais partagé avec quelqu'un. Il voulait se souvenir d'elle comme il la voyait à présent : les yeux brillants, la peau scintillante au soleil, son visage rosi par l'effort, le tissu de sa robe tendu contre sa poitrine, signe qu'elle aussi ressentait un désir intense et un véritable plaisir à combler son partenaire.

Rares étaient les amants qui appréciaient autant de donner que de recevoir, et sans doute était-ce d'autant plus vrai pour Sofia, qui revenait de si loin dans son expérience de la sensualité. Elle qui autrefois avait besoin de garder le contrôle pour éprouver du plaisir connaissait désormais le bonheur de le partager, de le confier et de le prendre.

Il se pencha en avant et releva délicatement son menton pour l'embrasser lentement tandis qu'il s'agenouillait en face d'elle. Il retroussa son jupon et l'allongea dans l'herbe épaisse gorgée de soleil. Il allait lui montrer une fois de plus tout ce qu'elle représentait à ses yeux. Il l'honorerait de ses caresses, adulerait son corps du sien comme il avait juré de le faire devant Dieu et témoins. Mais, surtout, il allait lui montrer que, lorsque deux personnes avaient foi l'une en l'autre, plus rien n'était hors de leur portée.

Retrouvez en avril 2020,
dans votre collection

LES HISTORIQUES

Le frisson d'une Saxonne, de Harper St. George - N°869

SÉRIE : LIÉES À UN VIKING - TOME 1

Northumbrie du Nord, Écosse, 872

Les Danois ont tout pris à Elswyth, à commencer par la vie de sa mère ! Aussi n'éprouve-t-elle que peu de scrupules à remplir la mission d'espionnage que son père lui a confiée. Peu de scrupules jusqu'à sa rencontre avec l'imposant Rolfe, guerrier viking aux yeux de glace, qui met à mal toutes ses résolutions. Pourtant, ce malaise ne peut être que passager, car de sa détermination dépendent les futures conquêtes du clan saxon qui l'a vue naître.

Perdue au cœur des Highlands, d'Elisabeth Hobbes - N°870

Écosse, XVIe siècle

Contrevenir à la loi et prendre la fuite pour ne pas épouser le brutal Duncan McCrieff auquel elle est promise, passe encore, se rassure la jeune Marguerite. Mais s'installer dans le convoi d'un inconnu – Ewan du clan Lochmore, si elle en croit les présentations – est pure folie pour cette jeune Française qui ignore tout de cet homme, de son clan, mais aussi des Highlands qui l'encerclent…

Le chevalier au rubis, de Meriel Fuller - N°871

Pays de Galles, 1322

Lorsque Lord Gibert, au service du roi Édouard, se présente à la porte du château de Lady Katherine – l'amie qui lui offre un refuge –, Eva panique. Car le mystérieux chevalier qui accompagne Lord Gibert ressemble en tout point à l'homme qui a mis son château à sac et l'a violentée, la poussant à fuir jusqu'ici. Se pourrait-il que ce troublant chevalier puisse la contraindre à les suivre et à lui révéler le secret du trésor des Striguil, qu'elle dissimule à tous ?

LES HISTORIQUES

L'envol des convenances, d'Amanda McCabe - N°872

SÉRIE : TROIS DÉBUTANTES À PARIS - TOME 2

Londres et Paris, XIXe siècle

Malcom… En apercevant l'homme avec qui elle aimait courir la lande durant ses plus tendres années, Lady Alexandra sent son cœur s'embraser. Que fait ce fils de métayer au beau milieu d'une garden-party londonienne, et pourquoi semble-t-il magnétisé par sa présence ? Alexandra doit s'éloigner au plus vite de cet homme, qui a préféré courtiser Mairie McGrégor alors qu'elle s'apprêtait à lui dévoiler ses sentiments six ans plus tôt. Avant que son père, qui exige pour elle les partis les plus dignes, s'encolère de la voir ainsi troublée.

L'Orient dans son regard, de Bronwyn Scott - N°873

SÉRIE : DENTELLES & TRAHISONS - TOME 2

Angleterre, 1855

Ruinée ! Le père de Pavia refuse de la comprendre. Quant à sa mère, elle n'ose s'opposer à son époux. Pour la jeune héritière de l'empire du thé, l'avenir s'annonce bien sombre. Elle, qui voulait perdre son innocence avant que son père arrange un mariage avec le noble vieillard auquel il la destine, se retrouve désormais reniée pour avoir fauté. Peut-elle encore retrouver cet amant d'une nuit pour lui demander secours ou doit-elle se résigner à regagner le palais de son oncle en Inde ?

À la merci du chevalier, de Margaret Moore - N°874

Angleterre, XIIIe siècle

La vie au château de son oncle est bien morne pour Lady Thomasina, aussi est-elle transportée de joie quand elle voit apparaître Sir Rheged. En dépit de sa réputation terrible, elle a passé auprès de lui des moments merveilleux quand il a participé au tournoi organisé au château, quelques jours plus tôt. Néanmoins, elle comprend rapidement qu'il n'est pas revenu pour elle, mais parce qu'il n'a pas reçu la récompense promise pour sa victoire. Avant de pouvoir se défendre, Thomasina se retrouve jetée sur le cheval de Rheged comme otage et emmenée au triple galop à travers la forêt.

Seigneur et maître, de Margo Maguire - N°875

Écosse, 1300

Immobile devant une haute fenêtre en ogive, le sire Adam Sutton contemplait sombrement la mer. Pourquoi avait-il cédé aux prières de son sénéchal et consenti à se fiancer avec Christiane Mac Diubh avant même de la rencontrer ? Certes, il lui fallait songer à se remarier. Mais de là à convoler, lui, un Anglais de pure souche, avec une Écossaise…

HARLEQUIN